Immersion Breach

F.W.G. Transchel

Immersion Breach

Bibliografische Information der Deutschen Nationalbibliothek:
Die Deutsche Nationalbibliothek verzeichnet diese Publikation in der
Deutschen Nationalbibliografie; detaillierte bibliografische Daten sind im
Internet über http://dnb.dnb.de abrufbar.

© 2018 Copyright F.W.G. Transchel, www.fwgt.de

Illustration: Vadim Motov, vadim-motov.com

Korrektorat: Sabine Maria Steck

Herstellung und Verlag: BoD – Books on Demand, Norderstedt

ISBN: 978-3-752-82865-8

Prolog

Die gleißende Reflexion in den blankgeputzten Siegeln der Ritterstraße spiegelte eine unbarmherzige Sonne wider, die ihre Hitze beinahe im Zenit auf die alten Kalksteine unter ihm projizierte. Er ritt vom Großmeisterpalast hinunter zum Hafen, während ein Horizont voller Dunst die assyrische Küste verdeckte. Irgendetwas stimmte nicht.

Die Luft hätte nach Meer und nach Sand schmecken müssen, die Straße nach Mist und Mittelalter. Doch alles, was er spürte, waren Schwefel und ein Hauch verbranntes Metall. Wolfgang Schmidt atmete noch einmal tief ein, in der sicheren Erwartung, die Augmentierung würde sich wieder anpassen. Beißender Salpeter schoss ihm in die Nase, er nieste. Mit einem Male verblasste der Friede der griechischen Insel und des Johanniterordens um ihn herum zurück zur Gegenwart. Er blinzelte. Die Virtualisierung war ausgefallen. Er stand, kein Pferd unter sich, noch immer auf der Ritterstraße, doch sie zeigte nur die langweiligen, viel zu modernen Antiquitätenläden und Tandgeschäfte.

Es war wieder 2023.

1

»Gesundheit«, sagte Vicky.

Wolfgang schniefte. »Gesundheit ist gut.«

»Was hast du?«

Noch immer schmeckte er Öl und Schwefel am Gaumen, obwohl nichts darauf hindeutete, dass hier etwas brannte. Geschäftig rannten Touristen und Einheimische an ihnen vorbei, knipsten Fotos oder versuchten, sich gegenseitig Souvenirs anzudrehen.

Mühsam drehte er sich um die eigene Achse, als wollte er die gespenstisch irreal wirkende Szenerie mit Armen und Augen durchstoßen. »Ich weiß nicht. Die Virtualisierung ist kaputt, glaube ich«, sagte er.

»Was?«

Vicky legte den Handrücken auf seine Stirn. »Du hast einen Sonnenstich, mein Lieber.«

»Nein, das ist anders.«

Sie strich ihm sanft über den Haaransatz. »Trink was«, sagte sie.

Wolfgang nickte. »Vielleicht hast du recht.« Er verdrehte den Rücken und schob den Rucksack über eine Schulter nach vorne.

Die Flasche lag ganz unten, noch unter den eingelegten Oliven, die sie zuvor gekauft hatten und die lecker glänzend im Glas schwammen.

Er öffnete die Thermosflasche, die das zuvor abgefüllte Nass enthielt, und würgte fast.

Eine Geruchsmischung aus Ingwer und Torf entströmte dem Schraubverschluss.

»Riech mal«, sagte er.

Vicky schaute ihn fragend an, doch er legte den Kopf schief und insistierte.

Sie hielt die Flasche unter die Nase und schnüffelte.

»Was?«

»Was riechst du?«, fragte Wolfgang.

»Nichts, denn Wasser riecht nicht«, entgegnete sie und zog die Augenbrauen in die Höhe.

»Wirklich gar nichts?«, fragte er.

Sie schüttelte den Kopf und sah ihn mitleidig an. »Müssen wir wirklich eine Ambulanz aufsuchen, die überteuert und unterqualifiziert reise-diarrhöischen Touristen irgendwelche Placebos andreht?«

Missmutig nahm Wolfgang ihr die Flasche wieder ab und roch noch einmal daran. ›Ach, was zur Hölle?‹, dachte er und setzte sie an den Mund. Beinahe erwartete er eine erdige Mischung aus irgendwelchen Waldbestandteilen, doch dann fand klares, kaltes Wasser seine Zunge und nichts war mehr da von dem seltsamen, eindringlichen Geruch. Hastig schluckte er beinahe viel zu viel Wasser, ehe er halbzufrieden die Flasche wieder verschloss.

»Na siehst du«, sagte Vicky. »Nur Wasser. Geht's dir besser?«

Wolfgang zögerte. »Na ja.«

Sie seufzte. »Also?«

Ihr Blick gefiel ihm nicht, und er wusste genau, was er zu bedeuten hatte: ›Du wirst jetzt keinen Scheintod simulieren und eine Ambulanz aufsuchen und den Tagesausflug nach Rhodos ruinieren‹, sagte er ihm. Er schluckte. Wieder der seltsam erdige Geschmack auf der Zunge.

»Ich…« Er dachte an Tage ohne Ruhe und Nächte ohne Leidenschaft. Wolfgang Schmidt seufzte. »Ich glaube, es muss sein.«

»Na super.«

***

Wolfgang fand immer, dass es eine geradezu ironische Note der Programmierer war, den Universalübersetzer einen kleinen landestypischen Akzent bewahren zu lassen. Es gab der unentwegt griechisch auf ihn einredenden dicklichen Frau eine so authentische Note, dass er fast losgelacht hätte, wäre da nicht der anhaltende Geruch in seiner Nase gewesen.

»Nochmal. Was ist das Problem?«, fragte sie betont gutgelaunt und in rhodischem Duktus, der die letzte Silbe der Worte ganz besonders lang werden ließ.

»Ich … rieche Dinge«, sagte er.

»Bitte?«

Wolfgang seufzte. »Vor kaum einer halben Stunde auf der Ritterstraße vor dem Palast der Großmeister begann es. Ich roch Pech und Schwefel, wo nur Sand und Geschichte sein sollten. Meine audiovisuelle Augmentierung ließ mich im 16. Jahrhundert an all dem vorbeireiten, doch schien meine Nase mir weismachen zu wollen, ich befände mich inmitten einer alten westfälischen Kokerei …«

Die Frau ignorierte den letzten Teil des Satzes, denn vermutlich wusste sie weder, was Westfalen noch eine Kokerei war. Seelenruhig nahm sie ein kleines Metabolismus-Messgerät aus einer scheppernden Schublade neben sich und begutachtete Wolfgang.

»Haben Sie genug getrunken?«, fragte sie.

»Wir waren mittags in einem kleinen Café in der Altstadt eingekehrt und …»

Er sah, wie Vicky die Augen verdrehte. Sie machte sich nichts daraus, das teure einheimische Essen zu bestellen, und hatte stattdessen irgendwo einen Snack besorgt und die Augmentierungen dafür sorgen lassen, dass er sich griechisch anfühlte.

»Ja«, versicherte Wolfgang mehr sich selbst als der Sanitäterin, »ich habe genug getrunken.«

»Wein?«, fragte sie.

»Nur ein wenig.«

»Mhh-mhh.«

Er wusste nicht, was das bedeutete, doch sicher schloss die dickliche Frau daraus entweder, dass es ein Sonnenstich war, oder einfach Trunkenheit zusammen mit zu viel Sonne. Wolfgang hustete. Beißender Rauch drang an seine Nase und instinktiv hielt er sich die Hände vors Gesicht.

»Was ist los?«, fragte Vicky, deren genervter Blick beinahe in Besorgnis umzuschlagen drohte. Wolfgang wusste, dass es dann wirklich ungemütlich für ihn werden würde, doch er musste sich die Nase zuhalten und durch den Mund atmen, da der Gestank nicht zu ertragen war, obwohl ganz offensichtlich kein solcher vorhanden war.

Die Sanitäterin kramte jetzt wieder in einer der Schubladen. Ein großes glänzendes Gerät kam zum Vorschein.

»Ich muss Ihr Gehirn scannen«, sagte sie.

»Nur zu«, sagte Wolfgang. Die Ursache für diese … Dinge dort zu suchen, schien ihm auf jeden Fall nicht verkehrt.

»Halten Sie still«, ermahnte die Frau ihn, doch es war nicht einfach, ruhig zu atmen und gleichzeitig den Geruch fernzuhalten. Wolfgang nickte matt und konzentrierte sich.

»Und, erkennen Sie etwas?«, fragte Vicky.

»Nur die Ruhe«, sagte die Griechin. »Wir sind hier nicht in Deutschland, Entschuldigung.«

»Nichts für ungut«, sagte Wolfgang, doch er wurde sogleich ermahnt, weiter stillzuhalten. Er ließ die schmerzfreie, vollkommen berührungslose Prozedur über sich ergehen. Immerhin machte es den Anschein, als könnte etwas Feststellbares, irgendetwas Messbares da sein. Er wäre jedenfalls nicht bereit gewesen, zu akzeptieren, dass sein Verstand sich ausdachte, anders riechen zu wollen als zuvor. Nein, irgendetwas stimmte nicht.

»Mhh«, sagte die griechische Krankenschwester schließlich.

»Mhh?«, wiederholte Wolfgang.

»Das Gehirn ist in Ordnung. Wenn es ein Sonnenstich sein sollte, dann nur ein ganz leichter.«

Er sah, wie die Frau die Stirn in Falten legte. »Das heißt, Sie wissen es nicht«, hörte er sich sagen. Lange vorher hatte er gelernt, dass Ärzte nicht dazu neigten, Fehler zuzugeben oder es zu äußern, wenn sie sich nicht sicher waren. Er würde nicht ohne Erklärung gehen.

»Sehen Sie … Herr Schmidt …« Sie lugte auf das Pad mit dem EU-Formular, das seine elektronische Krankenakte enthielt. »Ich sage Ihnen erst mal, dass Sie nicht in Lebensgefahr sind und beruhigt nach Hause oder ins Hotel gehen können oder wohin Sie wollen. Wenn Sie möchten, gebe ich Ihnen auch etwas gegen Nervenüberlastung. Ansonsten gönnen Sie sich etwas Ruhe. So ein Urlaubstrip kann doch ganz schön anstrengend sein. Und wenn die … Beschwerden sich nicht bessern, dann suchen Sie nächste Woche einen Neurologen auf. Ganz einfach.«

Wolfgang nickte. »Natürlich.« Er sprach die Worte so resigniert aus, dass die Frau ihn fragend anblickte.

»Bitte?«

»Sie behandeln nur die Symptome«, sagte er. »Diese Erfahrung …» Er versuchte, tief einzuatmen und schüttelte sich doch wieder, bevor er nur halb die Lungen vollgesogen hatte, und hustete. »Diese Erfahrung ist so einschneidend und verstörend für mich, dass es mir egal ist, was Sie mir geben, damit es aufhört, doch ich kann nicht ruhen, bis ich weiß, was hier vor sich geht. Verstehen Sie mich?«

Die Ärztin schüttelte den Kopf und hob beschwichtigend die Hände. »Ich kann mir schon vorstellen, dass das sehr unschön für Sie sein muss. Aber dies ist eine Touristen-Ambulanz, keine Uniklinik …»

»Ja«, sagte Wolfgang abwesend. Langsam begriff er, dass sie recht hatte. Dass er vollkommen durcheinander war. Nein, es war nicht fair, von der armen Frau zu verlangen, dass sie das Seltsamste, was jemals mit ihm geschehen war, nach fünf Minuten Herumscannen erklären konnte. Schwer atmend erhob er sich von der klapprigen Pritsche und sah zu Vicky.

Seine Verlobte blickte ihn verstört an. Sie konnte sich ganz offenbar überhaupt nicht vorstellen, was in ihm vor sich ging. Nein, mehr noch, sie sah ganz und gar aus, als hätte sie einen Geist gesehen. Ihre Augen schienen nur einen einzigen Gedanken auszudrücken. Es kränkte ihn, dass sie anscheinend bloß weg von dort wollte – der Situation entfliehen, vielleicht sogar ihm entfliehen. Keine Empathie, keine Loyalität. Nur Zorn über einen Tag auf Rhodos, der nicht ganz so wurde, wie sie ihn sich vorgestellt hatte.

»Geht's los?«, fragte sie spöttisch.

Wolfgang nickte matt.

***

Die Pillen schmeckten nach nichts. Immerhin. Sie hatten eine weiche, beinahe pelzige Oberfläche und wurden matschig, noch bevor er sie hinunterwürgen konnte. Vicky sagte nichts, als er das Gesicht verzog. Sie sagte überhaupt erst wieder etwas, als sie endlich im Hotelzimmer waren. Während des Weges zurück durch die halbe Stadt war Wolfgangs Wahrnehmung dumpf geworden. Wie unter einen schützenden Schleier gehüllt stank es nicht mehr so fürchterlich. Erstaunlich war dennoch, dass der Geruch sich nicht wie gewöhnlich nach einiger Zeit verflüchtigte, sodass er ihn schließlich vergaß. Bald erinnerte er sich, dass seine Großmutter zu sagen pflegte, es seien schon viele erfroren, aber niemand je erstunken. Er war nicht sicher, ob er dem Sprichwort glauben konnte, denn für ihn war klar, dass er ohne die Nervenblocker, was immer sie auch genau taten, vielleicht der erste Präzedenzfall für Erstinken geworden wäre. Ganz deutlich spürte er, dass noch immer etwas nicht stimmte und es sich auch durch die Medikamente nicht verändert hatte. Die Wahrnehmung von Augen und Ohren passte noch immer nicht zu dem, was seine Nase ihm sagte. Er spähte nicht mehr ständig um Ecken, um zu sehen, ob sich vielleicht doch irgendwo ein brennender Haufen von Pech und altem Heu fand, doch die latente Vorsicht und letzte Zweifel blieben.

»Wie ist es denn jetzt?«, fragte Vicky, als er sich laut seufzend auf seine Hälfte des vier-Sterne-Bettes fallen ließ.

Wolfgang dachte lange nach. Nicht, weil es viel zu überlegen gab, sondern weil er sich selbst dabei beobachtete, wie langsam sein Gehirn durch die matschig-pelzigen Pillen geworden war.

»Es ist nicht mehr so schlimm wie zuvor«, sagte er. »Aber es ist nicht weg. Ich rieche Dinge, die nicht da sind.«

»Vielleicht bist du auch ein Werwolf«, scherzte Vicky.

»Vampire kriegen jedenfalls keinen Sonnenstich«, antwortete Wolfgang und begriff viel zu spät, dass er damit einen Fehler gemacht hatte.

»Du gibst also zu, dass es ein Sonnenstich ist«, sagte Vicky sofort. Wolfgang sah die zwei schmalen Fältchen an ihrer Stirn, die nicht spielerisch zitterten, wie sie es taten, wenn sie scherzte, sondern streng und straff und unbeweglich waren. Scheiße. Vicky hatte richtig schlechte Laune.

»Ich bin kein Arzt«, gab er zurück.

»Trink noch was«, sagte sie.

Er grunzte.

»Was?«

Wolfgang wusste, dass er vorsichtig sein musste, denn Vickys Laune in einem solchen Moment war unberechenbar. Sie würde ihm tage-, vielleicht wochenlang Vorwürfe machen, dass Rhodos so ein Reinfall geworden war. Und doch – wie er so da lag und dämmrig in seinen Gedanken herumrührte, wurde ihm klar, dass er keine Lust hatte, ihr nach dem Mund zu reden. Er schnaufte wieder und antwortete einfach nicht. Zittrig versuchte er, das Glas auf dem Nachtschrank zu greifen, und schluckte hastig das kalte, gechlorte Inselwasser in sich hinein. Dann schloss er die Augen und wollte allein mit sich und dem Gestank sein.

»Schweigen ist auch eine Antwort«, sagte sie spöttisch. »Ich gehe auf den Balkon.«

Dankbar nahm er das Klicken der Glastür zur Kenntnis, die ihn nun von einer weiteren Ablenkung trennte. Er machte ihr keinen Vorwurf, denn er wusste ja, dass Mitgefühl bei ihr rar gesät war. Doch er genoss die Stille und Einsamkeit, denn was hier geschah, war ganz und gar etwas, das ihm allein passierte.

Tief, beinahe trotzig atmete er ein, roch die miefig-schwefelige Note und lenkte sein Bewusstsein in den Schlaf. Endlich.

***

»Träumst du schon wieder?«

Wolfgang sah Vicky an. Die Sonnenbrille tief auf die Nase geschoben, blickte sie prüfend zurück.

»Mir ist, als wäre ich noch gar nicht richtig erwacht«, sagte er.

In der Tat – er konnte sich düster daran erinnern, aus dem Hotel ausgecheckt zu haben und zum Flughafen gefahren zu sein. Doch erst in der Boarding-Lounge des Heimfluges kam er richtig zu sich.

»Das werden die Medikamente sein«, meinte Vicky ungewöhnlich sanft und strich ihm zärtlich über den Kopf.

Wolfgang nickte. »Heute ist es besser.«

Er hatte noch gar nicht richtig darüber nachgedacht, was am vorigen Tag passiert war – der Gestank und der seltsame Besuch in der griechischen Ambulanz wirkten mehr wie eine ferne Erinnerung an vergangene Zeitalter denn kürzliche Ereignisse. Ging es ihm wirklich besser oder wurden nur weitere Empfindungen abgeblockt? Wolfgang beschloss, dass er das nicht entscheiden konnte, und genoss für den Moment nur, dass es weg war. Er checkte die auf die Kontaktlinsen projizierte Uhrzeit. Der Flieger war etwas verspätet, aber immerhin schon da. Gedankenlos ging er per Augensteuerung durch die weiteren Menüs. Das Wetter in Deutschland, Nachrichten aus aller Welt … die Fußballergebnisse. Zum Glück war man in Rhodos nicht aus der Welt.

Ein Hinweis-Flag leuchtete in der Kontaktlinse auf und teilte ihm mit, dass das Boarding gleich beginnen würde. Wie von Geisterhand erhoben sich auch die anderen Fluggäste und offenbarten damit die Tatsache, dass sie alle Augmented-Reality-

Linsen trugen. Wolfgang würdigte seine Ruhe, die immerhin ausreichte, auch Vicky am Aufspringen zu hindern. Als schließlich die offizielle Durchsage des Flughafenpersonals kam, hatte sich längst weit mehr als die Hälfte der Passagiere zum Boarding aufgestellt. Er bewunderte die Effizienz, die eine so kleine Information mit sich brachte, und dachte daran, welch Gedrängel es früher gegeben haben musste – obschon die Idee der Sitzplatznummerierung nicht neu war. Er schnappte den kleinen Rucksack, aus dem sein Handgepäck bestand, und nahm Vickys Hand, die dankbar und nervös aufsprang. Er musste ein wenig lächeln über den Umstand, dass sie leichte Flugangst hatte – und dennoch ohne seine Anwesenheit eine der ersten in der Schlange gewesen wäre. Ihre Impulsivität wusste er zu schätzen. Denn auch wenn es manchmal mühsam war, sie im Zaum zu halten, ergänzten sie sich doch ganz gut. Als sie das Flugzeug betraten, heulten die Turbinen bereits auf. Wolfgang war zufrieden, dass sie der Hektik entgangen waren. Vielleicht half diese kleine Vorkehrung ja etwas, wenn Vicky beginnen würde, sich bei Turbulenzen an ihn zu krallen. Wolfgang atmete noch einmal tief ein. Nein. Keine seltsamen Düfte. Nur chemieschwangere, kerosinhaltige Flughafenluft.

Sie erkannten ihre Plätze daran, dass es die einzigen waren, die noch frei waren. Missmutig blickten einige Mitreisende sie an, als hätte allgemeine Hektik dazu beigetragen, dass es schneller gegangen wäre. Wolfgang wusste aus jahrelanger Erfahrung, dass genug Zeit zum Ein- und Aussteigen vorgesehen war, aber Touristen, wie er Wenigreisende abschätzig nannte, wussten es eben nicht besser – oder wollten es nicht besser wissen. Er machte ihnen keinen Vorwurf. Vicky wollte natürlich am Fenster sitzen. Im Gegensatz zum üblichen Flugangstleidenden störte es sie nicht, aus dem Fenster zu sehen, sondern nur, wenn das Flugzeug wackelte – nie im Leben hätte er sie davon abhalten können, den Fensterplatz zu besetzen. Er musste sich damit abfinden, dass er nur über ihre Schultern hinweg die glitzernden Wellen der Ägäis bewundern konnte, doch andererseits war es ihm egal. Die Aussicht auf die Heimat war selten so verlockend gewesen.

Ungestört verließen sie das hellenische Inselparadies, überflogen Kykladen und Bosporus. Wolfgang hatte die Augen geschlossen und war dankbar, dass Vicky so ruhig war, wie man es sich nur vorstellte, als es begann. Wie mit dem Flügelschlag eines Schmetterlings hatte er Rosenduft in der Nase. Nelken, Tulpen, Sanddorn kamen hinzu. Ohne dass er jemals besonders botanisch interessiert gewesen wäre, war es, als säße er mitten auf einer Blumenwiese und typisierte die lokale Flora wie ein strebsamer Biologiestudent. Unbehagen breitete sich in ihm aus. Im Grunde wusste Wolfgang nicht einmal, woran Rosen- oder Nelkenduft zu unterscheiden gewesen wären, es passierte einfach. Vorbei die beruhigende, gleichförmige Luft der Bordklimaanlage. Er öffnete die Augen. Verträumt blickte Vicky auf die nahenden Wipfel der Karpaten und ignorierte ihn und alles andere um sie herum, so gut es ging. Nachdenklich fragte er sich, ob er es wagen könnte, tief einzuatmen.

Überwältigt von den Eindrücken, musste er husten. Vicky fuhr herum und musterte ihn.

»Was ist denn jetzt wieder?«, sagte ihre Flug-Nervosität und nahm von ihr Besitz.

»Ich bin nicht sicher«, sagte er.

Sie hob eine Braue.

»Ich dachte kurz, ich müsse niesen«, log er und aalte sich im Odeur von Eukalyptus und Tannengrün.

»Mhh, mhh«, brummte Vickys Unzufriedenheit. »Freu dich lieber, wie gut ich den Flug vertrage.«

»Allerdings«, sagte er nicht ohne Ironie und wähnte den Geschmack von Holunder auf seiner Zunge. Er leckte sich die Lippen. Was für ein seltsames Gefühl. Genau wusste er, dass er nur sterile Flugzeugluft atmete. Und doch, irgendetwas außerhalb seines Bewusstseins musste Anteil an diesen Eindrücken haben. Zwar begriff er, dass Blumengeruch angenehmer war als Pech, Schwefel und Ölschlick, aber verstehen konnte er es trotzdem nicht. Wieder der verführerische Gedanke, sich selbst für verrückt zu halten. Was geschah hier mit ihm?

»Was schnüffelst du?«

Vicky starrte ihn an und musste es wohl schon einige Momente getan haben.

»Ich ... nichts.«

Sie verdrehte die Augen. »Wolfgang. Du guckst genau wie bei deinem Sonnenstich. Schwindel mich nicht an.«

Er seufzte. »Ich ... nein. Es ist, als säße ich auf einer Blumenwiese. Nelken, Tulpen, Rosenduft.«

»Was?«

»Ich rieche Dinge, die nicht da sind«, fasste er noch einmal zusammen.

»Was?«

Er überlegte, wie er es noch erklären konnte – doch er verstand ja nicht einmal selbst, was vor sich ging. Wolfgang schluckte einen tiefen Seufzer hinunter, um Vicky nicht zu provozieren. Was sollte er nur tun?

»Also?«

Es gab kein Entkommen. Vorwurfsvoll, verwirrt und fragend blickte sie ihn an. Eine Spur Ungeduld war zu erahnen, doch sie mischte sich langsam mit echter Sorge, die Vicky sich die Lippen lecken ließ, wie sie es immer tat, wenn sie angespannt war. Flugangst oder nicht – Wolfgang genoss die Erkenntnis, dass er sie immerhin von den dunklen Wolken würde ablenken können, die dichter und dichter unter ihnen lagen, gleichsam jedoch auch seine Stimmung widerspiegelten. Er seufzte. Blickte Vickys zweifelnde Augen an.

»Ich weiß nicht, Süße«, sagte er und versuchte, nicht allzu verzweifelt auszusehen. Andererseits glaubte er nicht, dass jemand, der 8000 Meter über dem Erdboden auf einer Blumenwiese saß, wahrhaft verzweifelt auszusehen vermochte.

Vicky hob und senkte die Augenbrauen und atmete tief ein.

»Du bist also dabei, durchzudrehen?«

»Wenn ich das mal wüsste«, sagte er resigniert.

»Was …«, begann Vicky, doch ihr Gesicht zeigte die Turbulenz, bevor er sie körperlich spürte. Sie wurde blass und blickte ins Leere.

»Oh-oh …«

›Auch das noch‹, dachte Wolfgang. Jetzt waren sie wie zwei Kaputte in einem viel zu kleinen Flieger, der für die eine nach nackter Angst schmeckte und dem anderen groteske Frühlingsdüfte gebar. Vicky schnappte nach Luft und Wolfgang wusste, was jetzt kam. Routiniert griff er nach der Tüte, doch harsch drückte sie seinen Arm weg.

»Wenn du dir Blumen einbildest, kann ich mir auch einbilden, dass wir nicht in einem Flugzeug sind«, sagte sie trotzig.

Er wollte sie gerade darauf hinweisen, dass es weder Wunsch noch Entscheidung gewesen wäre, sich so … seltsam zu fühlen, da tastete sie doch vorsichtig und schamhaft nach der Tüte.

Sekunden später übergab sie ihr griechisches Frühstück herzhaft über seine Finger und teilweise die Tüte.

Es war Honig und Joghurt, was an seine Nase drang, nicht Erbrochenes und Halbverdautes, doch tapfer wischte er die Hände sauber und legte den Arm um Vicky, die seine Beherrschung dankbar annahm und leichenblass tief in ihrem Sitz versank.

»Ich schätze«, sagte sie kleinlaut, doch nicht ohne Belustigung, »dass das mit der Imagination doch nicht so einfach ist – ich hatte es kurz einfach vergessen, weißt du.«

Wolfgang streichelte mit der sauberen, geruchlosen Hand ihre Stirn und gab sich selbst doch ganz und gar dem süßen Honigduft hin, der ihn verführte. Was auch immer seinen Verstand vernebelte, die Aufklärung würde warten müssen, bis sie am Boden waren.

***

»Sie riechen also Dinge, die nicht da sind, oder von denen Sie glauben, dass sie nicht da sind?«

Wolfgang nickte düster.

Dr. Gottfried Leopold Waranowski flippte die Untersuchungsergebnisse des griechischen Lazaretts auf sein Pad und legte die Stirn in Falten.

»Sonnenstich?«

»Das ist, was man mir sagte«, antwortete Wolfgang. »Doch das war vor zwei Tagen.«

»Das Gehirn ist ein faszinierendes Organ«, antwortete der kahle Neurologe. »Halluzinationen können aus ganz verschiedenen Gründen auftauchen und ebenso überraschend wieder verschwinden. Aber …«

Er machte eine Pause und atmete genüsslich ein. »Aber dass eine so einseitige Reaktion auftritt, ist äußerst selten. Ihre Augmentierung übrigens funktioniert laut interner und externer Diagnose tadellos und hat damit überhaupt nichts zu tun.«

Wolfgang wusste nicht recht, doch der Arzt erwartete offenbar, dass er etwas darauf antwortete oder irgendwie seine Gefühle, für die er – so glaubte er – nichts konnte, rechtfertigen sollte. Er sagte nichts.

»Nun, Herr Schmidt … ich würde gerne noch ein paar zusätzliche Tests machen.«

Vorsichtig nickte Wolfang. Das war doch eine gute Idee oder? Mehr Tests bedeuteten mehr Information, und mehr Information konnte nur nützlich sein.

Der Arzt kam mit einem großen leuchtenden Helm zurück, der ein wenig an ein herumgedrehtes Nudelsieb erinnerte, aus dem sich nach oben lauter Spaghetti herauskräuselten.

»Was ... äh, machen Sie damit?«, fragte Wolfgang.

»Ich möchte Ihre neuronale Antwortlatenz messen und eine räumliche Aktivitätskarte ihres zerebralen Kortex anfertigen«, antwortete er.

»Na gut. Äh ... was muss ich machen?«

Waranowski deutete auf einen anderen Behandlungsstuhl, der etwas lieblos in einer Ecke stand. »Sie werden bestimmte Sinneswahrnehmungen vorgesetzt bekommen. Konzentrieren Sie sich einfach genau auf das, was Sie spüren, Herr Schmidt.«

Nachdem er Wolfgang den Helm aufgeschnallt hatte, begleitete er ihn zu dem Stuhl, zog sich dann jedoch hinter seinen Schreibtisch zurück.

»Keine Sorge«, fügte er noch hinzu. »Es dauert nicht lange und tut überhaupt nicht weh.«

Es kribbelte etwas in der Nase, doch dann geschah nichts weiter. Verzweifelt versuchte Wolfgang, sich ganz auf sich selbst zu konzentrieren, doch die versprochenen Eindrücke kamen einfach nicht.

»Hervorragend, das war es auch schon«, sagte der Arzt plötzlich.

»Ich ... habe nichts gemerkt?«, sagte Wolfgang halb fragend und drehte sich um.

»Ganz genau. Die Messergebnisse zeigen, dass Sie keinerlei Halluzinationen haben. Es tut mir leid, dass ich Sie ob des Zwecks dieses Tests anschwindeln musste, aber nur so ist eine sichere

Möglichkeit gegeben, Sie zu untersuchen. Der Verstand ist ein erstaunliches Konzept, und wenn man ihm vorher sagt, was ihn erwartet, passiert nun einmal etwas anderes als sonst.«

Wolfgang musterte den augenscheinlich gut gelaunten Arzt. »Und was bedeutet das jetzt?«

»Ich schreibe Ihnen noch eine Wochenration der Neuropeptidblocker auf, die Sie schon auf Rhodos bekommen haben, und schreibe Sie noch eine Woche krank – und damit sollte sich diese lästige Episode dann auch erübrigen.«

Langsam nickte er. Es war also alles in Ordnung. Wolfgang rang sich ein Lächeln ab.

Kommentarlos begleitete der Arzt ihn zur Tür. Das Rezept würde er sicher vom Praxispersonal erhalten.

»Gute Besserung«, sagte er schließlich noch, doch die Betonung machte Wolfgang schlagartig bewusst, dass er nur einer von vielen Patienten war und der Arzt ihm entweder doch nicht recht glaubte oder dachte, dass die Medikamente helfen würden. Er seufzte. Solange es wieder Blumenwiesen wären, würde er sich nötigenfalls ja sogar daran gewöhnen können. Doch unangenehmere Gerüche könnte er schlechterdings immer weniger ausblenden. Nun ja. Vielleicht hatte der Mediziner ja auch recht. Abwesend nahm er das Rezept in Empfang und machte sich auf den Weg.

***

Wolfgang war nicht Teil jener Meute, die sich über Medikamente aufregten, weil sie nicht angenehm anzuwenden waren. Im

Gegenteil, seine Vernunft ließ so manch bittere Pille zu süßem, klebrigem Nektar werden, doch diesmal war es anders. Die ganze Wucht der Scheußlichkeit traf ihn am Küchentisch, als er den Beipackzettel wie üblich aus der Verpackung gezerrt und weggeworfen hatte. »Morgens, mittags, abends«, sagte sein Verordnungszettel, und daran gedachte er sich auch zu halten. Doch in dem Moment, da die versammelte Chemie seinen Rachen hinunterrutschte, begriff er, dass es nicht leicht werden würde, ja, dass er nicht überzeugt war. Dass seine Zweifel womöglich auch die kleinste Wirkung zunichtemachen würden. Er würgte.

»Jetzt zieh nicht so ein Gesicht.«

Mitleidig sah Vicky ihn an, besann sich jedoch schnell und kaute weiter an ihrer Hälfte des frischen Baguettes, das vor ihnen lag.

»Das ist die widerlichste Medizin, die ich je nehmen musste«, keuchte Wolfgang und schüttete ein ganzes Glas Wasser hinterher.

»Ich dachte, es ist das gleiche wie auf Rhodos?«

Wolfgang schüttelte den Kopf. »Es ist nur der gleiche Wirkstoff. Vermutlich ohne Touristenzuckerwatte drum herum.«

»Und wenn schon.«

Er nickte. Eigentlich hatte sie ja recht. Und doch – irgendwie musste er sich vorstellen, welch abstrusen Tanz die Wirkstoffe in seinem Blut voller Hormone und Nährstoffe anzuzetteln drohten. Ihn fröstelte. Was passierte nur mit ihm?

Wolfgang schloss die Augen und konzentrierte sich ganz auf seinen totenstillen Verdauungstrakt. Wartete, ob ihm schlecht würde, ob er wenigstens ein bisschen aufstoßen müsste. Nichts.

Beinahe war er bereit zu glauben, dass die Pillen offenbar also immerhin nicht schaden konnten, da passierte es.

Für einen kurzen Moment schien sich die Welt umzustülpen, von innen nach außen, von außen … nein. Da war nichts. Mit zitternder Hand griff er nach dem blau gestreiften Tischtuch.

»Wolfgang?«

Vickys prüfender Blick.

»Es … ist nichts.«

Weder log er, noch antwortete er nur, um sie zu beruhigen. Er blickte auf seine Hände. Kein Zittern. Nichts. Es war kein Gefühl, das ihn hier leitete, sondern mehr die tiefe Überzeugung, dass das noch nicht alles war. Nicht alles sein konnte. Der Digitalchronometer an der Wand gab mit maschinengenauer Präzision Sekunde um Sekunde preis, Wolfgang zählte sie alle. Nein, da war kein schneller Puls, keine Winzigkeit eines unruhigen Atems. Und doch – er beobachtete sich gewissermaßen selbst dabei, wie er darauf wartete, dass etwas passierte. Irgendetwas.

»Und wieso benimmst du dich dann also so albern?«, fragte Vicky in die Stille hinein und machte ihre vorwurfsvolle Miene.

»Ich …« Er seufzte. »Mir ist nicht wohl mit den Medikamenten, das ist alles.«

»Ein schnöder Sonnenstich!«, entgegnete sie spitz. »Du bist der wehleidigste Mann, den ich mir vorstellen kann.«

Wolfgang dachte kurz daran, noch einmal seinen Puls zu schätzen, doch besann er sich darauf, Vickys Blicken ja nicht auszuweichen. Sie hatte recht. Vermutlich war er wehleidig. Doch was nutzte es, Stärke zu demonstrieren, wo sie nicht existierte? War es nicht ihre Aufgabe … Er unterbrach sich. Einerlei. Er hatte keine Lust auf Streit. »Ich gehe etwas an die frische Luft«, sagte er.

»Nur zu. Aber setz deine Mütze auf.«

Wolfgang feixte innerlich. Glücklich, dass sie nicht mitkommen würde, stand er vom Tisch auf, ignorierte ihr Palaver, dass er den Tisch nicht abräumte, und zog die Mütze so tief in die Stirn, wie es nur ging. Zwar hatte es noch gute fünfzehn Grad, doch hatte sie recht damit, dass es besser sein würde, sie aufzusetzen. Es stürmte zwar nicht, doch es war auch nicht gerade der sommerlichste Juli, seit er denken konnte.

2

Der Abend in Kreuzberg war wundervoll und doch gleichermaßen trostlos. An einem Tag wie diesem hätten diejenigen, die es sich leisten konnten, Kinder zu haben, um diese Zeit umherflanieren müssen. Und doch waren die Straßen wie von einem unsichtbaren Moloch von Menschen und Geschäftigkeit so leergefegt, wie es sonst nur die Vorhersage von saurem Regen vermochte. Hastig sog er die kalte Luft ein und warf einen Blick auf seine Okularaugmentation. Mit drei flinken Seitwärtsbewegungen der Augen wischte er die Wettervorhersage in den sichtbaren Bereich und studierte sie. Kein Sturm, kein Feinstaub. Doch, vielleicht, ein ganz klein wenig Sommerregen.

Gedankenversunken lenkte er die Schritte ans Waterloo-Ufer des Baches, der einst der stolze Spree-Fluss gewesen war. Ein einsamer Kanute preschte platschend und japsend vorbei und durchschnitt das spiegelglatte Wasser. Wolfgang sah ihm lange nach, bevor er sein Tempo wiederfand und sich selbst daran erinnerte, dass er zwar ohne Ziel, aber doch nicht ziellos unterwegs war.

Unwillkürlich stellte er sich vor, wie kalter Ostwind sein Haar zerzauste, doch als er sich umdrehte, um die Bö zu spüren, die er sich nur einbildete, wurde ihm klar, dass die Luft stand und ganz und gar nach seinem Berlin roch. Wieder hielt er inne, als lausche er der fernen Melodie der viel zu ruhigen Stadt, da begriff er es. Dieses eigenartige Gefühl … dieser Eindruck der Seltsamkeit war plötzlich wieder zurückgekehrt. Wolfgang zwang sich, tief einzuatmen und die Augen zu schließen. Sein Geist war vollkommen leer und nur die nackte, tote, vollkommen eigenschaftslose Silhouette von Berlin war um ihn herum. Schließlich riss er die Augen wieder auf und suchte die Dämmerung verheißende Sonne, die sich in den nicht enden wollenden Straßenschluchten zur Nacht niederwarf.

Kein Déjà-vu, nicht einmal ein Déjà-écouté. Und doch war es ganz und gar eine seltsame Verschmelzung von Fausse Reconnaissance und Präkognition, ohne dass es je das eine oder das andere gewesen wäre. Dann fing sein Ohr an zu piepen.

Wolfgang hatte Mühe, das Gleichgewicht zu behalten, fing sich schließlich an einer Laterne und zwang sich ins Bewusstsein zurück, dass das alles nicht passieren konnte. Er hatte doch die Nervenberuhigungspillen genommen und balancierte sozusagen an der Grenze zur sensorischen Sedierung. Halluzinierte er?

Mühsam kramte er sein kleines Padphone heraus und wischte zittrig über die Status-Apps seiner Augmentierungen. Er blinzelte kurz und wischte erneut den Wetterbericht in sein Blickfeld, nur um sich zu vergewissern, dass die Okulare funktionierten. Aber es war ja auch das Ohr, das piepte. Kurz hatte er das Gefühl gehabt, als wäre der schäbige, viel zu hohe und viel zu schrille Ton seinen Augen entsprungen, aber das konnte ja nicht sein, und so fuhr er erneut über den Schirm und prüfte die akustische Augmentation. Es gab ein melodisches Gurgeln, das die Selbstdiagnose darstellte und ganz offenbar bewies, dass sie funktionierte, und dann machte er Musik an und ging einfach weiter.

***

Sein Verstand hatte das Kommando wieder zurückerlangt und zwang den Rest seines ... Selbst zurück in Reih und Glied. Die Bässe der schlechten, postmodernen Grunge-Rock-Band, die er beim Streamen aufgeschnappt und abonniert hatte, gaben ihm Rhythmus und Richtung vor und trieben ihn zurück nach Hause. Er war in Berlin aufgewachsen und kannte es besser als die meisten sogenannten Touristenführer, doch als er in dem Marsch zu den künstlichen, kaum handgespielt klingenden Gitarrensoli voran zog, verflüchtigte sich die Vertrautheit mehr und mehr. Die Grenzen von dem, was er Berlin nannte und was er als solches wahrnahm, verschwammen mit dem, was der Song ihm einzuflüstern schien – dass er auf der Suche nach etwas war, das er nicht kannte und von dem er nichts wusste, außer, dass er es finden musste. Wie auf ein unhörbares Kommando blieb Wolfgang plötzlich stehen und lauschte. Die harten Beats der augmentierenden Musik übertönten zwar alles, doch glaubte er ... nein, *wusste* er auf einen Schlag, was zu hören war. Er hörte es nicht, sondern sah entrückt seinem Verstand dabei zu, wie er es hörte.

Ein schriller, entsetzlich durchdringender Schrei zerschnitt seine Wahrnehmung. Sofort begriff er, was er zu tun hatte. Er begann zu rennen. Rannte so schnell er konnte in die Richtung, die er ausgemacht hatte. Er schmeckte eine ferne Sirene, die parallel zu ihm auf die Quelle des Kraches hinführte. Wie roter, kalkiger Rost in seinen Ohren überschlug sich das Jaulen und Ächzen, ehe er so etwas wie quietschende Räder vermutete und wieder allein mit dem Schrei war. Er konnte körperlich den Schmerz spüren, der zu solch einem grauenvollen Geschrei befähigte …

Wolfgang bog um eine Ecke, ignorierte jetzt den Rhythmus des Grunge-Sounds und war sicher, dass er fast da sein musste. Ihn wunderte nicht, dass sich niemand sonst um den Lärm zu kümmern schien, denn er für ihn stand fest, dass er um sein Leben rennen musste, wenn er den armen Besitzer der schreienden Stimme noch retten wollte, es sei denn … Sein Verstand hatte den ungeheuerlichen Gedanken noch nicht zu Ende formuliert, da verstummte einem kakophonischen Vakuum gleich der Krach und ließ Wolfgang allein.

Er fasste sich an den Kopf, steckte Finger in die Ohren, prüfte noch einmal die Wiedergabefähigkeit der augmentierten Ohrhörer. Nichts. Kurzzeitig war ihm, als höre er nicht einmal Stille. Wer hatte die Musik ausgemacht?

Wolfgang schüttelte den Kopf. Brachte die Lokalnachrichten auf die Okulare. Hier gab es keine Aufregung.

Einbildung also? Er drehte sich wieder in Richtung Westen und blickte herausfordernd in den Abendkampf der dämmrigen, roten Sonne. Irritiert sah er, wie die Okulare abblendeten, bevor seine Pupillen sich zusammenziehen mussten, obwohl er den Effekt natürlich kannte und schätzte.

Was passierte hier nur?

Er sah sich um und erkannte Berlin, als habe es sich nur kurz umgezogen. Sofort erinnerte er sich an den Weg nach Hause. Wo wollte er noch gleich hin?

In sich zusammengesunken schlurfte er den halben Kilometer, oder wie viel es sein mochte, überquerte noch einmal die Spree und loggte sich ein.

***

Obschon nicht nötig, wünschte er dem Portierhologramm eine gute Nacht, ehe er sich in die bequeme, einladende Dunkelheit des Lifts begab, der ihn in den zwölften Stock bringen würde. Wolfgang seufzte, umarmte die bekannte, miefige Luft des Appartementblocks und dachte an Vicky. Er würde ihr nichts davon erzählen. Immerhin konnte er ja nicht einmal sicher sein, dass es real gewesen war. Nein, wenn sie nicht aufpasste, würde er den Beipackzettel aus dem Müll heraussammeln und sichergehen, dass er nicht zu viel oder zu wenig, sondern genau die richtige Dosis von diesen verdammten Pillen einnahm.

Als die Türhälften mit einem ächzenden Geräusch auseinanderglitten, fühlte sich Wolfgang einfach nur leer. Ermattet trottete er zur Eingangstür und wischte über den Fingerabdruckentriegler.

»Ah, da bist du ja.«

»Hallo, Schatz.«

»Wo bist du gewesen?«

Er ignorierte die gespielte Empörung in ihrer Stimme. »Ich war draußen«, sagte er. »Weißt du doch.«

»Aber wie du aussiehst. Fast, als hättest du dich geprügelt.«

Wolfgang musterte sich im Geiste und begriff erst jetzt, dass er verschwitzt und zerzaust sein, vielleicht erschöpft aussehen musste.

»Es ist etwas windig«, erklärte er.

Vicky nickte, doch sie wirkte zum ersten Mal nicht sauer, sondern aufrichtig besorgt. »Ist alles in Ordnung?«, fragte sie.

»Ich …« Wolfgang begriff, dass er es sich hätte auf dem Heimweg zurechtlegen müssen. Andererseits, warum wollte er nicht mit ihr darüber reden? Weil es zu schmerzhaft wäre, wenn sie ihm nicht glauben, ihn für verrückt halten würde? Und war er es?

Tief atmete er ein. »Ich glaube, es sind die Tabletten«, sagte er. »Mir ist etwas unwohl. Die frische Luft tat aber gut.«

Unbeteiligt blickte ein Teil von ihm auf den Mann, der vor seiner Verlobten stand und sie belog. Es fühlte sich gut an. Richtig. Wolfgang schüttelte innerlich den Kopf und wandte sich ab. »Ich denke, ich werde schlafen gehen.«

Überrascht wich er beinahe ein Stück zurück, als sie unvermittelt auf ihn zuging und ihm einen Kuss auf die Wange hauchte. »Das beweist, dass etwas nicht stimmt«, sagte sie, doch sie zwinkerte ihn dabei an. »Du gehst nie vor zehn ins Bett. Ich verstehe echt nicht, wie dich das so umhauen konnte.«

»Ich auch nicht«, sagte er. Die Wahrheit. Vielleicht. »Gute Nacht.«

***

In dem Moment, da sein matter Körper auf das Laken plumpste, war sein müder Verstand schon eingeschlafen. Erschöpfte Organe pulsierten und zwickten, seinen Synapsen einen grotesken Tanz um die Deutung aufzwingend – zumindest fühlte er das. Es war ein seltsamer Moment der Klarheit, in dem er begriff, dass er träumte, doch war er nicht Herr seiner Sinne. Hilflos musste er beobachten, wie er mehr und mehr Pillen in sich hineinwarf, auf eine perverse Art und Weise genüsslich schluckte, und jede einzelne einem riesigen Kloß gleich in seinen sich blähenden Bauch hinunterwürgte.

Dann hörte er wieder die Sirene und das Pfeifen im Ohr und dann stand er mitten in Kreuzberg vor etwas, das er für eine Manifestation seiner Vorstellung von der eigenartigen postmodernen Grunge-Band hielt, die rückwärts zu spielen schien. Es drehte sich alles, doch gleichzeitig war es seltsam starr und in seiner Struktur gefroren, was ihn erinnerte, dass er nur träumte, obschon es sich ganz genau so anfühlte wie zuvor. Er versuchte herauszufinden, ob auch die Sirene rückwärts spielte, doch es gelang ihm nicht, sich das vorzustellen. Wolfgang trat aus dem Avatar seines letzten Funken Verstandes heraus und begriff, dass er allein war. Vollkommen isoliert und einsam. Sein Körper stellte sich gegen ihn und er konnte nur zusehen und abwarten, was geschah. Er war in seinem Kopf und griff sich an die Schläfe, die an dem Kopf dran saß, in dem sich sein Verstand befand, und alles war so verwirrend, dass er schreien wollte, und dann auf einmal wusste er, wessen Schrei er verfolgt hatte, und schließlich war auch klar, dass er ihn nicht hatte finden können.

War er zuvor durch das echte Kreuzberg gelaufen und hatte er selbst wie am Spieß geschrien? Wolfgang erinnerte sich nicht. Ihm schien es so, als wäre er ein Goldfisch in einem Wasserglas, sodass er sich selbst in der Reflektion an den Wänden sehen musste und das Außen, das, was er für Realität halten musste, nur eine flüssige, wabernde Illusion war.

In einer gedanklichen Riesenanstrengung gelang es ihm irgendwie, die mentale Projektion seines Selbst zum Stehen zu bringen. Sah, wie er sich umsah. Schmeckte den Schmerz in sich, der wie rostiges Metall krümelte und sich nicht wegspucken ließ. Wolfgang seufzte. Seine Ohren taten weh, doch als er sie anfasste, schien es ihm fast, als wären sie überhaupt nicht da. Hatte er nicht eben noch die Sirenen gehört? Zittrig tastete er seine Schläfen ab. So … eigenartig. Der Kopf war ganz glatt, und doch wusste er, dass sie da waren. Es war mehr, als hätte er die Form vergessen, als dass er davon ausgehen musste, nicht richtig zu fühlen. Nachdenklich blickte er auf sein imaginiertes Selbst. Dann schloss er die Augen und fuhr erneut die Schläfen entlang. Nichts. Seine Ohren waren da und doch gleichzeitig nicht da.

Der Schrei.

Wie in Zeitlupe sah er, wie er selbst aufsprang und plötzlich wie ein Irrer losrannte. Wohin, er wusste es nicht. Er folgte dem Bild, ohne den Körper, aus dem er heraus sah, bewegen zu müssen. Flog hinter dem anderen Ich her. Hinter dem Schrei her, immer und immer weiter. Hatte er nicht herausgefunden, dass er selbst geschrien hatte? Wohin rannte er dann?

Zum ersten Mal achtete Wolfgang auf die Umgebung – er war sich nicht sicher, ob zuvor überhaupt Umgebung dagewesen war oder sein Verstand sie jetzt erst hinzufügte. Kreuzberg. Die Straßen am

Spreekanal. Er war hier gewesen. Nur wann? Und warum? Er sah weiterhin nur seinen rennenden Rücken, und Beine, die nicht seine sein konnten, denn nie wäre er imstande gewesen, so zu laufen – er war es also nicht und doch war es mit Sicherheit er.

Wolfgangs Verstand kam schließlich außer Atem und blieb stehen. Im selben Moment begann der Schrei von neuem. Erschöpft setzte er sich auf eine Bank, die vor ihm … erschien. Er fand nichts dabei, die Illusion des Traumes erklärte und begründete alles – ohne, dass er jetzt gewusst hätte, warum das alles passierte und was es ihm sagen sollte –, denn er hatte jetzt das starke Gefühl, dass er irgendetwas, ein fernes Detail oder eine diffuse Erkenntnis, mitnehmen musste, wenn der Traum enden würde. Furcht umfing ihn, dass er es nicht begreifen würde. Kreuzberg verfinsterte sich, die ohnehin schale Sonne wurde zur Karikatur einer traurigen Glühbirne und zersprang schließlich mit dem viel zu leisen Plopp eines implodierenden Vakuums.

3

Sein Husten war das erste, was er bemerkte, nachdem es ihm irgendwie gelungen war, nach Luft zu schnappen, ohne zu schreien. Das sichere, weiche Gefühl, aufgewacht zu sein, umfing sein pochendes Herz. Unstet zuerst, dann immer gewaltiger fiel die Realität auf ihn zu wie ein sich zusammenziehendes Netz aus Lügen, um wie eine Eimerladung Wasser an seinen Schädel zu klatschen und ihn augenblicklich begreifen zu lassen, dass er nass vor Schweiß in seinem Bett lag.

Sekundenlang lag er da, hielt die Luft an und wartete, was passierte.

Stille.

Er sah im fahlen Licht der Digitalwecker, wie Vickys Silhouette neben ihm atmete, ohne dass er es hören konnte. Er wollte ganz sicher sein, dass sie nicht aufwachte und sah, wie er aussah – aussehen musste – dann würde er aufstehen und sich im Bad frisch machen.

Vorsichtig blinzelte er zur Uhr. 23:10. Er konnte nicht lange geschlafen haben. Unglaublich. Was hatte er nochmal geträumt? Für einen kurzen Moment spürte er die Schwerelosigkeit des Fallens, assoziierte es mit dem sich zu schnell verflüchtigenden Traum und dann wusste er, dass er sich nicht würde erinnern können.

Stille.

Nur Stille.

Er legte die Hände an die Ohren und verstand zu schnell, was geschah. Verstand, dass er vor Schreck schreien musste, als die Silhouette seiner Freundin wie vom Blitz getroffen aufsprang und ihn ansah. Dass sie auf ihn einredete, beinahe einschlug.

Und er hörte von all dem: nichts. Nicht einmal das Pochen seines Herzens oder das Rauschen des mit Adrenalin geschwängerten Blutes in seinen Ohren. Wolfgang war taub oder – es kam ihm wie eine seltsam abstruse und gleichzeitig viel logischer klingende Vorstellung vor – hatte vergessen, wie man hörte. Er hielt die Hände vor den Mund und versuchte zu erfahren, ob er immer noch schrie, war inzwischen einigermaßen sicher und sah ratlos, wie Vickys Mund sich bewegte, ohne dass er entziffern konnte, was sie ihm an den Kopf werfen musste. Ratlos kramte er alle Schubladen des kleinen Nachttisches durch. Als er nicht fand, was er suchte, sprang er auf und suchte den Einkaufszettel vom Küchentisch, ehe er auf dem Weg zurück in der Düsternis der Wohnung beinahe mit Vicky zusammenstieß, die ihn entgeistert anstarrte, doch anscheinend nicht mehr auf ihn einredete.

»T-A-U-B«, schrieb er in krakeliger Schrift auf das rosa Papier des Notizblockes und sah sie ratlos an.

Verzweiflung traf seinen Blick. Immerhin, dachte er belustigt, war es nicht Unverständnis, das er in ihren Augen sah. Obschon er die Gefahr und Surrealität der Situation erkannte, fand sein Verstand irgendwie die Zeit, fasziniert das Mienenspiel seiner Freundin zu deuten und eine mentale Notiz zu hinterlassen, wie viel man auch ohne Sprache herauslesen konnte – vielleicht musste, wenn der Zustand anhielt, dachte er.

Wolfgang schnaufte tief durch und schaffte es schließlich, sich selbst und die vollkommen aufgedrehte Vicky an den Küchentisch zu bugsieren, das Licht anzumachen und beide gleichermaßen mit Zettel und Stift zu bewaffnen. Er zollte dem Hauch von Konservativismus Tribut, der ihren Haushalt am Papier hatte festhalten lassen, und seufzte lautlos – zumindest dachte er, dass es wohl lautlos war.

Zitternd schob Vicky ihm einen Zettel hin. Ihre Schrift war noch krakeliger als seine, dennoch hatte er keine Mühe, das Wort »Krankenhaus« zu entziffern. Bitteres Lachen blieb in seiner Kehle stecken, als sein Verstand ihm die Erinnerung an die Vicky vor zwei Tagen präsentierte, die ihn für den Sonnenstich gescholten hatte und ihm nun kreidebleich gegenübersaß. Er sah die Angst in ihren Augen, doch musste er, obschon er nicht wollte, auch eine Portion Unverständnis darin sehen. Aber das war sie eben auch, seine Vicky, und er schätzte es nicht zuletzt, weil sie oft Recht hatte, wenn sie meckerte. Seltsam. Wie kam er überhaupt auf das alles? Er sah, wie ihr Zeigefinger fragend auf das Zettelchen vor ihm tippte.

Er setzte zum Nicken an, doch er unterbrach sich. Eigenartig. Was passierte hier eigentlich? Er fühlte sich gar nicht einmal so schlecht. Taub zu sein war furchtbar, und er spürte das Kribbeln und die Unruhe über die ungewohnte Situation in jeder Faser seines Körpers, doch davon abgesehen fühlte er sich ... nun ja, wie eigentlich? Nicht gut, aber doch ... auf eine seltsam entrückte Weise sehr ... normal. Er trat ans Fenster und musterte die Schattenspiele der Straße unter sich. Sehen konnte er noch. Leckte sich über die Lippen. Er schmeckte Salz und Schwefel und rostiges Metall, doch er hatte nicht das Gefühl, dass daran irgendetwas falsch gewesen wäre.

Vickys Hände fanden schließlich seine Hüfte und umfingen ihn. Als er sich umdrehte, stand wieder die nur schriftlich ausgesprochene Frage in ihren Augen.

»Also schön«, dachte er und nickte. Irgendwie wusste er, dass sie nichts finden würden, doch wenn es nur Vicky beruhigte, so war es doch die Aufregung wert, und schlafen – daran war ohnehin nicht mehr zu denken gewesen.

***

Wie in Trance sah er, wie sie mit der Aufnahmeschwester redete, seinen Finger über den Indentifizierer zog und seine elektronische Krankenakte übergab. Die Frauen tauschten fragende Blicke aus. Ganz in weiß gekleidet, sah die Schwester ihn mitleidig an und gebot ihnen dann mit möglichst ausladender Gestik, im Warteraum Platz zu nehmen. Als sie saßen, spürte er Vickys Hand in seiner und die Blicke der anderen Leute der Notaufnahme auf sich. War es so viel seltsamer, taub zu sein, als ein gebrochenes Bein oder Verdacht auf Herzinfarkt zu haben? Er sah, wie sie husteten, ächzten und haderten. Wie sorgenvolle Blicke mit Angehörigen ausgetauscht wurden. Wie sie sich Mut machten und auf eine gute Diagnose hofften. Er sah ihren Schmerz und das Leid und die unausgesprochene Hoffnung darin und spürte selbst absolut nichts.

Kein Unbehagen, keine Beunruhigung, doch auch keine Gleichgültigkeit. Wolfgangs Geist und Seele waren leer und still.

Nach einer Weile sah er im Augenwinkel, wie Vicky ein Taschentuch an die Augen brachte. Wer von ihnen beiden wohl weniger begriff, was hier geschah, fragte er sich. Sie stupste ihn schließlich liebevoll und doch drängend an, und deutete auf einen Mann im Kittel, der am Gang stand und seinen Mund bewegte.

Er hielt Wolfgang die Hand hin, der sie gleichgültig schüttelte. Sah, wie er mit Vicky redete. Wie sie wieder das Taschentuch nahm und eine Träne verdrückte.

Die beiden bugsierten ihn schließlich auf eine schmale, doch überraschend bequeme Liege in einer Art Behandlungszimmer. Gespannt verfolgte er, wie der Mann allerlei Gerätschaften heranrollte und mit Meditab und Sensoren an ihm herumfuhrwerkte.

Verfolgte, wie er immer, immer wieder den Mund bewegte, und auf seinem Tablet herumdrückte. Nachdenklich setzte er sich auf einen Stuhl am notdürftigen Schreibtisch und zog einige Blätter von irgendwelchen Formularen hervor, die sicher nicht verwendet wurden, aber als Notfallvorrat für Stromausfälle vorgehalten werden mussten. Er drehte die oberste Seite um und begann, auf die Rückseite zu kritzeln.

»Lieber Herr Schmidt, ich muss Ihnen leider sagen, dass Sie, was die medizinische Seite betrifft, vollkommen gesund sind. Ich habe Ihre Krankenakte gelesen und werde Ihnen ein Medikament verschreiben, das die Auswirkungen der neuronalen Peptidverstärker, die Sie vor zwei Tagen bekommen haben, abschwächen sollten. Sie werden sie jedoch nicht absetzen, sondern sich morgen früh bei Ihrem Hausarzt melden und alles weitere mit ihm be... klären.«

Die Schrift wurde unleserlich und Wolfgang konnte sich zusammenreimen, dass der Arzt hatte schreiben wollen, alles weitere mit dem Hausarzt zu besprechen, dies jedoch für so grotesk unpassend hielt, dass er innehielt, um einen anderen Ausdruck zu verwenden. Er schmunzelte, woraufhin Vicky ihn seltsam anblickte. Er zuckte mit den Schultern und versuchte ein möglichst bedrücktes Gesicht zu machen, gab dem Arzt die Hand und schlurfte aus dem kleinen Behandlungsraum. Das war also alles?

Ein Gehörloser kommt in die Notaufnahme und es mussten keine invasiven Testmethoden vorgenommen werden? Keine Hirnscans oder Blutuntersuchungen?

Wolfgang konnte sich nicht vorstellen, dass all dies in dem kleinen Diagnosepad eingebaut war. Er erinnerte sich daran, wie er vor Jahren in einem Magnetirgendwas-Tomographen gelegen hatte, wo selbst durch starke Ohrstöpsel noch großer Krach drang. Seltsam.

Während der gesamten Fahrt hielt Vicky mit einer Hand sein Knie fest, als wollte sie sichergehen, dass er auf dem Beifahrersitz bliebe. Wolfgang ließ es ruhig über sich ergehen und wollte sich nur noch wieder hinlegen – ja, seine Ruhe haben. Er dachte weiterhin nicht über das nach, was mit ihm geschah, irgendwie schien ihm alles so richtig und normal, dass es keinen Grund gab, sich aufzuregen. Er wusste nicht, ob er für den Rest seines Lebens taub sein würde, doch andererseits hatte er ja gar nicht das Gefühl, dass er taub war.

Die Treppe ins Haus war indes merkwürdig mühsam, doch es war nicht die Müdigkeit, und auch nicht die bloße körperliche Anstrengung. Er war vermutlich einfach nur wirklich kaputt.

Widerstandslos ließ er sich zurück ins Bett verfrachten, immer geleitet von Vickys warmer, zittriger Hand. Es roch nach Rosenparfum und alten, verschwitzten Laken. Wolfgang sah einen Käfer am Fenster emporkrabbeln, der schließlich in die Dunkelheit fern der Scheibe entfleuchte. Seine Vorstellung ergänzte das Platschen an der Scheibe, als er zurückkam und gegen das Glas schellte, ehe ihm der Trick wieder einfiel und er die viel zu vielen Beine an der Scheibe festkrallen konnte. Fasziniert verfolgte Wolfgang das instinktgeleitete Verhalten des Insekts. Studierte, wie er immer wieder die Flügel ausbreitete und doch nicht losflog, sondern die von innen stammende Wärme gierig aufnahm. Sah die sattgelben Flügel auf- und zuklappen und das Geräusch seiner Erinnerung, fern in der Imagination … war das einer Biene. Seltsam. Der Käfer krabbelte noch eine Runde auf dem Fenster entlang, ehe er Wolfgang den Rücken kehrte und sich mit libellengleicher Anmut vom Sims abstieß und zurück in die Nacht hinaus wollte. Lange sah er das leere Fensterbrett an und dachte nach. Erinnerte sich an das Geräusch, das nur in seinem Kopf existiert haben musste und keineswegs dem dicken, hässlichen Käfer gehört haben konnte. Wieso tauchten immer wieder Dinge auf, die nicht zusammenpassten? Er legte die Hände auf die Stirn und schloss die Augen. Versuchte sich zu erinnern, versuchte zu entscheiden, was echt war … er war sich nicht mehr sicher, wie es ging.

Er spürte Vicky, bevor er sie sehen konnte. Ihren Atem in seinem Nacken. Gehört hatte er sie nicht. Sie umarmte ihn und offenbarte damit, dass sie noch immer vor Angst und Sorge zitterte.

Langsam drehte er sich um, sah ihr tief in die verheulten Augen und küsste sie. Ihre Zunge schmeckte wie süß-saurer Schnee, doch ihre Lippen nur nach Liebe. Wolfgang spürte Dankbarkeit für ihre Sorge, auch wenn es ihn daran erinnerte, dass sie ihm gar nicht nötig erschien. Mühsam gelang es ihm schließlich, ihren Griff zu lösen, eines der Papiere auf dem Nachtschrank zu nehmen und sorgsam und ruhig darauf zu schreiben.

»Alles wird gut. Danke für alles.«

Sie umarmte ihn und weinte. Er schmeckte jetzt das Salz auf ihren Lippen, das wie erstarrende Lava eine aufgewühlte Landschaft formte, die nicht ihrem Naturell, aber doch der Stimmung entsprach. Wolfgang spürte nichts. Sorgsam nahm er ihre Hand und legte sich ins Bett.

Wie automatisch folgte sie ihm. Seine Augen erkannten zu allererst, was passieren würde. Er wollte nicht, hatte keine Lust, doch er spürte, dass es ihr Kraft geben würde. Sah ihren Blick, der zwischen Sorge und unbändigem Willen schwankte und nur eines im Auge behielt. Wolfgang legte sich hin und ließ es geschehen. Er fragte sich zwar, ob es gehen würde, doch er wurde bald versichert, dass es kein pysiologisches Hindernis gab.

Sah, wie sie ihn bestieg, stöhnte und wankte. Versuchte, sich zu erinnern, wie es klang, wenn sie seinen Namen schrie.

Nichts.

Er ließ es geschehen, sah distanziert, dass er schließlich irgendwann kam, doch er fühlte dabei nichts, obschon er erkannte, dass es Vicky alles bedeutete. Und so war es für sie heilsamer als für ihn, wie er leicht merken konnte.

Als sie kraftlos endlich neben ihm in die Kissen fiel, graute längst ein neuer, eben noch unendlich ferner Berliner Morgen.

4

Es war noch niemals leicht für ihn gewesen, aufzustehen, wenn er wusste, dass der erste Termin des Tages ein Arztbesuch sein würde. Da er seinen Wecker nicht hörte, was ihn nicht im Geringsten störte, war es Vickys energisches Drängen, das ihn schließlich aufweckte. Er versuchte, die Erinnerung an eine eigenartige Nacht zusammenzuraffen, doch es war nicht leicht, durch ein weiches Netz aus wohliger Entspannung zu erahnen, was passiert sein mochte. Er wusste, dass er anscheinend nicht mehr hören konnte, wusste jedoch auch, dass er nicht taub war. Sich nicht taub fühlte. Wo waren sie gewesen? Im Krankenhaus? Ja. Ja, so war es gewesen.

Er trat ans Fenster und öffnete es. Auf dem Sims lag ein toter, zusammengerollter Käfer, der die Kälte der ausgehenden Nacht wohl nicht vertragen hatte. Irgendetwas kam ihm bekannt daran vor, allerdings konnte er es nicht bestimmen. Die Versuchung, ihn aufzuheben, wurde von dem Geruch von altem Motorenöl überstimmt, der aus der Küche strömte.

Wolfgang ahnte, dass es Kaffee war, der so roch, doch er hatte sich irgendwie längst damit abgefunden, dass die Dinge nicht mehr so waren, wie er sie in Erinnerung hatte. Er schmeckte Majoran und Zimt und Grapefruit in der schwarzen Brühe, doch spürte sofort die Wirkung des Koffeins, das unbestechlich seine Aufgabe erfüllte. Lächelnd schüttelte er den Kopf, was Vickys fragenden Gesichtsausdruck herbeiprovozierte.

»Was ist?«, schrieb sie an den Rand einer vollgekritzelten Seite.

»Nichts«, antwortete er. »Ich genieße den Kaffee.« Damit meinte er nicht den Kaffee, wie er ihn kannte, doch selbst des Hörens mächtig, schloss er, wäre es schwer gewesen, ihr nahezubringen, was er meinte.

Vicky hatte ein neues Papier hervorgekramt. »Das ist gut«, schrieb sie zurück. »Kannst Du allein zum Arzt gehen?«

Wolfgang nickte. Er sah sie lange an und fügte dann noch etwas hinzu. »Mach Dir keine Sorgen.« So ordentlich geschrieben, wie er konnte.

Vicky lächelte und fuhr ihm mit den Fingern die Wange entlang. »Das mache ich sowieso, Du Chaot«, kritzelte sie unter seine Botschaft.

Natürlich, das wusste er. Und genau deswegen hatte er es auch gesagt. Er stand auf, langsam, und küsste sie auf die Stirn. Für sich lautlos schlich er über die sonst so knarzigen Dielen des überteuerten Altbaus hinaus in die Sonne einer Stadt, von der er heute nichts wusste und die ihm ganz fremd war. Wieder einmal.

***

Er kannte den Weg. Es war ja nur drei Straßen weiter in Richtung Mitte, doch jeder Schritt kostete ihn Überwindung. Nicht körperlich, sondern geistig. Auch scheiterte es nicht am Willen. Es war Wolfgang, als würde er durch Watte laufen. Kalte, von Pech und Schwefel triefende Berliner Watte, die ihm den einfachen Weg versperrte und ihn dazu zwang, Umwege zu nehmen, die aussahen wie der direkte Weg und die sich anfühlten, als ginge er im Kreis.

Zwei-, dreimal kam er an Olli's Café an der Lindenstraße vorbei, sodass er sich schon fragte, ob die Reise es erforderte, sich hinzusetzen. Ging es ohne Kaffee nicht weiter? Wolfgang trieb sich voran durch Lavendelsirup, der unter den Füßen wie Sand war, doch nicht wie zertretene Lavendelblüten knirschte und auch nicht wie Lavendel roch und in den Silhouetten Berlins vollkommen unsichtbar war – abgesehen davon, dass er Wolfgangs Geist verklebte.

Da, die Ecke an der Fischerinsel mit der kleinen automatisierten Paketstation. War er hier schon gewesen?

Berlin wurde zu einem Labyrinth aus Glas und Gedanken, die miteinander in irrem Tanz verwischten. Da drang das Café wieder an Wolfgangs Bewusstsein. Stand er still und irrte die Stadt umher, oder war es umgekehrt? Er seufzte und hielt die Hände an den Kopf in Erwartung, dass er vor Druck bersten oder einen epileptischen Anfall erzeugen oder irgendetwas von der Stadt explodieren lassen würde.

Nichts. Stille. Tiefe, erschreckende, wohlig normale Stille. Imaginierte Schreie von vorbeifliegenden Straßenlaternen. Schemenhafte, überhastete Leute, die mit ihren augmentierten Gadgets in Sekunden seine Hausarztpraxis gefunden hätten – allein sie waren zu schnell für ihn, und jeder Versuch, einen anzusprechen oder festzuhalten, scheiterte an der Befehlsübermittlung vom Gehirn zu den Händen. Und selbst wenn er ohne eigene Wahrnehmung etwas nicht übermäßig Seltsames hätte sagen können – ihre Antwort hätte ja doch nur aus bewegten Lippen und fragenden Blicken bestanden. Wolfgang schluckte und sah sich selbst in der unbewegten Stadt – wie ein vom Wind zerzaustes Gespenst stand er zwischen Kreuzberger Häusern und Menschen und Geräuschen und Eindrücken und war wie ein Schatten, den niemand sah, weil es keinen Gegenstand gab, der er oder ihn oder ihm war. Es gab kein Personalpronomen für seinen Zustand, beschloss er. Wolfgang wagte gar den Gedanken, dass er bald auch für sich selbst unsichtbar sein könnte, und trieb sich schließlich weiter voran. Dorthin, wo er die richtige Richtung vermutete. Vorbei an der Packstation. Vorbei an dem alten Smartphone-Store, in dem längst keine Telefone mehr verkauft wurden, sondern nur noch überteuerte Augmentierungen. Wetten auf die Zukunft, schon immer. Oder?

Vorbei an Olli's Kaffee, dem noch immer die Illusion, nein … die Vorstellung von frischem Kaffeeduft anhaftete. Vorbei an der Packstation …

Der wilde Tanz der Häuser und Straßen wurde schließlich langsamer und erstarb wie auf ein unhörbares Kommando des Ordnungsamtes der Stadt. Wolfgang erhaschte einen Moment der Klarheit – er wusste nicht, ob der Klarheit seines Geistes oder seiner Sinne oder der Welt um sich herum, roch schließlich frische Taubenscheiße und rannte los, da er erspähte, was er so sehnlich gesucht hatte. Das Ärztehaus mit der blau umrandeten, opulent verchromten Doppeltür.

In der Bewegung verschmierte der viel zu moderne Stadtbau auch schon wieder in unscharfe, wabbelige Wölkchen, die rechts und links an ihm vorbeirasten, ehe er sich beinahe den Kopf an dem stieß, was mit voller Wucht und einem dumpf-lautlosen Aufprall zur großen, stabilen Eingangstür wurde.

Genüsslich hielt Wolfgang sich die Schläfen. Der Schmerz war echt, so viel war sicher. Er drehte sich herum. Sah den Weg, den er genommen hatte, hinter sich. Konnte noch immer nicht glauben, welche Aufopferung er hatte aufbringen müssen für drei Häuserblocks. Er seufzte und klopfte sich abwesend auf den Schädel. Kein Geräusch, kaum ein Gefühl dafür, dass er sich berührte. Beinahe war er versucht, den Kopf erneut gegen die Tür zu rammen. Nein, das wäre zu dumm gewesen, entschied er. Und sogleich fragte sein korrektiver, seinerseits in Wolken zerfaserter Verstand, ob das wirklich so war.

Er klingelte. Wunderte sich, was für einen Ton die Klingel der kleinen Praxis von sich gab, obgleich er sie schon oft gehört haben musste. Langsam verließen ihn die Erinnerungen an alltägliche Töne und die Welt wurde immer seltsamer überstrahlt von den einigermaßen fehlerfreien optischen Reizen, die ihn noch erreichen konnten, ja mussten, damit er nicht vollends im Reich des Nicht-, nein, des Fehlempfindens gefangen wäre.

Viel zu spät fiel ihm ein, dass er den Summer nicht hatte hören können. Wolfgang klingelte erneut und drückte sogleich die Tür in das Haus hinein. Sekunden verrannen wie Ewigkeiten, ganze Melodramen an Straßengeschichten flossen hinter ihm im Berliner Gestrudel der Realität an ihm vorbei – zumindest glaubte er das. Schließlich gab das Haus nach und halb fallend, halb dem Echo der nicht enden wollenden Stille des nicht hörbaren Türsummers folgend erreichte er das Treppenhaus.

Mühsam hangelte er sich das Geländer entlang nach oben. Die Stufen waren längst zu grotesk verformten Wackelpuddingterrassen geworden, die vor Kälte glitschig waren und widerlich nach Putzmittel rochen. Natürlich wäre es leicht gewesen, die Hände zu nehmen, um sich an ihnen empor zu ziehen, doch beschied der überhandnehmende Ekel Wolfgang, dass das Geländer seinen Weg definieren musste. Im zweiten Stock angekommen, stand wie ein reißender Schlund weit geöffnet der Flur zur Arztpraxis vor ihm. Er konnte den brennenden Atem des Drachenmauls spüren und lauschte den gespannten Nüstern in seiner Imagination, wie der unsichtbare Lindwurm Atem holte und ihn versengen wollte …

Dann, wie eine Falltür aufgespannt, gleichsam nach unten und zur Seite führend, die ersehnte Tür. Von seinen Gedanken erschreckt, huschte Wolfgang eilig hinein und fand eine Oase inmitten der Wüste. Die klinisch eierschalenfarbenen Wände schienen seine Gefühle aufzunehmen und zu absorbieren, sodass er tatsächlich kurz durchzuschnaufen wagte.

Die rothaarige Sprechstundenhilfe hinter dem Pult redete aufgeregt. Wolfgang erinnerte sich an den Grund, der ihn hierher führte, und nahm den sorgsam zusammengefalteten Zettel aus dem Revers, den der Notarzt im Krankenhaus ausgestellt hatte. Dazu kam der Datenträger mit der Krankenakte.

Rasch drückte die Nachricht die Mundwinkel der Arzthelferin, die Wolfgang betreten anblickte, nach unten. Sie versuchte, aufmunternd zu nicken, und deutete auf das Wartezimmer.

Die Ruhe des Anmeldetresens verwandelte sich in unstetes Rauschen von Eindrücken der Kranken um ihn herum. Er war sich relativ sicher, dass die Welt an sich ungefähr die normale Form hatte, dass der Flur-Drache ihn nicht hierher verfolgen würde, und dass abgesehen von seiner Quasi-Taubheit eigentlich alles in Ordnung war und alles, was passierte, nur an den Pillen lag. Dennoch gab es da wieder dieses seltsame Gefühl der distanzierten Selbstwahrnehmung, die nicht mit seinem Ich übereinstimmte, dabei jedoch gerade so viel daneben lag, dass es wie ein Splitter im Bewusstsein seinen Geist damit beschäftigte, Ursache und Folgen herauszuarbeiten, ohne dass er genug Informationen dafür gehabt hätte.

Wolfgang schloss die Augen und wartete. Er spürte die Wellen von frischen Sinneseindrücken auf ihn einwirken … beinahe war ihm, als könne er den Schalldruck der Gespräche der anderen Menschen auf seiner Haut spüren, nur nicht hören. Es roch nach rosa Häschen und Donnerstagen, und das lag nicht an ihm, sondern an seiner Umgebung. Ganz sicher. Er prüfte sein Padphone. Mittwoch. Es war Mittwoch. Erneut schloss er die Augen und atmete tief ein. Schüttelte den Kopf. Was für ein absurder Gedanke. Als könne eine Arztpraxis nach einem Wochentag riechen. Was passierte hier nur? Er sah sich um.

Keine rosa Kaninchen zu sehen. Nicht einmal ein Loch im Boden, wo es in den Bau hinein führen könnte. Sein Assoziationszentrum spielte verrückt, ganz klar.

Und mit dem Gedanken veränderte sich auch die Welt um ihn herum. Die Farben wurden weniger intensiv und all die Menschen im Wartezimmer sahen nun noch jämmerlicher aus. Authentisch. Geradezu überzeichnet realistisch schien ihm der Moment, bevor die Arzthelferin gestikulierend vor ihn trat.

Wolfgang fluchte innerlich, da der Hauch von Inspiration hinfort war, die Idee eines Erklärungsfetzens wie schlecht angebundene Wäsche im Frühlingssturm hinweggeblasen wurde.

Als er das Wartezimmer verließ und der freundlich und bemüht blickenden Dame im weißen Kittel folgte, roch es noch immer nach Donnerstagen.

***

Doktor Waranowski lächelte.

Wolfgangs Verstand erkannte die Worte »Wie geht es Ihnen» aus seinen Mundbewegungen, doch dann sprach er zu schnell oder zu kompliziert oder beides, sodass er nicht folgen konnte. Das bekannte Muster aus ungläubigem Staunen und betretenem Schweigen wiederholte sich, als der Arzt den Arztbrief der Notaufnahme studierte.

Ratlosigkeit schimmerte in seinen Augen, als er in den Schreibtisch griff und ein paar Mal über sein Pad wischte, um ein krudes Malprogramm zu finden, das sie zur Kommunikation verwenden konnten. Papier gab es hier offenbar keines.

Er fuhr mit der Hand über die glänzende, beinahe poliert wirkende Haut seiner Glatze. Wischte über das Pad. Schrieb etwas.

»Wie fühlen Sie sich?«

Wolfgang zögerte. Atmete tief durch. ›Eigentlich ganz gut‹, dachte er.

Stattdessen nahm er das Pad des Mediziners und kritzelte ein leicht zittriges »Seltsam« auf das elektronische Papier.

Der Arzt nickte mitfühlend.

»Es ist bekannt«, schrieb er, »dass die Neuropharmaka, die Sie bekommen haben, in seltenen Fällen zu Halluzinationen und Fehlempfindungen führen können.«

Wolfgang nickte zaghaft. Er wusste nicht, ob der Arzt erwartete, dass er ihm etwas mehr antwortete, doch immerhin behielt der Mediziner das Pad bei sich. Waranowski löschte den Bildschirminhalt und schrieb etwas Neues.

»Der logische Schluss wäre, das Medikament abzusetzen. Da Ihr Zustand sich jedoch seit dem Zwischenfall auf Rhodos nicht merklich verbessert hat, würde ich dies nur unter Beobachtung empfehlen.«

Lange dachte er nach, bevor er dem Arzt antwortete. Er wusste, was das bedeutete, doch er wusste nicht, ob Waranowski seiner Beschreibung glaubte.

»Glauben Sie, dass es an den Pillen liegt?«, krakelte er auf das Pad. Er war es nicht gewohnt, mit den Fingern zu schreiben. Und außerdem musste er eingestehen, dass nicht die beste Ausgabe von Wolfgang Schmidt im Behandlungszimmer des Facharztes saß.

Er seufzte. Wartete auf die Antwort des Arztes.

»Ich glaube«, schrieb Waranowski, »dass wir das herausfinden müssen. Und ich glaube, dass es mindestens ein Teil des Problems ist.«

Wolfgang stimmte zu. Innerlich wusste er, dass der Arzt recht hatte. Die Pillen allein machten aus ihm nicht den Mann, der er im Moment war. Das war zu einfach. Und der Moment auf Rhodos, der sich wie ein boshaftes Brandmahl in seine Erinnerung geritzt hatte, erinnerte ihn daran, dass es schon zuvor begonnen hatte. Dass er Sachen gerochen hatte, die nicht da waren. Nicht da sein konnten. Wenn er halluzinierte, dann nicht wegen des Medikaments. Gut, das konnte die Sache schlimmer machen. Vielleicht war der Drache auf dem Flur nur das mit Graffiti geschmierte Bild einer Echse, und der Geruch des Donnerstags nur übrig gebliebenes Putzmittel. Doch all das würde er schon herausfinden. Er musste es.

»Wie gehen wir vor?«, fragte er mit dem Pad.

»Ich versuche, möglichst schnell einen Termin in der Charité-Nervenklinik zu bekommen«, schrieb Dr. Waranowski. »Vielleicht heute Nachmittag.«

Wolfgang atmete tief und schwer.

»In Ordnung.«

***

Als er das durch Hochnebel diffundierte Sonnenlicht erreicht und den Drachenflur des Ärztehauses hinter sich gebracht hatte, fiel etwas von ihm ab. Wolfgang schüttelte sich, als liefe ein imaginärer Schauer über seinen Rücken, und schließlich blickte er die Straßenschlucht herausfordernd an. Kein Anzeichen von überzeichneter Bewegungsunschärfe, Leute gingen in normaler

Geschwindigkeit die Bürgersteige entlang, und auch die wahrscheinlich leise vor sich hin surrenden Automotiv-Kapseln auf der Straße schienen nicht seltsamer als sonst. Abgesehen davon, dass er nichts hörte und angenehmerweise auch nichts roch, sah der urbane Moloch aus wie immer. Die Geschäftigkeit konterkarierte seine Vorstellung von menschenleeren Berliner Häuserblocks und wirkte geradezu beruhigend normal.

Vorsichtig setzte er einen Fuß vor den anderen, halb ängstlich, halb verblüfft. Doch so sehr es sein hoffnungslos überlasteter Verstand auch erwartete, es passierte nichts. Er spürte einen leichten, warmen Windhauch auf der Haut und verfolgte fasziniert, wie jedes einzelne sich aufstellende Haar seiner Arme dem Gehirn seine Empfindung übermittelte. Ein wohliges Gefühl der Vertrautheit stellte sich ein – erneut der Gedanke, dass doch eigentlich alles in Ordnung war. Sein musste.

Entrückt beobachtete er das Café, das Parkhaus und die Poststation an sich vorbeihuschen – doch diesmal war er sicher, dass er es war, der sich bewegte … wenn man sich dessen im Rahmen der eigenen Wahrnehmung denn sicher sein konnte. Es gab einen kurzen Moment des Déjà-Vu, als er an der Ecke Oranienstraße mit der Angela-Merkel-Allee die archaischen Berliner Ampelmännchen von Rot auf Grün umspringen sah, doch als er seine Straße erreicht hatte, war alles wie immer, denn natürlich hatte er schon oft Ampeln umspringen sehen. Viel zu oft von Grün auf Rot, schließlich war dies Berlin, zugleich Hauptstadt der Ordnung und vorzeitiger Ampelphasenwechsel, doch auch das war Teil der beruhigenden Normalität, die sich plötzlich so gut anfühlte.

Der hyperreflektive Putz des ebenso gentrifizierten wie wärmegedämmten Kreuzberger Altbaus schien im Licht des frühen Mittags praktisch zu leuchten, und so bekam Wolfgang, angezogen wie eine neugierige Motte, nicht mit, welche Automotiv-Kapsel in einer Ladebucht auf der anderen Straßenseite parkte. Erst als er den Finger über den Sensor zog und die Wohnungstür mit – vermutlich – leisem Piepen die Authentizität seiner Biometrie bestätigte und dann – vermutlich – mit ebenso dezentem Zischen aufschwang, sah er die besorgten Gesichter seiner Eltern ihm im Wohnungsflur entgegenhetzen. Vicky linste aus der Küche hinterher, doch Wolfgang konnte nicht anders, als ein elendes Gesicht zu machen, mussten sie doch ganz und gar wissen, wie es ihm ging. Während sein Vater, mit graumeliertem Bart und kaum Haaren auf dem Kopf, wild gestikulierend mit den Lippen Silben zu verschießen schien, kam seine Mutter einfach nur auf ihn zu und legte die Arme um seine Schultern.

Alles, was Wolfgang jetzt nicht brauchte, war Mitleid. Er fühlte nichts, doch das konnte er ihnen gegenüber unmöglich zum Ausdruck bringen. Stattdessen schürzte er die Lippen, hob entschuldigend die Hände und eilte zum Küchentisch mit dem hoffentlich rettenden Papier.

Was sollte er schreiben? Was er fühlte? Kaum. Er fühlte sich gut.

»Tut mir leid, ich kann momentan nicht hören.«

Momentan. Ein Understatement. Oder?

»Das wissen wir«, antwortete seine Mutter in kollektivem Elternsprech. Gott, er war 37! Was war das hier? Ein Krankenbesuch? Ein Verhör?

Nein, jegliche Bewertung entsprang nur seinem Kopf, machte er sich klar. Er versuchte sich an einem Lächeln.

Zaghafte Gesten von Vicky schleusten die Eltern ins Wohnzimmer, wo der Tisch mit Gebäck und Tee gedeckt war.

Als er sitzen und sich von den ganzen körperlichen Solidaritätsbekundungen lösen konnte, fühlte er sich etwas besser. Doch fiel ihm etwas Anderes auf. Sie unterhielten sich. Wenn auch die mitleidigen Blicke immer wieder ausgetauscht wurden, schien Vicky die ganze Geschichte erklären zu müssen. Entschuldigend zog sie die Schultern in die Höhe, als wolle sie sagen, dass das jetzt aber nun wirklich sein müsse. Doch Wolfgang fühlte nichts. Keinen Zorn, keine Scham, ja nicht einmal Einsamkeit. Ihm kam es mehr so vor, als würde er fremden Menschen beim Sozialisieren zusehen. Jede Geste, jede winzige Bewegung registrierte er und ordnete sie umgehend als uninteressant ein. Er lebte – wenn man es denn so nennen konnte – neben ihnen her und sie merkten es überhaupt nicht. Vickys Hingabe und Engagement waren bewundernswert – doch auch jene Bewunderung tat er ab wie eine lästige organische Pflicht, die ihm nicht unnatürlich, aber doch plötzlich sinnlos vorkam.

Gelangweilt beobachtete er das hier schockierte, dort mitleidige Gesicht seiner Mutter, ehe er begann, mit den Okularaugmentierungen herumzuspielen. Die Sportergebnisse zu lesen. Einen Kommentar zur turbulenten Berliner Senatssitzung in kleinen grüntürkisen Lettern, die in hyperscharfem Kontrast vor den traurigen Gesichtern der Familie entlangscrollten. War es Erkenntnis oder Resignation, die ihm diktierte, dass nichts – nicht einmal die letzten Gefühle seines Herzschlags oder des Atmens – Bedeutung zu haben schien? War er in einem grotesken dadaistischen Bildnis der Vergangenheit eingefroren?

Eine seltsame Sensation ergriff ihn: An die Stelle von Gefühlen trat der vage, unheilvolle Eindruck davon, welche es sein müssten. Doch wann immer er in der Tiefe seines Herzens eines davon greifen wollte, zerstob es zu Staubwölkchen, die seinen Verstand zu vernebeln schienen.

Kein Zweifel, entweder er wurde verrückt oder die Welt war es geworden. Er blickte in die leeren, traurigen Augen seiner Mutter und fragte sich, ob das besondere Band, das sie von Geburt an verband – verbinden musste – wenigstens ihr einen Einblick in das zu geben vermochte, was sich in ihm abspielte – doch keine Regung spürte er, keine Empathie seinerseits. War er am Ende tot und hatte es nur nicht mitbekommen?

Er war ganz und gar in diesem Gedanken versunken, da er Vicky aufstehen sah. Wolfgang begriff erst, dass das kleine Hörnchen-Symbol rechts oben in seinem Okular geblinkt hatte, als sie das Gespräch schon längst beendet hatte. Er scrollte mit wenigen Augenbewegungen in die Anruferliste, die selbstverständlich in der Home-Cloud verfügbar war und fand die Nummer seines Hausarztes. Er musste wohl etwas ausgerichtet haben.

Und tatsächlich – Vicky nahm eine Serviette, begann, sie zu bekritzeln, und hielt sie ihm schuldbewusst hin.

»Nervenklinik 17:00 Uhr» stand darauf. Er sah, wie Mutter und Vater beinahe unmerklich schlucken mussten. Es blieb ihm nicht verborgen, doch es kümmerte ihn nicht. Wolfgang spürte Angst, aber es war nicht seine Angst. Es war die Angst seiner Emotionen, die andererseits nicht seine eigenen waren. Was immer ihn dort erwarten würde, dachte er, schlimmer konnte es eigentlich kaum werden – denn die tiefe Entspanntheit, die wie eine schwerelose Kette an ihm zerrte, machte ihm klar, dass er längst seiner eigenen Existenz so weit entrückt war, dass nichts, was mit ihm geschah, sein inneres Selbst noch erreichen konnte.

Es wirkte wie die seltsame Form einer aktiv wiedererlebten Erinnerung, als sie aufstanden, Wolfgang umarmten und schließlich – endlich! – zu ihrer Automotivkapsel hinunterliefen. Sie wünschten ihm sicher alles Gute, Glück und Gesundheit und so etwas, doch Wolfgang interessierte sich nur dafür, seine eigene Gleichgültigkeit zu beobachten. Er checkte den Okularchronometer. Mittag war schon herum. Wenn er die Schnellbahn nehmen wollte, musste er wenigstens eine Stunde vorher los.

***

Der Charité-Campus war wundervoll grün, doch alles, was er im Kopf hatte, waren graue, kalte Zweifel. An sich oder an der Welt? Was machte es für einen Unterschied?

Er versuchte, sich an Vickys Blick zu erinnern, als sie endlich eingewilligt hatte, dass er allein gehen würde. Er erinnerte sich auch an ihre Ungewissheit, doch vor allem erinnerte er sich an Zuneigung und Besorgnis. Und dass es ihn nicht kümmerte. Vicky mochte es nicht egal sein, was mit ihm passierte, aber einem Teil von ihm ging es so. Sollte er einfach nicht hingehen und abwarten?

Nein, Wolfgang entschloss sich, dass immerhin seine Neugier zu groß war, und wenn sein Verstand sich schon nicht dazu berufen wähnte, ein Gefühl für den Ernst der Lage zu entwickeln, den alle Menschen um ihn herum anscheinend wahrnehmen konnten wie die Fährte des Wildes bei der Treibjagd, dann würde er sich aus purem Interesse in die Klinik schleppen – sogar dann, wenn er selbst seine eigene Neugier als Gleichgültigkeit enttarnen würde.

Er war noch nie in dem Universitätsklinikum gewesen, doch die hellgrün-medizinisch gepinselten Außenwände regten etwas ihn ihm. Endlich.

Wolfgang atmete ein und feierte das Gefühl des Luftholens. Er roch und hörte nichts, doch hatte der Anblick des Unkrautes vor der Waschbeton-Fassade mit der abbröckelnden Farbe einen solchen Ausdruck von Lebendigkeit, dass er beinahe laut losgelacht hätte. Plötzlich hielt er sich die Hand vor den Mund. Hatte er etwa gelacht und es nur nicht mitbekommen?

Schräg vor dem überdachten Eingang, gerade so, dass die alten Latschen ein wenig Sonne abbekamen, saß ein Mann auf seinem Rollator. Seine Kleidung war heruntergekommen und sein Blick hing an irgendetwas in der Ferne, das eigentlich gar nicht da zu sein schien.

Wolfgang dachte darüber nach, ob er grüßen sollte, doch er entschloss sich dazu, den Alten nicht zu stören, denn sein Starren war so verzweifelt und eindringlich, dass ein ohne Gehör gebrabbelter Satz kaum wertvoller sein mochte. Er beließ es bei einem knappen Nicken. Der Alte regte sich nicht. Wolkenschatten huschten über die verspiegelten Türen der Nervenklinik, die wie eine undurchdringliche Sonnenbrille die Wahrheit dessen versperrten, was sich darin abspielen mochte.

Ein einzelner Gedanke bahnte sich den Weg an die Oberfläche. Ein rosafarbener Hase wühlte plötzlich die Wolken auseinander und verbeugte sich. Wolfgang kniff die Augen zusammen und prüfte seine Gefühle. Er hörte nichts. Sah nur die viel zu grauen Berliner Wolken in den Türen. Seltsam. Atmete ein, fühlte, ob sich wenigstens etwas riechen ließe. Es war, als wäre er entkoppelt vom Universum. Er konnte sehen, dass es da war, doch er fühlte sich nicht zugehörig. Dachte nicht an Einsamkeit, nicht an Fremde, sondern wahrhaftig an nichts. Das große Nichts. Dann betrat er die Klinik. Es war gleichgültig. Selbst seine Neugierde war versiegt.

5

Der Vorraum war in Eierschale gestrichen, mit einigen wenigen, schmalen waagerechten Streifen, die vielleicht gestalterischen Ursprungs waren, vielleicht auch irgendeine krude Wegweiselogik unterstützen sollten, doch all dies erschloss sich ihm nicht. Er spürte, dass ein Geruch seine Wahrnehmung erreichte, doch die Identifizierung dessen schaffte er nicht mehr. Eigenartig. Er wusste, dass er die typische Klinikluft voller Desinfektionsmittel und dem Odeur alter Menschen um sich herum hatte, doch er nahm es nicht wahr. Was passierte hier nur?

Er blickte auf sein Padphone, das den elektronischen Krankenschein enthielt, den Dr. Waranowski ihm zugesandt hatte. Der junge Mann an der Anmeldung schien ihn zu ignorieren, obwohl es keine anderen Personen im Foyer gab. Er konnte unmöglich geräuschlos hinein gekommen sein, nur weil er selbst sich nicht zu hören vermochte. Mühsam kramte er ein leicht zerknittertes Papier heraus. Rasch erläuterte er in unleserlich hingeworfenen Worten seinen Zustand. Die Krankenakte auf dem Phone umherscrollend, gab er einen Seufzer von sich. Jedenfalls musste er das, denn irritiert sah der Mann endlich von seinem Bildschirm auf und sagte etwas. Zögerlich hielt Wolfgang ihm den Zettel hin.

Augenbrauen hoben sich, der Mann setzte zu einer Frage an, doch er besann sich und wischte einen Fragebogen drahtlos auf Wolfgangs Pad. Eine wortlose Geste gebot ihm, sich zum Ausfüllen hinzusetzen.

Orangefarbene Schalensitze, deren Form beinahe an die Farbe der Wand hinter ihnen erinnerte, verschwammen mit dem Hintergrund. Als er sich hingesetzt und vergewissert hatte, dass der Raum nicht schwankte, schloss er für einen Moment die Augen und horchte, was übrig war. Er roch nicht, konnte nicht hören. Und Gefühle hatte er schon länger nicht mehr erlebt. Doch Halt! War Gleichgültigkeit ein Gefühl?

Falls ja, dann gab es noch Hoffnung für ihn. Er umarmte die süße Gewissheit der Verdammnis und begann, das Formular mit allem zu füllen, was er seit Rhodos erlebt hatte.

Vorerkrankungen? Hatte er doch alles Dr. Waranowski erzählt.

Bekannte Nervenleiden? Deswegen war er hier. Unwirsch machte er einen Fingerstrich über das elektronische Papierimitat auf seinem Bildschirm.

Er bestätigte schließlich die Eingaben, ohne sie noch einmal durchgelesen zu haben. Es war ihm einfach nur egal.

Der Mann an der Anmeldung winkte ihm. Als Wolfgang sich mühsam erhoben hatte und vor ihm stand, begann er, chaotisch den Mund zu bewegen, wozu er in prächtiger Vollendung die Arme bewegte. Fragend blickte Wolfgang ihn an. Der Mann tippte sich entschuldigend an die Stirn, nahm Wolfgangs Zettel entgegen und begann sofort, eifrig zu kritzeln.

Als er zufrieden das Blatt zurückgab, stand oben ein einzelner Name, gefolgt von einer wilden Skizze, die wohl den Weg zu der zugehörigen Person darstellen sollte: Dr. Miles.

Na schön. Vorsichtig drehte Wolfgang das Papier, bis er glaubte, es verstanden zu haben. Der Mann nickte. Wolfgang deutete eine

Verbeugung an und machte sich auf den Weg hinein in ein Labyrinth, das selbst den Architekten überfordert haben musste.

Auch als er tiefer in das Gebäude vordrang, zeigte sich nicht eine einzige Person. Es ging linksherum, rechtsherum, dann wieder durch einen vollkommen menschenleeren Korridor. Bald fragte er sich, wie das mit den Fluchtwegen geregelt sein mochte, denn erstens schien am Anfang des Weges, den er gekommen war, der einzige Ausgang zu liegen, und andererseits gab es nirgends auch nur irgendeinen winzigen Plan. Er dachte an den Drachen im Vorflur der Praxis seines Hausarztes und fragte sich, welchen Streich ihm sein Verstand diesmal spielte. Blickte wieder und wieder auf den Zettel. Nein, ganz klar. Nicht nur, dass die viel zu komplizierte Zeichnung mit der Geometrie des Gebäudes, das er erforschte, nicht ansatzweise übereinstimmte, er hatte auch kaum die Hälfte des Weges zurückgelegt. Hatte er eigentlich inzwischen etwas wahrgenommen? Wolfgang lachte innerlich, als er daran denken musste, wie das Innehalten, um die eigenen Gefühle zu überprüfen, beinahe schon eine Gewohnheit geworden war. War es das? Funktionierte einfach nur sein vegetatives System nicht richtig? Gut, dass er noch nicht vergessen hatte, zu atmen. Wobei: Wer konnte das schon sagen, vielleicht spürte er nur auch nicht, wenn er außer Atem war. Er sammelte sich, schüttelte den Kopf und schob seinen müden, gleichgültigen Körper weiter. Noch um zwei oder drei Ecken, dann die linke Abzweigung …

Gleißendes Sonnenlicht zwang die Hand vor seine Augen. Am Ende des Korridors gab es ein Fenster, das weit offen stand und die letzten Strahlen des knapp über dem Horizont stehenden Sterns in das Gebäude einließ. Wolfgang prüfte die Karte, ob sein Orientierungssinn mit ihr übereinstimmte, und entschloss sich, dass es irgendwo auf diesem Korridor eine Tür mit dem Namen Dr. Miles geben musste.

Tatsächlich stellte er fest, dass alle Türen Namen hatten. Manche deutsch, manche fremdartig, reihte sich Büro an Büro und doch hatte er noch immer niemanden getroffen. Neben einer Tür, auf der in unmissverständlich großen Lettern ›PERSONAL‹ stand, fand er schließlich das Schild, das er suchte.

Ohne weiter darüber nachzudenken, klopfte er an die Tür.

Nichts geschah. Natürlich war ihm klar, dass er einen arglos dahingerufenen Eintretelaut leicht ignorieren würde, doch das würde seine Höflichkeit nicht zu überstimmen reichen. Er klopfte erneut.

Wieder nichts.

Dann, aus der Tiefe des unendlich gespannten Universums explodierte Wolfgangs Schulter vor Überraschung, als er bemerkte, dass jemand eine Hand darauf hatte fallen lassen. Wie lange hatte es gerade gedauert, bis er herumgefahren war und den grinsenden Mann im Kittel schockiert anstarrte?

Vielleicht eine halbe Ewigkeit. Er vertraute seinen Eindrücken einfach nicht mehr.

Der Mann tippelte leicht wie eine Feder um ihn herum, schloss die Tür auf und bat ihn wortlos hinein. Sorgsam schloss er die Tür hinter sich, öffnete dafür jedoch ein Fenster und setzte sich dann in den schweren Ledersessel hinter einem Schreibtisch, der keinem geschäftigen Mediziner stand, nicht einmal einem Neurologen oder

Psychologen – was immer davon er sein mochte. Wolfgang wusste, warum er hier war, und fühlte nicht sich deplatziert. Im Gegenteil, alles schien richtig und angemessen – zum ersten Mal seit einiger Zeit.

Da war die Einrichtung. Das eigentlich relativ große Büro war vollgestopft mit altmodischem, antikem Holzkram. Ein Globus neben einer Vitrine voller winzig kleiner Metallwerkzeuge. Sextanten und sowas. Die andere Seite voller Bilder und Skulpturen ohne Abstand oder Arrangement. Wolfgang war gewiss kein Kunsthistoriker, doch die allzu offensichtlich fehlende Mühe, die Dinge in einen Zusammenhang zu stellen, stach ihn unmittelbar. Er kannte fast nichts davon. Der traurige Marmorstein konnte eine sehr schlechte Kopie von Michelangelos »David« sein und eines der Bilder hielt er für eine Replik von van Goghs »Sternenhimmel«. Dazu die Wand, deren rotbrauner Ton kaum noch Ocker und schon sehr viel näher an Schwarz war. Das Zimmer war nicht trist, sondern gedrungen. Nicht düster, sondern einfach ohne ausreichend Licht. Das offene Fenster, war viel zu schmal für ein Gebäude dieser Art und ließ es aussehen, als sei es da Vincis Florenzer Turm, so schräg und spärlich fielen die Strahlen hinein.

Der Mediziner rieb die Handinnenflächen aneinander und kramte, welch typische Geste, einen Bogen Papier aus dem untersten Fach seiner Schubladen. Dann nahm er einen Füllfederhalter, der tatsächlich etwa so alt sein mochte, wie die Kunstgegenstände um ihn herum es vorgaben, und begann zu schreiben.

»Willkommen, Herr Schulz.

Mein Name ist Prof. Dr. Oliver Miles. Ich bin Neurologe mit psychologischer Zusatzqualifikation und leite diese Einrichtung der Charité. Man hat mir Ihren Fall geschildert und ich hoffe, dass ich Ihnen helfen kann. Dazu wird es nötig sein, ein paar Untersuchungen vorzunehmen – manche davon womöglich invasiv. Haben Sie keine Angst, ich werde alles genau erläutern.«

Die Schrift war so gediegen und vollendet, wie Wolfgang es von Computern gewohnt war, doch für Menschen unmöglich hielt. Bei all der angesammelten Kunst fragte er sich, ob der Mann nicht doch kultivierter war, als die scheinbar wahllose Ansammlung von Repliken annehmen ließ.

Wolfgang las den Text noch einmal und nickte schließlich, so wie er es sich hatte angewöhnen müssen. Fragte sich, ob der Doktor mehr als Antwort erwarte und beschloss, einfach still zu sein.

Miles schien zufrieden. Er nahm den Bogen zurück und schrieb weiter.

»Ihr Hausarzt hat mir mitgeteilt, dass Sie letzte Woche auf Rhodos einen Sonnenstich erlitten haben und Probleme mit Ihrer olfaktorischen Augmentierung hatten. Daraufhin gab er Ihnen Neurosuppressoren, die Nebenwirkungen entwickelten, darunter den wie auch immer temporären Verlust des Gehörs. Bitte schildern Sie mir Ihren aktuellen Zustand.«

Er zögerte, fragte sich, ob er wirklich den perfekt aussehenden Papierbogen mit seiner geübten, doch im direkten Vergleich hoffnungslos unvollendeten Schrift zu beschmutzen wagte, und atmete auf, als Miles ihm ein frisches Papier gab. Ohne den

Kontrast zu seiner Schrift würde es natürlich wirken und vollkommen unproblematisch sein, dass es nicht perfekt aussah. Er machte sich keine Gedanken darüber, dass sein Zustand dies natürlich ohnehin entschuldigte, seine Faszination verdrängte für den Moment jeden Zweifel an seiner Situation. Hier saß jemand, der vielleicht exzentrisch sein mochte, ganz sicher jedoch kompetent und neugierig war. Sorgsam legte er das Papier zurecht und tat etwas, das ihm schon eine Weile abgegangen war: Er gab sich Mühe bei etwas. Es schien plötzlich wichtig zu sein, dass er die Form wahrte und bewies, dass er nicht verrückt oder gleichgültig war. Er spürte zwar, dass sein Verstand bei weitem nicht scharf war, aber er konnte sicher beweisen, dass er nicht stumpf wie bei einem Geisteskranken umher diffundierte.

Als er den Stift ansetzte, spürte er, wie sehr er zitterte. Diesmal nicht als Kapitulation vor seinem Zustand, sondern vor Aufregung. Er wusste genau, was er schreiben wollte, doch die Umstände schienen ihm jetzt auf einmal alles abzuverlangen. Wolfgang widerstand der Versuchung, den Arzt anzusehen, bevor er begann. Sorgsam setzte er die ersten Striche, dann, erst langsam, bald schneller, schien seine Hand sich zu erinnern, wie Füllerschreiben ging. Er begann also seine Geschichte. Schrieb, wie es war, als plötzlich die Nase Schwefel roch und Rhodos zu einem Inferno aus faulen Eiern und flüssigem Metall wurde. Wie er nach Hause kam und mehr und mehr die Stadt nicht sein Berlin war. Wie er das Gehör verlor und es beinahe gar nicht mitbekam. Wie er … nein. Sollte er wirklich erzählen, dass es ihn eigentlich, ganz ehrlich eher weniger störte, als er vermutet hatte? Als man als … nun ja, normaler Mensch davon gestört sein musste?

Zweifel und Scham übermannten Wolfgang. Er müsste doch vollkommen mitgenommen sein. Panisch, verängstigt, überrascht. Oder? Doch nichts davon spürte er.

»Mir ist, als fühlte ich nichts mehr … Als wäre die Welt um mich herum egal … Oder ich nicht Teil von ihr«, schrieb er. Betrachtete das Blatt. Blickte den Medizingelehrten an. Ausdruckslose Augen blickten hinter der randlosen Brille zurück. Wolfgang schaute erneut seinen Bericht an.

Nein. Er würde bei der Wahrheit bleiben und reichte Miles das Blatt.

Irgendwie erwartete er etwas mehr Engagement. Der Doktor rührte sich nicht. Bewegte nichts als die aufmerksamen, gierigen Augen an den Zeilen entlang.

Dann legte er das Papier weg und nickte.

»Ich werde nun mit meiner Untersuchung beginnen«, schrieb er so makellos, dass die Buchstaben Wolfgang wieder wahrhaftig zu stechen schienen. Sie erinnerten ihn so unmittelbar an seine Unvollkommenheit, und das hatte nichts mit dem Grund zu tun, aus dem er hier war. Selbst vollkommen gesund hätte ihn diese Schrift verletzt, ja richtig wütend gemacht. Doch so sehr er sich auch wünschte, diese projizierten Gefühle wahrzunehmen … Er sah sie nur vorbeifliegen, spürte einen Teil von ihm die Reaktionen vorschlagen, merkte aber auch, dass, welch anderer Teil auch immer den Empfehlungen zu folgen hatte, tatenlos blieb.

Dann, er wollte wütend auf sich selbst sein, dachte er mit aller Macht an wilden, brennenden Zorn, doch war es nichts als ein abstrakter Gedanke, der zerplatzte wie eine ferne Seifenblase im Wind, als Oliver Miles zu ihm herübergekommen war und sein Diagnosepad schwenkte.

Der einzige sichtbare Ausdruck, während er sich um Wolfgang umherdrehte und über das Pad wischte, war ein winziges Zucken der linken Augenbraue hier und da. Sein Gesicht schien keine anderen Muskeln zu haben und seine Beine schwebten praktisch über den schweren Linoleumboden. Dann endlich bewegte er sich wieder hinter seinen Schreibtisch und schrieb neue, makellose Sätze auf seinen Papierbogen.

»Die Diagnosen stimmen mit denen Ihres Hausarztes überein«, stand dort. Daraufhin: »Ich würde gerne testen, ob Ihre Augmentierungen noch neurale Aktivität zeigen.«

Wolfgang wusste nicht, was das bedeutete. Hatte er nicht die Okularaugmentierung noch mittags verwendet? Aber er war nicht auf die Idee gekommen, die Akustikkoppler zu versuchen, während er taub war.

»Tun Sie, was nötig ist«, krakelte er auf sein Papier und freute sich wieder, nicht die Sätze des Doktors beschmutzen zu müssen.

Miles nickte, erhob sich und kramte in den Schubladen der seltsam deplatziert wirkenden Art-Déco-Kommode neben der Tür, über der die van Gogh-Nachbildung hing. Er kehrte zurück mit einem fingerdicken, blinkenden Stück Elektronik und setzte sich auf die vordere Kante seines Schreibtisches.

»Das ist ein I/O-Sequencer«, schrieb er. »Ich werde damit die einzelnen Komponenten Ihrer Augmentierungen testen und die physiologischen Reaktionen messen.«

Wolfgang nickte. Er hatte keine Angst – nicht nur, weil der Arzt behutsam erklärte, was er vorhatte, und auch nicht, weil er sich etwa an das Fehlen jeglicher Gefühle schon gewöhnt hatte. Nein, etwas in ihm versicherte ihm, dass alles seine Ordnung hatte. Dass der Zustand der sensorischen Taubheit einen bestimmten Zweck erfüllte. Und auch, dass das, was der Arzt vorhatte, vollkommen sinnlos war. Bedeutete das, dass er ihn unterbrechen sollte? Aufgrund eines … Nicht-Gefühls? Nein. Hier gab es etwas zu lernen, dachte Wolfgang und verfolgte stumm, wie das blinkende – und vermutlich surrende – Gerät an seine Schläfe geklebt wurde.

Ihm wurde schwindlig, als hätte der Arzt ihn kopfüber gekippt – doch dem war nicht so. Er sah, dass er nach wie vor auf dem mäßig bequemen Plastikstuhl saß, wusste, wer und wo er war, auch warum. Aber irgendetwas war seltsam. Seine Arme und Beine kribbelten vor Anspannung. Doch war es seine Anspannung?

Der Arzt blickte jetzt auf sein Pad, und Sorgenfalten huschten kurz über die makellose Stirn. Er nahm das Papier.

»Ich werde Ihre Augmentierungen eine nach der anderen rebooten«, schrieb er.

Wolfgangs gleichgültiges Nicken.

Dann begann es.

Wieder drehte sich die Welt um ihn herum, dann wurde ihm kurz schwarz vor Augen. Bunte Pixel schlierten umher und bildeten schließlich wieder das Chefarzt-Büro der neurologischen Klinik der

Charité. Die Welt wankte noch immer etwas, doch sie gewann zunehmend Kontur und sah ganz und gar normal aus.

Während Wolfgang noch die Umgebung taxierte, als wolle er sich vergewissern, dass sich nichts verändert hatte, kribbelte seine Nase und erwachte zum Leben. Ein wildes Bouquet aus Rosen, Holunder und Kamille wechselte sich ab mit dem dumpf-trüben Eindruck von matschigem Sand, der zu lange in der Sonne gestanden hatte. Dazu gemahlene Zitronenkerne, deren umgebendes Fruchtfleisch man montags ausgepresst hatte.

Er schmeckte Curry. Feucht gewordene Linsen in ihrer ganzen pelzigen Pracht. Das Aroma von Vanille und Zimt oszillierte zwischen Nase und Zunge, entkam ihm immer wieder, bis nur noch die Idee davon übrig blieb, und er verstand, dass er viel zu lange nicht geatmet, sondern nur gedacht hatte.

In einem ihn selbst anwidernden, hastig glucksenden Zug schnappte Wolfgang nach Luft, und wie er die klinische Ödnis von Desinfektion und Putzmittel begriff, waren all die anderen Eindrücke hinweggewaschen von einer Woge aus purer Gleichgültigkeit. Instinktiv fuhr er sich über die Nase und erschrak. Sie fühlte sich an wie Gummi. Erst kaltes, dann warmes, dann matschiges Gummi. Irritiert blickte Wolfgang auf seine Finger. Sie sahen aus wie immer. Vielleicht etwas unscharf, aber normal. Rieb die Handinnenflächen aneinander. Im ersten Moment dachte er, dass er jede einzelne Faser und Ader ertasten könnte, als wäre er ein lebender Fingerabdruckscanner, doch dann verschwamm der Eindruck hinter demselben Gefühl von leblosem Gummi und tauben Fingerkuppen, die nicht einmal wussten, wo sie selbst endeten und die Welt um sie herum begann.

Den Mund vor Erstaunen aufgerissen, fragte sich Wolfgang ob der Eindrücke, was als nächstes passieren würde, doch niemals hätte er die Macht des Tons erraten können, der ihn zur Seite kippen ließ, als seine akustischen Augmentierungen ihn eine Art Nebelhorn vernehmen ließen, das seine Eingeweide zusammenzog, sorgsam durchrührte und dann zu Kristall erstarren ließ. Er riss die Gummifortsätze an seinen Armen an die Ohren, doch er verstand schließlich noch, dass es nichts bewirken, allenfalls Mitleid beim Doktor hervorrufen würde, und ließ sie kraftlos in seinen Schoß fallen. Der Ton veränderte sich, fuhr das Spektrum ab, stieg höher und höher. Die Idee einer Nachtigall folgte dem stumpfen Gebell eines Hundes. Dann war es, als flöge ein ganzer Schwarm Bienen um seinen Kopf herum, dass er beinahe begonnen hätte, um sich zu schlagen.

Und dann, natürlich, folgte die Stille, so tief und endlos, wie ein Abgrund im Vollmondlicht.

Sie schmerzte ihn auf eine nie gekannte Art und Weise. Als Splitter in seinem Verstand, der ihn daran erinnerte, dass um ihn herum ein Universum voller Eindrücke lag, dessen kurze Kostprobe vielleicht alles war, was ihm blieb. Der Eindruck der Gleichgültigkeit wurde zermalmt von all jenen Momenten, in die er die Trauer aufgeschoben hatte. Silberne Tränen ließen seine Sicht verschwimmen, doch er schmeckte sie nicht. Hörte sich nicht schluchzen und roch auch nicht den Schweiß, den seine Aufregung ihn hatte verlieren lassen.

Mit offenem Mund und zuckenden Augen saß er da und wand sich im Echo seiner Sinne, die nur elektrische Projektionen waren. Er schluckte. Ja. Vielleicht war dies wirklich alles, was ihm blieb.

***

Er sah, wie Doktor Miles nervös an seinem Federhalter kaute, ehe er ihn in das Tintenfass tauchte, das alle Dunkelheit der Welt zu enthalten schien. Die Sorgenfalten hatten sich in die Haut eingebrannt und wollten sein Gesicht nicht mehr verlassen, dessen war Wolfgang sich sicher.

Plötzlich jedoch legte er den Stift beiseite und schnappte sein Diagnosepad. Mit einer seltsamen Mischung aus Spannung und Langeweile verfolgte Wolfgang die flinken Handbewegungen des Arztes, dann plötzlich, wie aus den tiefsten Tiefen seines Wesens, stieg eine Stimme hinauf.

»Können Sie mich hören?«

Ungläubiges Schweigen. Während er noch abwog, ob es den Moment nicht beflecken würde, wenn eine quäkige, ungeübte Stimme antwortete, hatte sein Kopf bereits beschlossen, heftig zu nicken, als gäbe eine irgendwie geartete Freude den Impuls dazu. Doch er wusste es besser. Gleichgültig verfolgte er seine imaginierte Freude am Ende des Gedankens hinwegdiffundieren. Mit einer Endgültigkeit, die sein innerstes Wesen erschütterte, begriff Wolfgang, dass es ihm sogar jetzt noch egal war, ob er hören, sprechen, ja denken konnte. Doch all das wusste Dr. Oliver Miles nicht. Konnte es nicht wissen. Und Wolfgang würde es ihm nicht sagen. Nicht aus Bosheit oder Misstrauen. Darauf wäre er nicht gekommen. Er sagte nichts, weil er eine einzelne Gewissheit spürte: Dass es keine Rolle spielte. Dass nichts eine Rolle spielte.

»Wollen Sie wissen, wie mir das gelungen ist?«

Seine Stimme war tief und sachlich, doch sie trug den Triumph des vollendeten Mediziners bis an die Sphären von Wolfgangs Verstand, die sie als übertriebene Aufschneiderei bewerteten und sein Interesse negierten.

Er nickte, da er die rhetorische Frage unmöglich stehen lassen durfte, wenn er nicht seine Gleichgültigkeit mitteilen wollte. Zum ersten Mal bemerkte er damit, wie eigenartig es überhaupt war, dass das einzige, was ihm nicht gleichgültig war, die Tatsache zu sein schien, dass der Arzt genau dies nicht wissen durfte.

Und doch … in seinem Inneren wusste er, warum. Taub zu sein war schlimm, zumindest nach normalen gesellschaftlichen Richtlinien. Aber nicht in Elend davor zu erstarren, lag an der Grenze zum Wahnsinn. Und selbst wenn Wolfgangs Verstand in jenem Moment bereitwillig akzeptiert hätte, dass es mit Wahn und weniger mit Sinn zuginge, war er nicht bereit, der Welt davon zu erzählen. So wartete er, was der Arzt ihm zu sagen hatte.

»Ich habe eine Feedbackschleife in Ihre akustische Augmentierung gelegt und ein Mikrophon in meinem Pad dorthin gestreamt.«

»Fantastisch«, hörte Wolfgang sein Sarkasmuszentrum sagen, ehe er es verhindern konnte. Doch Miles schien es nicht gehört zu haben.

»Die schöne, neue Welt«, antwortete der Arzt.

Wolfgang sagte nichts, obschon er anscheinend etwas hätte erwidern müssen. Doch es war ihm egal.

»Nun … wir wissen also, dass Ihr Hörzentrum funktioniert«, sagte Dr. Miles endlich. »Jetzt müssen wir herausfinden, warum Ihre Ohren es nicht tun.«

»Was denken Sie denn?«

Nachdenklich blickte der Arzt aus dem Fenster. »Dafür kann es viele Gründe geben. Die Analyse zeigt jedoch keinen unmittelbaren physiologischen Auslöser an.«

Wolfgang wusste, was er damit sagen wollte.

»Haben Sie in letzter Zeit viel Stress gehabt?«

»Nun … eigentlich nicht. Als meine Nase verrücktspielte, auf Rhodos … da waren wir im Urlaub.«

Miles nickte. »Nun ja, ich verstehe. Herr Schmidt, ich will hier nicht voreilig urteilen. Deswegen schlage ich vor, dass wir im Laufe der nächsten ein, zwei Tage weitere detaillierte Untersuchungen durchführen.«

Er sollte hierbleiben? Was ihn betraf, ging es ihm doch gut.

»Also ich weiß wirklich nicht …»

Miles hob beschwichtigend die Hände und trat hinter seinem Schreibtisch hervor.

»Herr Schmidt, ich kann mir vorstellen, wie Sie sich dabei fühlen müssen. Vielen unserer Patienten geht das so. Lassen Sie mich in aller Deutlichkeit eines sagen: Ich glaube nicht, dass Sie verrückt sind, falls Sie das denken. Die Tatsache, dass Sie über das Audio-Augment hören können, über die eigenen Ohren jedoch nicht, ist nichtsdestotrotz Anlass zur Sorge, und ich würde es schlichtweg begrüßen, wenn Sie sich weiter beobachten ließen. Ich kann Sie mit dieser Faktenlage nicht gegen Ihren Willen hierbehalten, aber mein Gewissen und meine Verantwortung als Mediziner raten davon ab, Sie ohne Erklärung gehen zu lassen. Also bitte ich Sie einfach, einmal in Ruhe darüber nachzudenken.«

Was der Mann sagte, ergab zumindest objektiv betrachtet Sinn. Andererseits hieß es ja auch, dass in nicht seltenen Fällen erst die Kliniken den Patienten krank machten, war es nicht so?

Wolfgang haderte mit sich. Er fühlte sich gut und mochte nicht weiter über die Implikationen dieser … Entdeckung nachdenken. Na gut, seine Augmentierung funktionierte noch. Und im Gegensatz zu seinem eigenen Paar Ohren hatte er auch eine umfangreiche Geld-Zurück-Garantie dafür. Er konnte also Zeit seines Lebens mit ein paar dezent versteckten Mikrophonen herumlaufen und müsste nicht einen eigenen Ton selbst hören. Und doch war da diese lähmende Gleichgültigkeit, die ihm die süßen Worte in den Verstand flüsterte, dass er nicht hören können müsse – sie erklärte nicht, wie oder warum, doch es fühlte sich für Wolfgang vollkommen logisch und natürlich an.

Dr. Oliver Miles blinzelte.

»Nun?«

Wolfgang räusperte sich ausgiebig.

»Also schön. Aber Sie werden weiterhin jede Kleinigkeit vorher erklären.«

»Selbstverständlich.« Der Arzt schwebte mit fließender Bewegung an die Tür und hielt sie auf. »Hier entlang bitte.«

***

Wolfgang lernte, dass die Geschäftigkeit und das Leben der neurologischen Klinik sich nur einen Gang weiter verkrochen hatten. Dort gab es die sogenannte 47. Station, und schon von außen erkannte er, worum es sich handelte – um eine geschlossene Abteilung.

Er zögerte einzutreten, doch Dr. Miles versicherte ihm, dass die moderne Technik es ermöglichte, nur die wirklich Eingeschlossenen nicht hinaus zu lassen, und demonstrierte mit einer Art Biotransponder, dass Wolfgang jederzeit hinausgehen könne, wenn er denn wollte. Er stellte ihm sogar eine Art Unbedenklichkeitserklärung aus, die ihm als analoge Ausgangshilfe gelten sollte, falls dies notwendig würde. Er brachte ihn schließlich zum Schwesternzimmer, wo eine drahtige Pflegerin ihn in Empfang nahm.

»Ah, der Mann, der nicht hören kann«, sagte sie fröhlich und gab ihm die Hand. »Ich bin Schwester Hildegard.«

»Schmidt, angenehm«, sagte er.

»Es ist Ihnen unangenehm, das müssen Sie nicht verhehlen«, sagte sie und grinste.

»Sie können Gedanken lesen«, sagte Wolfgang und verzog das Gesicht mit einer Mischung aus Empörung und Abscheu. Überrascht stellte er fest, dass diese Reaktion eigentlich nicht zu seiner normalen Höflichkeit passte. Doch wenn die Schwester ihn von oben herab behandeln wollte, dann konnte sie mal was erleben

…

»Glauben Sie mir … ein halbes Jahr hier, und jeder kann Gedanken lesen.«

Er war nicht sicher, wie es gemeint war, und zog es vor, höflich zu schweigen. Diesmal. Er rang sich ein Lächeln ab.

Dr. Miles lachte. »Nun, wie Sie sehen, sind Sie in guten Händen. Ich route eben den Mikrophon-Stream um …«, sagte er, während er wild auf sein Pad eintippelte, »… damit Sie auch ohne mein Pad hören können.«

»Großartig.« Da war er wieder, der ungebetene Gast namens Sarkasmus.

»Ja, nicht wahr? Die Segnungen der Technik«, sagte Miles, clippte ein etwa knopfgroßes Gerät an Wolfgangs Kragen und sprach dann versuchsweise hinein.

»Test, eins, zwei.«

»Ich höre Sie«, sagte Wolfgang.

»Drei, vier, fünf.«

»Laut und deutlich«, insistierte Wolfgang.

»Schon gut«, lachte der Arzt. »Ich wollte nur sichergehen.«

›Nicht nötig‹, dachte Wolfgang. ›So wichtig ist es ja auch nicht.‹

»Danke«, sagte er stattdessen und verzog das Gesicht.

»Gern«, sagte der Arzt, wandte sich zum Gehen und blickte in einer weiteren fließenden, tausendfach geschliffenen Bewegung auf seinen plump-glitzernden, vermutlich unanständig teuren Chronographen. »Heute ist es etwas spät für weitere Aktionen. Ich denke, wir sehen uns morgen früh in meinem Sprechzimmer.«

Und bevor Wolfgang noch etwas hätte sagen können, war er auch schon hinter der nächsten Ecke verschwunden.

»Aber ...«

Schwester Hildegard kicherte. »Seien Sie nicht zu überrascht, den Ärzten von heute ist die Illusion von Geschäftigkeit wichtiger als alles andere.«

Wolfgang drehte sich um. Er konnte die Anstrengung in ihrer Stimme hören. Sie war entweder überarbeitet oder wirklich arrogant.

»Das habe ich mir auch schon oft gedacht«, sagte er jovial.

»Kommen Sie«, sagte Hildegard. »Ich habe einen Tee für Sie. Und viele, viele Formulare.«

»Ich liebe die Bürokratie«, sagte Wolfgang und schlurfte hinterher. Er genoss die neuen, alten, ungewohnt frischen Eindrücke, und dass er seine Schritte hören konnte, führte nur dazu, dass er noch lauter über den Boden schlurfte.

Die Schwester zeigte ihm schließlich ein kleines Einzelzimmer am Ende des Ganges. Wolfgang schmiss sich lustlos auf das Bett und kramte nach seinem Padphone.

»Oh nein, nicht hier drin«, sagte Hildegard und deutete auf ein abgeblättertes Schild, das die klobige Version eines vor ungefähr zehn Jahren populären Smartphones zeigte, das laut Piktogramm anscheinend einem havarierten Atomreaktor gleich Strahlung ohne Ende verströmte.

Wolfgang machte einen widerwillig verständigen Laut und erhob sich wieder.

»Sie können gleich telefonieren«, sagte Hildegard. »Aber erst füllen Sie bitte das hier aus.«

»Ich ... na schön.«

Während er die Geschäftsbedingungen der neurologisch-psychologischen Klinik studierte, versuchte sich die Schwester weiter im Smalltalk. Sie schien es für ihre Pflicht zu halten, den armen, tauben Mann, der sie nur dank der elektronischen Augmentierung hören konnte, mit ihren alltäglichen Belanglosigkeiten zu foltern.

»Wissen Sie, ich finde das schon spannend. Die meisten Leute hier haben richtige Probleme. Krampfanfälle, Ticks und so etwas. Aber jemand, der glaubt, taub zu sein? Das ist ja mal etwas.«

»Es ist mir eine Freude, wenn es Sie unterhält. Ich hoffe, dass ich noch lange mit meinen Problemen Ihr Gast sein kann«, sagte Wolfgang völlig ernst, während er sich durch die vielen Formalien quälte, hier und da einen elektronischen Fingerabdruck hinterließ und generell einfach nur gelangweilt war.

»Ich … So habe ich das nicht gemeint, Herr Schmidt«, sagte die ratlos wirkende Schwester. »Ich wollte Sie nur damit aufbauen, dass es Schlimmeres gibt.«

Wolfgang schnaufte. »Auf Ihrer internen Rangliste der bedeutenden Gebrechen vielleicht«, sagte er. »Was mich betrifft, so glaube ich, ist für jeden Menschen immer das, was er aktuell hat, am schlimmsten.«

»Damit mögen Sie Recht haben«, antwortete sie kleinlaut und schielte auf das Tablet. »Wenn Sie damit fertig sind, geben Sie das Pad bitte im Schwesternzimmer ab.«

»Aber gern.«

Er atmete durch, als sie die Tür hinter sich geschlossen hatte. War es wirklich seine Absicht gewesen, die Konfrontation zu suchen?

Wolfgang wusste, dass es in Heilanstalten immer von Vorteil war, sich gut mit dem Pflegepersonal zu stellen. Aber hier … Er hatte überhaupt nicht über das nachgedacht, was er sagte. Wenn Schwester Hildegard recht hatte und er quasi das Luxusmodell der seelisch Versehrten hier darstellte, so musste er vorsichtig sein, nicht zu viel Kontakt mit den sogenannten Anderen zu haben. Denn wie hieß es so schön, wer mit Verrückten verkehrte, der würde früher oder später auch als einer von ihnen enden. Dankbar wischte er über eine Legitimationsschaltfläche, die er für die letzte in der ganzen Reihe Formulare hielt.

Unentschlossen blickte er auf seine Tasche mit der Wechselkleidung. Sollte er sie ausräumen? Nein, falsches Signal. Denn er hatte nicht vor, lange zu bleiben. Er hob das Pad wieder auf, nahm sein eigenes Phone und machte sich auf den Weg nach draußen. Er hatte keine große Lust, Vicky anzurufen, denn sie würde viel zu viel fragen und sich viel zu viele Sorgen machen und dann herkommen, um ihm Trost zu spenden, der an ihm abperlen würde wie heißes Öl an Teflongeschirr. Wolfgang seufzte und trat auf den Flur.

Sofort bemerkte er das subtile Brummen der Geschäftigkeit, das er zuvor nicht gehört zu haben schien. Sofort assoziierte er, dass es damit zu tun haben mochte, dass sein Gehör sich erst wieder auf Feinheiten und verschiedene Quellen einstellen musste. Die Atmosphäre auf Station 47 war eine Mischung aus angestrengter Stille und fatalistischem Seufzen, und, obschon er niemanden auf dem schmalen, langgezogenen Flur sehen konnte, war das Elend der fest Untergebrachten doch wie ein als Geruch manifestierter Gedanke wahrnehmbar.

Er brauchte bei all den Eindrücken einen Moment, um sich neu zu orientieren. Dann fand er das Schwesternzimmer und legte das Pad auf die schwere Eichenplatte am Eingang. Er konnte die schmale Silhouette Schwester Hildegards neben einem massiven Rücken erahnen, der in einen Drehstuhl gezwängt den Blick versperrte, doch er zog es vor, lieber keine neue Konversation zu betreiben.

Langsam suchte er das Schild für den Ausgang, fragte sich, ob es noch einen anderen Weg als den gab, durch den er hineingekommen war. Ratlos blickte er auf sein ausdrucksloses Telefon.

»Wenn Sie den Garten suchen, da müssen Sie ganz den Gang hinunter.«

Der riesige braunhaarige Fleischberg, an dem ein Schild mit dem Aufdruck »Schwester Chantall« angebracht war, deutete mit beindicken Armen in die entgegengesetzte Richtung.

Wolfgang täuschte ein dankbares Lächeln an und machte sich auf den Weg. Als er erneut am Schwesternzimmer vorbeikam, fügte sie mit großen, rollenden Augen hinzu: »Ich bin die Chantall. Zuständig für Verpflegung und Soziales.«

»Schmidt, angenehm«, sagte er vorsichtig und hielt seine farblose, magere Hand in Richtung der Frau.

»Wie Sie wünschen, Herr Schmidt«, antwortete der Fleischberg, zerquetschte seine rechte obere Extremität und zischte dabei das »Sie« mit unverhohlener Verachtung, die Wolfgang selbst taub hätte erkennen lassen, dass er die falsche Wahl getroffen hatte.

Schwester Chantall und er würden eher keine Freunde werden. Aber das würde er irgendwie verkraften.

Er biss die Zähne zusammen und versuchte sich an einem gequälten Blick. »Ich müsste mal telefonieren.«

»Aaaaber natürlich. Wie gesagt, am Ende des Ganges rechts.«

Er deutete eine halbwegs dankbare Verbeugung an, dann ging er, so schnell seine Motorik es zuließ, ohne ins Laufen zu kommen, den Gang hinunter.

***

Was er hinter der schmalen, milchverglasten Tür fand, kam völlig unerwartet. Zuerst in Form und Konzept wie eine Art Gefängnisfreihof anmutend, begriff er nur langsam, dass er mitten im grünsten Innenhof einer Heilanstalt stand, den man sich von kruden, waschverputzten Betonwänden eingerahmt überhaupt vorstellen konnte. Es gab Liegen, Banksitzgruppen, eine Art kleinen Fußballplatz und ein Großschachbrett neben einem kleinen, andeutungsweise Wasser enthaltenden Teich voller Schilf.

Und es gab Menschen. Nicht so viele, wie der Garten aufnehmen konnte, aber in ihrer Zahl doch so groß, dass es ungefähr alle Insassen von Station 47 sein würden. Und Wolfgang.

Während er noch immer etwas ungläubig die Szenerie aufnahm, wischte er unschlüssig auf seinem Padphone herum. Vicky würde ihn umbringen, wenn er nicht anriefe. Und, seltsam oder nicht, wenn ihm auch sterben reichlich egal vorkam, Vickys Zorn war es nicht.

Bei all diesen Überlegungen hatte er nicht daran gedacht, dass sie kaum annehmen würde, dass seine Ohren wieder »funktionieren» würden. Sie schrie so laut in ihr Mikrophon, dass Wolfgang vor Schreck sein Ende der Verbindung einen halben Meter weit weg halten musste, ehe die elektronische Übersteuerung des angeclippten Mikrophons auf ein erträgliches Maß zurückging.

Erst nachdem er ihr langsam und leise erklärt hatte, was er bisher erlebt hatte, und dass Dr. Miles ihn nicht etwa spontan hatte heilen können, begriff er, dass viele, wenn nicht alle Augen der Freifläche auf ihn gerichtet waren.

Er bemerkte jähes Unbehagen, das sich einen ehrlich verdienten Platz in seinem Herzen reklamierte, von unverhohlen mächtiger Gleichgültigkeit geschlagen verpuffen, und konzentrierte sich ganz darauf, Vicky zu erklären, dass sie nicht »noch schnell abends vorbei» kommen musste. Dass es ihm »gut» ging.

»Sie haben recht. Ihnen geht es viel besser, als Sie denken.«

Wolfgang fuhr herum. Der Satz stammte von dem Mann mit Rollator, den er bei seiner Ankunft vor dem Gebäude gesehen hatte. Er stand kaum mehr als zehn Zentimeter hinter ihm. Gerade erst hatte Wolfgang sein Gespräch beendet. Wie lange war er dort schon gewesen?

Irritiert blickte er ihn an.

»Nun tun Sie mal nicht so, als hätten Sie mich nicht gesehen.«

»Verzeihung?«

»Sie sind vielleicht fast taub, aber weder blind noch dumm«, sagte der Mann mit einer viel herzlicheren Stimme, als es die elektrischen Konverter seiner Augmentierung eigentlich darstellen konnten.

»Und was wollen Sie mir damit mitteilen?«

»Oh, zunächst einmal nur, dass es keinen Grund gibt, Ihre Privatsphäre verletzt zu sehen«, sagte der Alte und lächelte. Wolfgang konnte sehen, dass er Wasser in den Beinen hatte und schon lange nicht mehr ohne Hilfe gegangen war. Aber deswegen war er kaum in der neurologischen Klinik. Doch bevor er weiter rätseln konnte, was es war, das ihn hierher gebracht hatte, beantwortete der Mann es für ihn.

»Und zweitens, entschuldigen Sie meine Direktheit, dies ist mein Platz.«

»Bitte?«

»Mein Name ist Vincent Döppke, und dies ist mein Platz. Nur hier ist das Licht so, dass man die Reflexion der Sonne am Alex im Dunst sehen kann.«

»Aha«, gab Wolfgang vorsichtig zurück. Er wusste natürlich, dass mit Alex nur der ausrangierte Fernsehturm am Alexanderplatz gemeint sein konnte, doch erstens mal konnte man ihn hinter den hohen Mauern unmöglich sehen und zweitens stand die Sonne an einer ganz anderen Stelle.

»Oh, Sie glauben mir nicht?«

Wolfgang zögerte. Langsam dämmerte ihm, dass der Mann psychotisch sein musste und überzeugt war, dass er den Fernsehturm an genau jener Stelle sehen konnte. Es war gefährlich, solchen Leuten zu widersprechen. Sagte man.

»Ich … ich kann den Turm nicht sehen«, sagte er langsam. »In welche Richtung ist er denn?«

Stumm deutete Vincent Döppke auf die wenige Meter entfernte Mauer. Obschon kein Stacheldraht oben auf ihr montiert war, ließ ihre Höhe doch keinen Zweifel daran, dass sie dazu diente, hier niemanden hinauszulassen, wenn das Personal es nicht wollte.

Wolfgang hob eine Braue, doch er würde sich keine Blöße geben. »Ach, natürlich. Wie man so einen großen Turm nur übersehen kann.«

»Allerdings«, sagte Döppke. »Ich bin Ihnen nicht böse, wäre aber verbunden, wenn Sie mich nun in Ruhe lassen könnten.«

Wolfgang konnte die generöse Großzügigkeit des Mannes nicht schätzen, wollte diesen Umstand allerdings auch nicht allzu offen zur Schau tragen. »Selbstverständlich«, sagte er hastig und entfernte sich. »Guten Abend«, fügte er noch hinzu, doch er war gar nicht mehr sicher, ob es noch zu hören war.

Döppke jedoch nickte ihm zu und starrte dann weiter gedankenversunken an die Stelle der Wand, hinter der sich der Alex befinden musste.

»Halten Sie sich in Zukunft fern von ihm.«

Wolfgang fuhr herum. Auf der Bank hinter ihm saßen zwei ältere Männer mit Gehstöcken. Beinahe wollte er sie anfahren, ob niemand hier Besseres zu tun hätte, als ihn von hinten ungefragt und grußlos anzusprechen, doch es war ihm gleichgültig. Das erste Gespräch war bereits so seltsam gewesen, dass er ein unbestimmtes Gefühl hatte, dass dieses nicht viel anders sein würde.

Er baute sich zu voller Größe auf und genoss das Gefühl der, verglichen mit der Mühsal des Alterns, beinahe vollständigen körperlichen Unversehrtheit, die warme, willkommene

Gleichgültigkeit in ihm verteilte. Er war in diesem Moment, während er auf diese gelangweilten Männer blickte, so sehr lebendig wie niemals zuvor, und gleichzeitig kümmerte es ihn nicht. Dabei blieb eine gewisse artifizielle, auf ihre Art ungewohnte Neugier in ihm zurück, die die Gleichgültigkeit nicht dominieren, aber doch in Schach halten konnte.

»Guten Abend, meine Herren«, sagte er.

»Sie sind der Taube, erzählt man sich«, meinte der glatzköpfige Mann, der auf der rechten Seite saß.

»Warum sprechen Sie dann mit mir?«, fragte Wolfgang, sicher, einen fundamentalen Widerspruch gefunden zu haben.

»Weil taub zu sein nicht dasselbe ist, wie nicht hören zu können«, sagte der andere der beiden, wobei sich ein überaus verräterischer Klebefilmstreifen an seinem Haaransatz zeigte, der zweifellos verriet, dass er ein Haarteil trug.

Verblüfft blickte Wolfgang sie an. »Was wissen Sie vom Taubsein?«

»Alles. Und: Nichts«, sagte der Glatzköpfige. Die Hand, die den pseudomodernen Gehstock mit einem ausgefallenen achteckigen Schnitt hielt, zitterte hin und her, und Wolfgang konnte sehen, dass sein Gebiss jeden Moment aus dem Mund zu fallen drohte.

Der andere zu seiner Rechten nickte. »Die Stille entkoppelt uns von der Welt. Nimmt uns die Eile und den Schmerz.«

Wolfgang wusste, was er meinte, doch er war nicht bereit, es einzugestehen. »Ich kann wieder hören«, sagte er demonstrativ.

»Doch die Stille bleibt«, führte der Mann mit Perücke weiter aus.

»Ich bin nicht sicher, ob ich Sie verstehe.«

»Das glaube ich auch«, gab der Mann zurück. »Aber noch ist Zeit. Sieh dir den Sonnenuntergang an.«

Wolfgang blickte zum Himmel. Das Zentralgestirn hatte sich hinter die westliche Seite der Mauer verkrochen und den Himmel ganz zart in ein rosafarbenes Licht getaucht. Es war im Grunde kein Sonnenuntergang, sondern blasse, langweilige Dämmerung. Er sagte nichts.

»Du bist der Taube, erzählt man sich, also bist du in den anderen Sinnen firm. Wie schmecken die Sterne?«, fragte der linke Mann unvermittelt.

Sein inneres Wesen barst vor Unentschlossenheit. Er wollte sich vor den Männern nicht zum Narren machen, doch er wollte auch nicht lügen, denn auf seinen Gaumen hatte sich im Moment des Nachdenkens ein dicker, süßer Film aus Vanille und Zimt gelegt, dessen Ursprung er ganz deutlich im funkelnden Firmament verortete.

Er beschloss, seinerseits die Männer zu testen.

»Sie schmecken wie immer«, sagte er.

»Nein«, sagte der Glatzköpfige ungehalten. »Sie schmecken nach Vanille und Zimt. Vielleicht sogar Marzipan.«

Wolfgang erschrak, doch riss er sich zusammen, keine äußere Reaktion zu zeigen. Wie war es möglich, dass der Mann wusste, was er spürte? Wolfgang fuhr mit der Zunge über die Lippen. Tatsächlich. Ein Hauch Rosenaroma und die körnige Süße von weichem Zuckerrohr.

»Wie kommen Sie darauf?«, fragte er die Männer.

Der rechte lachte.

Der linke jedoch blickte nachdenklich gen Himmel und antwortete ihm. »Die Synästhesie ist keine kausale Folge der Augmentierung, doch sie hat ganz klar zugenommen.«

»Synästhesie?«, fragte Wolfgang. Er hatte das Gefühl, das Wort schon einmal gehört, gedacht, nein, gekannt zu haben, doch es entwand sich wie ein zappelnder, lebendig gefangener Fisch zurück in den Ozean der Ahnungslosigkeit.

Der Mann nickte und blickte ins Leere. »Wer aufmerksam ist, lernt die Eindrücke der Augmentierungen von der tatsächlichen Welt zu unterscheiden. Dann gibt es etwas, das die optische Wissenschaft Kaustiken nennt. Fokussierte Überlagerungen von Reflexionen, die an manchen Stellen besonders hell und an anderen eben besonders dunkel sind. Überkontrastierung der Wirklichkeit, wenn wir so wollen. Die Interpretation durch die digitale Synapsenverarbeitung sorgt dafür, dass das Signal auf andere Nervenbereiche übergeht und gemeinsame, gemischt wahrgenommene Empfindungen entstehen. Wir wissen, dass es auch zuvor schon Menschen gab, die diesen Effekt beschrieben haben. Die Zahlen Farben oder Wochentagen Gerüche zuordnen konnten, doch die Häufung seit dem Beginn der Augmentierung ist nicht nur signifikant, sondern auch unverstanden.«

»Wer sind Sie?«, fragte Wolfgang. Zitternd und fröstelnd blickte er herausfordernd den bittersüßen Sternenhimmel an, von manchen Antworten beseelt und doch von Fragen übermannt.

»Das tut hierbei nichts zur Sache«, sagte der Alte und gluckste. »Du möchtest außerdem vielleicht gern wissen, wie wir hierher kommen und was wir hier tun. Doch schon bald wird noch drängender sein, was du hier tust.«

Atemlos blickte Wolfgang von einem zum anderen und versuchte, aus ihren Rätseln klug zu werden. Erst eröffneten sie ihm, dass sie verstünden, was mit ihm passierte, und dann behaupteten sie, dass all das keine Bedeutung hätte? »Ich verstehe Sie nicht«, sagte er.

»Daran gibt es keinen Zweifel«, entgegnete der Glatzköpfige.

Wolfgang seufzte. Offenbar waren sie nicht bereit, ihn weiter zu belehren. »Geben Sie mir einen Rat, was ich tun kann, um es zu erforschen«, sagte er ein wenig zu flehentlich.

Der Glatzköpfige schüttelte den Kopf. »Den Weg zur Erleuchtung muss man allein beschreiten, sagen die Buddhisten.«

»Ich bin kein Buddhist«, sagte Wolfgang. »Abgesehen davon suche ich nicht nach Erleuchtung.«

»Genau diese Worte hat Buddha selbst wohl auch verwendet«, sagte der andere.

»Unsinn«, fuhr ihm der Glatzköpfige ins Wort. »Wir reden hier doch nicht von einer spirituellen Reise ins Nirvana, sondern über die Frage, warum dieser junge Mann taub ist und der Welt gegenüber gleichgültig.«

Der andere fuhr sich mit der Hand durch die künstlichen Haare und machte ein enttäuschtes Gesicht.

Wolfgang, der sorgsam abwog zwischen der Frage, woher der Mann so gut über ihn Bescheid wusste, und dem Wunsch, diese in gewisser Weise schmerzhafte Unterredung zu beenden, entschied sich schließlich, es doch noch einmal zu versuchen: »Nun, alter Mann, habt Ihr auch für den Ungläubigen einen Rat?«

Der Glatzköpfige schüttelte den Kopf. »Nichts, was ich sagen kann, befreit dich von der Last, die Welt zu erkennen. Und überdies kannst du nichts, was wir dir erzählen, glauben.«

Dann lachte er. Zuerst klang es höhnisch, doch dann begriff Wolfgang, dass es ihn aufmuntern sollte. Er blickte noch einmal in den nun vollkommen verdunkelten Himmel. Warme, nach Zuckerwatte riechende Wolken, die im orangefarbenen Licht des Halos der Großstadt vollkommen weich und gemütlich aussahen, schoben sich vor die Sterne, bis nur noch der viel zu süße Geschmack der Zuckerwatte übrigblieb und kein Zimt oder Vanille mehr zu sehen war.

Traurig blickte Wolfgang die Männer an. »Was ist euer Geheimnis?«, flüsterte er.

»Wir sind verrückt«, antwortete der Mann mit der Perücke.

***

Er saß auf dem Bett, hatte die Beine übergeschlagen und blätterte auf seinem Pad die Newsseiten durch. Zwar hatten seine Okulare eine bessere Auflösung, doch irgendwie bevorzugte er die haptische Komponente des Tablets. Nachdenklich hatte er die einschlägigen enzyklopädischen Artikel über Synästhesie durchgelesen, da klopfte es. Er hörte sich abwesend noch etwas brummen, dann war Vickys sorgenvolles Gesicht auch schon kurz vor seinem und drückte ihm einen Kuss auf den Mund. Erinnerungen an Zimt und Zuckerwatte kamen in ihm auf, doch wirkten sie seltsam deplatziert. Vicky schmeckte nach Aspirin und

Mozzarella, und sagte nichts, als sie seine Hand nahm und sich neben ihm aufs Bett setzte.

Wolfgang seufzte.

Stumm deutete sie auf das angeclippte Mikrophon an seinem Hemdkragen.

»Der Doktor sagt, er verwende die akustische Augmentation als Carrier für das Mikrophon.«

Vicky zuckte mit den Schultern. Sie verstand nicht, was er sagte. Sie wusste zwar, was die akustische Augmentierung war, aber nicht, wie sie funktionierte. Wie den meisten Leuten war es ihr schlichtweg egal, solange sie ihre Musik hören konnte, ohne altmodische Ohrhörer verwenden zu müssen. »Dann weiß er also auch nicht, was du hast?«, fragte sie.

»Zumindest noch nicht«, sagte Wolfgang. Er wollte ihr gegenüber nicht zugeben, dass er ebenso wenig glaubte, dass der Arzt etwas herausfand, wie sie. Und außerdem war es ihm auch egal.

»Immerhin kannst du wieder hören«, sagte sie.

»Na ja.« Irgendein Gedanke traf Wolfgang, doch bevor er ihn festnageln und verhören konnte, entzog er sich ihm schon und fand den Weg in die Realität. »Da bin ich mir nicht so sicher«, erklärte er dem vor Erstaunen erstarrten Gesicht seiner Freundin. »Ich meine, wie definiert man das, ›Hören können‹?«

»Geräusche und Sprache wahrnehmen, den Schall hören halt«, sagte Vicky. Erstaunen wich Unverständnis. Wolfgang wusste, dass dem zu Hause bald Reizbarkeit und Zorn gefolgt wären, doch wähnte er sich in der Klinik in relativer Sicherheit.

»Ja, schon«, sagte er. »Aber die Empfindung an sich.« Er erinnerte sich an etwas, das er im Ethikunterricht … nun ja, nicht gelernt, aber doch irgendwie behalten hatte. »Wie definiert man das? Wie erklärt man einem Tauben, was Hören ist?«, bohrte er weiter und hörte sich in den Zungen alter Männer sprechen. Verblüfft prüfte er seine Gedanken und sprach das Unerhörte aus: »Wie kann man sicher sein, dass das, was man selbst für Hören hält, das gleiche ist, was alle anderen damit bezeichnen?«

»Bist du sicher, dass alles in Ordnung ist?«, fragte Vicky. »Die Philosophen haben darauf schon lange Antworten gefunden. Wie hieß er noch? Na, dieser Mann, der gesagt hat: ›Ich denke, also bin ich.‹ Hat der nicht auch von den Empfindungen fabuliert?«

Wolfgang nickte behäbig. Er begriff, dass er jetzt vorsichtiger sein musste. War er schon verrückt? Nein, noch merkte er, dass Vicky nicht die richtige Gesellschaft für diese Art Fragen war. Vielleicht würde Dr. Miles ja seine Bedenken verstehen.

»Ich glaube, ich bin einfach nur müde«, sagte er.

»Scheint mir fast so«, sagte sie mitleidig und strich ihm übers Gesicht.

Würde sie also endlich gehen? Er war sie nicht leid, doch ihre Gesellschaft konnte ihn auch nicht aufheitern. Sie war einfach nur da und es bedeutete nichts. Wolfgang seufzte.

Vicky schloss die Arme um ihn und drückte so fest seine Rippen zusammen, als könne sie, was immer die seltsame Ursache seiner … Probleme war, einfach aus ihm herauspressen. Wolfgang fragte sich, wie sich ausgepresste Orangen fühlten, und schloss, dass sie gar nichts fühlten. So wie er.

Vicky indes schien zu erraten, wie ihm zumute war, und ließ ihn wieder los. Musterte ihn.

„Das war ein langer Tag für dich«, entschied sie.

Wolfgang nickte.

„Ich …« Sie stockte. „Ich wollte nur sehen, wie es dir geht, aber anscheinend kannst du gerade eher keine Gesellschaft gebrauchen.«

Er zuckte mit den Schultern und versuchte sich an einem elenden Lächeln.

Nochmals strich sie ihm über die Wange und hauchte ihm einen letzten, bedeutungslosen Kuss auf die Lippen, dann war sie endlich weg.

In der Dunkelheit seines Krankenzimmers erhellte nur das klägliche, gedimmte Licht seines Tablets Wolfgangs rastloses Gesicht und den Verstand dahinter.

Er suchte noch einmal nach Synästhesie, doch er sah schließlich ein, dass er viel zu müde war, um Begriffe zu verstehen, die so abstrakt waren, dass sie Empfindungen auf einer viel höheren Ebene beschreiben konnten.

Sein Schlaf war traum- und ereignislos, denn bald fühlte sich die endlose, dunkle Leere wie ein alter Freund an, den man lange nicht mehr gesehen hatte, doch sofort wiedererkannte, in welcher Gestalt er auch auftrat. Als das rücksichtslose Wecken der Morgenschicht ihn wie mit schmiedeglühenden Schwertern traf, war der Frieden auf Station 47 einseitig aufgekündigt.

***

Das schmale, geschwätzige Gesicht der Empfangsschwester des Abends wurde durch eine überzeichnete Version eines Lehrvideos für Hustenpastillen ersetzt, das sich als Schwester Agathe vorstellte. Der Hals dick und wulstig, die Nase rot, stand ein gebrechlicher Mensch kurz vor der Zwangsverrentung vor Wolfgang und fragte artig, ob er von Selbstmord geträumt habe.

Ungläubiges Schweigen. Er rieb sich die Augen und versuchte, sich langsam daran zu erinnern, wo er überhaupt war.

»Ich … Was?«, stammelte er.

Unruhig blickte die Pflegerin auf ihr Pad.

»Ah, Sie sind neu. Alles klar.«

Weitere fragende Blicke. Irgendwann schien ihr klarzuwerden, dass die redundante Information, dass er neu war, kaum seine Fragen beantworten konnte. Ob Einsicht oder Mitleid, Agathe erläuterte schließlich die Vorschrift über die Sicherheit und Rechtspflichten in neuropsychologischen Einrichtungen, die eben jene subversive Frage jeden Morgen enthielt.

Wolfgang seufzte. »Ich habe überhaupt nichts gedacht«, sagte er, seinen nicht erholsamen, doch immerhin auch nicht voller abstruser Bilder anstrengenden Schlaf subsummierend.

»Das freut mich zu hören. In dem Fall bekommen Sie gleich Frühstück.«

Damit knarzten die ausgetretenen Schuhe der Frau aus dem Zimmer. Das grelle, in Intensität und Wahrnehmung kaum schwächer gewordene Licht ließ sie an. Wolfgang blickte nach draußen und sah, dass es längst hell wurde, doch fand er keinen Trost darin.

Er wälzte sich herum, zog die Decke über den Kopf und wusste gar nicht recht, worin sein Gram bestand. Eigentlich spürte er nichts gegenüber der Morgenschwester und war außerdem recht gut ausgeschlafen. Trotzdem schien es ihm notwendig, sich gegen das Licht-Machen aufzulehnen, und sei es nur, indem er es für sich selbst als ungeschehen betrachtete.

Als die Schwester mit klapperndem Tablett zurückkam, evaluierte Wolfgang seinen Appetit. Vollkornbrot, ein viel zu weiches Krankenhausbrötchen, Marmelade, Käse, Tee. Langweilig. Er nippte am Tee und stellte neben der abseitig nüchternen Erkenntnis, dass es sich dem Geschmack nach um Kamille handeln musste, außerdem fest, dass er nach Basilikum und heißem Honig roch. Nicht schlecht. Er trank erneut.

Es klopfte.

»Herr Schmidt, ich störe Sie nur ungern noch einmal, aber Professor Miles bestand darauf, sie gleich als erstes heute Morgen zu sehen.«

Ganz offenbar war Schwester Agathe nicht gut darin, das Wesentliche deutlich zu machen.

»Was heißt das für mich?«, fragte Wolfgang. »Kann ich noch aufessen?«

Die Morgenschwester ignorierte die dröhnende Tatsache, dass er noch nicht einmal mit dem Essen begonnen hatte, und verzog das Gesicht. »Ich sage Ihnen in fünf Minuten Bescheid.«

›Großzügig‹, dachte Wolfgang und schnitt etwas widerwillig das pappige Brötchen auf. Ihm kam pelziger, metallischer Messinggeschmack auf die Zunge, als er es in Augenschein nahm. Vorsichtig biss er ein wenig ab, ohne es bestrichen zu haben.

›Essbar‹ lautete das kumulierte Urteil seiner Sinne. Obschon er sich nicht gehetzt fühlte, hatte er doch die Zeit im Kopf und schlang hastig hinunter, was ihn nähren, doch nicht befriedigen konnte. Dann nahm er sein Pad hervor und studierte das Internet. Vicky hatte ihm eine Nachricht geschrieben, doch ansonsten schien die Welt noch nicht wach zu sein. Das normale Rauschen der sozialen Netzwerke ödete ihn an, sodass er das Pad bereits wieder weggelegt hatte, als Schwester Agathe ihn hinaus bat. Erschreckt stellte er fest, dass er sich nicht angezogen, noch gewaschen hatte, warf sich schnell Hemd und Hose über und machte sich auf den Weg aus Station 47 hinaus.

Dr. Miles war entweder ungeduldig, unglaublich fleißig und zielstrebig, oder genoss es einfach, seine Patienten morgens früh aus dem Bett zu holen. Wolfgang war all das vollkommen egal.

***

Es roch nach einer Mischung aus entleertem Darm und verbrannten Kiefernzweigen, als er den Korridor der Station verließ und auf das Büro des Arztes zuhielt. Aufmerksam sog er jeden einzelnen Eindruck ein, die, jeder für sich, wie mit dem Brennglas vergrößert auf ihn einzuschweben schienen. Der unpassende Geruch, der das vertraute, doch öde

Krankenhausodeur verdrängt hatte, ebenso, wie das matte, kalte Licht, das ihn an alte, ausgelaufene Lackfarben erinnerte, die sich in einem dunkelbraunen Fleck auf dem Boden seines Verstandes sammelten. Kurz fühlte der Korridor sich an wie ein niemals enden wollender Tunnel, doch dann verlangte sein Gehör Aufmerksamkeit und wies ihn ruhig, doch irgendwie aufgeregt darauf hin, dass seine Schritte auf dem blanken Linoleum sich anhörten, als ginge er über alte Holzplanken. Beinahe vermutete er, bei jedem Schritt auf eine verborgene Falltür zu stoßen, doch irgendwann hatten die unsicheren Beine, eines vor das andere gesetzt, das Büromuseum von Professor Dr. Oliver Miles erreicht. Ohne Gedanken oder Anweisung hob seine Hand sich zum Klopfen. Dumpf wie in ein Kissen gehustete Worte ertönte eine Stimme aus dem Raum und ließ ihn hinein.

Entschlossenen Schrittes ging Wolfgang weiter und blieb vor dem Schreibtisch stehen.

Grußlos bot Miles ihm den Stuhl.

»Wie fühlen Sie sich?«

»Unverändert«, sagte Wolfgang.

»Wie ist Ihr Hörvermögen?«

»Ich habe keine Probleme, Sprache zu verstehen«, sagte er.

»Das ist gut«, sagte Miles. »Das bedeutet, dass nur der physische Akt des Hörens Ihnen Probleme bereitet.«

Wolfgang zögerte. Sollte er dem Arzt von seinen synästhetischen Assoziationen erzählen? Nein, dafür war es zu früh. Erst musste er erfahren, was er für die Ursache hielt. Wenn er sich eine Meinung gebildet hatte.

»Haben Sie schon eine Idee, was die Ursache sein könnte?«, fragte er stattdessen.

»Nun, wir haben ja gestern festgestellt, dass die Neurosuppressiva, die Sie bekommen haben, ihren zerebralen Kortex offenbar viel zu stark beeinflusst haben. Ungewöhnlich, aber nicht ausgeschlossen.«

Er nickte nur, doch er hatte, wenn er ehrlich war, keine Ahnung, wovon der Arzt sprach. Sein Gehirn war also von den Pillen verändert worden?

»Heißt das, Sie glauben, dass es von allein wieder besser werden sollte?«

»Nun«, sagte Miles, »das kann der Fall sein, üblicherweise regenerieren sich so stark in Mitleidenschaft gezogene, neuronale Bahnen jedoch nicht ohne externe Reize. Deshalb ...« Wolfgang bemerkte, wie der Arzt zögerte. »... würde ich gerne versuchen, ihr Akustikzentrum neu zu stimulieren.«

»Was heißt das?«, fragte er. Das Zögern des Arztes deutete er so, dass jener keineswegs vollkommen von Sinn und Zweck dieser Taktik überzeugt war.

Er sah, wie der Arzt aufstand, betont gelassen um den Schreibtisch herum trat und seiner viel zu großen Nachbildung eines antiken Globus einen Stoß gab. »Wissen Sie ... Die Neurophysiologie ist ehrlich gesagt trotz der Fortschritte, die wir in der Augmentierung gemacht haben, noch immer keine vollständige Disziplin. Wir verstehen heute mehr als noch vor zehn oder zwanzig oder natürlich vor einhundert Jahren, doch die Bionik hat uns vor allem gelehrt, dass das Gehirn ein außergewöhnlich anpassungsfähiges Organ ist. Sie können den Originalzustand der sixtinischen Kapelle oder der Felsenfestung von Petra nur deshalb in ihrer authentischen, historischen Form sehen, hören und riechen, weil das Gehirn die Erweiterung unserer Inputstimulationen heuristisch vollkommen intuitiv richtig auswertet. Wir verstehen nicht genau, wie es kommt, dass die digitale Version eines Geruches von Rhabarber auch als Rhabarber erkannt wird. Die großen Augmentierungshersteller haben viel Geld in das Wie investiert, doch das Warum ist dabei, leider, fast komplett auf der Strecke geblieben. Wie Archäologen sind wir Wissenschaftler den tatsächlichen Abläufen auf der Spur, doch leider muss ich sagen, dass wir viel zu wenig über die Wechselwirkungen der Technologie mit dem Gehirn wissen, als dass es mir möglich wäre zu beantworten, wie es sein kann, dass Sie über ein Mikrophon eingespeiste Töne hören können, doch über ihre offenbar gesunden, funktionsfähigen Ohren nicht.«

Wolfgang schluckte. Der Arzt war ganz offenbar ehrlich zu ihm – doch erbaulich war seine Antwort nicht.

»Sie wissen also nicht, was das Problem ist, noch, wie man es heilen kann – wenn man es denn kann«, sagte er und hörte sich selbst den letzten Teilsatz vorwurfsvoller aussprechen als beabsichtigt.

Oliver Miles machte ein gequältes Gesicht, trat neben die Replik der berühmten Davidskulptur und räusperte sich.

»Wissen Sie, was Michelangelo sagte, als man ihn fragte, wie es möglich war, den perfekten Körper Davids aus einem kruden Stück Marmor herauszuarbeiten?«

Wolfgang schüttelte den Kopf. Irgendwie wusste er, wie der Arzt ihn belehren wollte, doch die Beleidigung seiner Kulturkenntnisse verschwanden wie ins Meer der Gleichgültigkeit geworfene Regentropfen.

»Er pflegte zu sagen, dass er lediglich all jene Teile entfernt habe, die zum Stein, aber nicht zum David gehörten«, sagte Miles. »Und so wollen wir es hier auch tun. Nach und nach Dinge auszuschließen, führt schlussendlich zur Erkenntnis – wie seltsam und unerwartet sie auch aussehen mag.«

»Sie glauben, dass das Problem schon vor den Nebenwirkungen der Pillen bestand«, sagte Wolfgang.

»In neunzig Prozent der Fälle«, sagte Miles, »gibt es keine körperliche Ursache für Fehlempfindungen.«

»Ich bilde mir also nur ein, dass ich nicht hören kann?« Es fiel Wolfgang leicht, den Arzt mit der direkten Schlussfolgerung zu konfrontieren, da er das Problem nicht als Teil von sich wahrnahm. Einerseits wusste Wolfgang, dass es außerhalb lag, doch nicht warum oder was das zu bedeuten hatte. Und demgegenüber wusste er ebenso gut, dass er nicht verrückt war – doch nicht, ob das bedeutete, dass er nicht als verrückt gelten konnte. Wenn er jetzt von seinen synästhetischen Erfahrungen berichten würde, konnte Dr. Miles es nur als Schwäche oder Schuldeingeständnis auffassen. Doch was, wenn er recht hatte? Wenn er – oder etwas in ihm – nicht wollte, dass er hören konnte?

»Herr Schmidt?«

Wolfgang war vollkommen in Gedanken gewesen.

»Ja …«, sagte er. »Wir machen es so, wie Sie sagen.«

»Hervorragend«, sagte Miles und schritt zur Diagnoseliege hinüber. »Bitte nehmen Sie Platz.«

Wolfgang stand auf, bemerkte, wie die Welt um ihn zu schwanken schien, als er durch die »Sammlung« des Arztes zur Liege schritt, und wie sie sich, gleich einem kurz aus dem Schlaf geweckten Reh, wieder beruhigte, als er sich hinlegte.

Der Arzt nahm einen drahtlosen Blutdruckmesser und legte ihn Wolfgang an, ebenso wie einige Elektroden, die sich unsanft und doch medizinisch-wissenschaftlichen Fortschritt verströmend an seine Brust und Kopfhaut saugten.

»Wir fangen ganz behutsam an. Ich regle hier die Intensität des Inputs und Sie melden sich sofort, wenn Sie etwas … irgendetwas … bemerken oder fühlen. Verstanden?«

Wolfgang nickte. Doch die Wucht, mit der es begann, überraschte ihn so sehr, dass er ganz vergaß, dass er dem Arzt Rückmeldung geben sollte. Sobald Miles auf seinem Pad umhergewischt hatte, verschwamm die Welt in umhertanzende Pixel und verzerrte sein Hörspektrum in zwei- oder drei- oder vierhundert verschiedene Pfeiftöne, als würde man einen Lautsprecher falsch ansteuern. Er roch verbranntes Fleisch, altes Leder, und schmeckte kalte, trockene Kreide auf seiner Zunge. Der größte Teil seiner Haut war taub und kribbelig, doch war es ihm unmöglich, sich mit den Händen über den Körper zu fahren. Entrückt stellte er fest, dass sein Verstand sich nicht mehr im Körper zu befinden, sondern ganz und gar als einzelne Entität zu existieren schien. Ein Bewusstsein ohne Fleisch, ohne Verbindung zur Welt. Wie ein zusammengekrümmtes Baby waberte Wolfgangs wolkenförmiger, gewiss nur imaginierter Geist im luftleeren, gedankenlosen Nichts und begriff, dass die Welt ohne Empfindungen nicht existierte.

Schweißüberströmt erwachte er aus dem wie auch immer gearteten Delirium der Sinne und bemerkte, dass Dr. Miles ruhig neben ihm stand und den Puls maß.

»Wie geht es Ihnen?«

Wolfgang schnappte nach Luft, doch er fühlte sich seltsam ruhig, obschon die Implosion seines Kosmos kaum Sekunden zurückliegen konnte. »Was ist passiert?«, fragte er.

»Mhh.« Der Arzt kaute auf seinem Digitizer-Stift herum und musterte die Liege mitsamt dem leicht zitternden Patienten. Sein Gesichtsausdruck lag irgendwo zwischen blankem Entsetzen und kindlicher Neugierde. Was war gerade passiert? Wolfgang wusste, dass sein begrenzter Verstand nicht in der Lage sein würde, auch nur irgendwie bei diesem Rätsel zu helfen. Miles räusperte sich und schnaufte tief durch, bevor er zu reden begann.

»Sie hatten eine Art epileptischen Schock«, sagte er und fuhr fort, ohne Wolfgangs erschreckte Reaktion abzuwarten. »Dabei haben motorischer und sensorischer Kortex ein wildes Feuerwerk an Signalen abgebrannt, nur um darauf sekundenlang vollkommen zu verstummen. Ich habe so etwas nur sehr selten gesehen.«

Wolfgang machte innerlich eine Notiz, dass Miles mit »sehr selten« ganz sicher »niemals« euphemistisch zu kaschieren versuchte, doch er machte dem Arzt keinen Vorwurf. Die ungeheure Unsicherheit und Panik, die er wohl spüren sollte, existierte letztlich nur als substanzloses Echo unter der

Dunstglocke der immerwährenden Gleichgültigkeit, und so gelang es ihm, einen halbwegs neutralen Blickwinkel beizubehalten.

»Was machen wir jetzt?«, fragte er den Arzt, der, in den Bildschirm seines Pads versunken, Fachliteratur wälzte. Wolfgangs Verstand produzierte das Äquivalent einer Furcht vor der Antwort und diffundierte sie sogleich auch wieder hinweg, ehe er sich endlich auf den Arzt selbst konzentrierte.

»Die logische Vorgehensweise wäre, zu deduzieren, dass wir, wenn nicht die Ursache, dann doch den Mechanismus Ihrer Probleme offengelegt haben. Davon ausgehend scheint es vernünftig, herauszufinden, wie Ihre Fehlwahrnehmungen unter normalen Umständen eintreten, beziehungsweise, ob allein die Neurosuppressiva dafür verantwortlich sein könnten, was ich bei dieser starken Reaktion, nebenbei gesagt, nicht für möglich halte.«

»Also sind wir einen Schritt weiter«, sagte Wolfgang.

Der Arzt nickte unzufrieden. »Ich fürchte allerdings«, sagte er, »dass ich Sie dieser Prozedur noch einmal aussetzen muss.«

»Ich …«, begann Wolfgang. »Ich fand die Erfahrung nicht schlimm. Verstörend zuerst, aber auf eine gewisse Weise liegt ein besonderer Friede darin, einmal zu erleben, wie allein der Verstand ohne Input tatsächlich ist. Ich kann mir vorstellen, dass man leicht verrückt werden kann, wenn man sich dem länger ausgesetzt sieht.«

»Sie hatten kein Gefühl für Zeit, nicht wahr?«

Wolfgang nickte. »Überhaupt nicht. Das Universum hätte währenddessen zweimal an mir vorüberziehen können, genauso,wie nur ein einzelner Augenblick der Einsamkeit ausreicht, sich die ewige Verdammnis vorstellen zu können.«

»Interessant, dass Sie es erwähnen«, sagte Miles.

»Was?«

»Ewige Verdammnis. Es … ist etwas unangenehm, es zu erwähnen, doch Ihre Hirnmuster während des Anfalls hatten erstaunliche Ähnlichkeit mit denen von Komapatienten.«

»Was wollen Sie damit sagen?« Wolfgang war unwohl bei dem Vergleich, doch zugleich war er nicht imstande, zu erfassen, was daran ihm oder seinem Verstand – eine natürliche Verbindung, die sich immer getrennter, nein, unwirklicher anfühlte – unpassend erschien, doch verließ das Unwohlsein ihn auch so schnell wieder, wie es gekommen war, sodass am Ende des Gedankens wieder einmal alles egal war.

»Verzeihung«, sagte der Arzt, dem die Richtung des Gesprächs offenbar unangenehm war. »Ich meinte damit nur, dass ich aus, äh, wissenschaftlicher Sicht eine gewisse Neugierde verspüre. Aber ich kann und werde Sie keinen unnötigen Gefahren aussetzen, um dies zu untersuchen, wenn wir einen anderen Weg finden, um Ihr Problem zu lösen.«

»Gut. Wie geht es weiter?«

»Wenn Sie sich bereit fühlen, werde ich erneut die Neuralstimulation aktivieren.«

»Wie könnte man dafür bereit sein?«, fragte Wolfgang, doch er nickte zustimmend.

Dr. Miles nahm weitere Elektroden von der Wandhalterung und klebte sie Wolfgang auf. Sie waren kalt und metallisch und ließen ihn sich selbst als eine Art totes Werkstück imaginieren, das im Labor so lange weiter zerteilt werden würde, bis man genau wüsste, wie es funktionierte.

Diesmal war es anders. Das Verpixeln und Verschwimmen der Sicht, die viel zu schrillen Töne, all das war unerwartet und verstörend, doch … langsamer. Er konnte es nicht kontrollieren oder verstehen, aber Wolfgang schien die Distanz zu seinem Verstand verringert und dafür zur Außenwelt erhöht zu haben. Knoblauch und Blaubeeren übermannten Nase und Zunge, ehe ein seltsamer Eindruck des Ertrinkens einsetzte. Er wusste, dass dort, wo sein Verstand sich befand, keine Luft zum Atmen war, doch zugleich begriff er auch, dass er nicht atmen musste. Trotzdem fühlten seine Lungen – oder die mentale Projektion davon – sich an, als füllten sie sich langsam mit Wasser. Er schnappte nach Luft und atmete nur warmen Sirup voller Nichts. Das ferne Bild des eigenen Körpers in hoffnungslos verletzlicher Fötusstellung kam an seinen Verstand, doch wurde es vom Selbst gleich wieder hinweggedrängt und waberte im Ozean der Gedanken davon. Sein Hals war jetzt voll bitterer, ätzender Säure, die langsam die nicht-körperliche Speiseröhre hinunterglitt und den Gedanken von Magenschmerzen erzeugte, der ohne jeden Zweifel nur vorgestellt war. Wolfgangs Verstand übergab sich genau in jenem Moment, als die Wirklichkeit – oder das, was er dafür halten musste – zurück auf ihn einstürzte.

Mit einem Mal spürte er, dass Körper und Geist die seltsam surreale Art der Symbiose wiederhergestellt hatten und er schräg kopfüber auf der Liege hing und Erbrochenes unter sich fand. Sein

Hals schmeckte Blut und Magensäure, doch er fühlte sich im Grunde nicht schlecht. Vorsichtig richtete er sich auf und blickte auf Oliver Miles, der eifrig auf sein Tablet einhackte.

»Wie fühlen Sie sich?«, fragte er erneut, sein ganzes Talent zu mangelnder Einfühlsamkeit beweisend.

»Besser als letztes Mal«, sagte Wolfgang trocken und wischte sich mit einem eigenen Taschentuch den Mund sauber. »Sagen Sie nichts«, meinte er, auf das Erbrochene deutend, einer seltsam vertrauten Mischung aus Euphorie und Zynismus folgend, »der motorische Kortex hat zumindest teilweise funktioniert.«

»Vergeben Sie mir«, sagte der Arzt, »ich habe das nicht vorhergesehen.«

Wolfgang verzichtete vorerst auf weitere ironische Kommentare und versuchte sich selbst an einer vorsichtigen Analyse. Er hatte keine Ahnung, was passierte, wenn diese Elektroden all seine Sinne ausknipsten oder wie das, was er dann … spürte … zu deuten war, doch klar war, dass entweder mit dem Gehirn oder dem zentralen Nervensystem etwas nicht stimmen konnte – doch da blieb immer dieses Gefühl tief in ihm drin, dass die Welt falsch war, und nicht seine Wahrnehmung. Nachdenklich blickte er auf den kläglichen, brockigen Haufen von Krankenhausbrötchen vor der vollkommen verschwitzen Liege. Was passierte hier nur?

»Herr Schmidt, ich werde mich in diesem Fall mit ein paar Kollegen besprechen. Ich bräuchte dafür Ihr Einverständnis, Ihre Patientendaten weitergeben zu dürfen«, sagte Doktor Miles schließlich. Auf einmal wirkte er weder neugierig noch ratlos.

Irgendwie schien er Wolfgang, als hätte er erwartet, was passieren würde. Doch es war nur eine Intuition, nicht einmal ein Gefühl.

»Tun Sie, was nötig ist«, sagte Wolfgang gleichgültig. Seine Gedanken kreisten nur um die eine Frage, die sein Verstand sich selbst aufgebürdet hatte: Verlor er den Verstand vor der Unterscheidung, was echt war? Und konnte er überhaupt mit Sicherheit sagen, dass nicht die Welt um ihn herum verrücktspielte?

Innerlich zerrissen musste er anerkennen, dass die Ruhe und der Frieden, den er empfunden hatte, während er frei von Empfindungen gewesen war, nicht dazu passten, dass irgendwie alles um ihn herum schiefging und er nicht einmal unglücklich war, wenn seine Sinne versagten.

Nein, irgendetwas stimmte mit ihm nicht. Aber kein Arzt oder Neurophysiologe oder Psychologe konnte ihm sagen, was vorging.

Wolfgang Schmidt traf eine Entscheidung, die sein Leben veränderte.

***

Er war seltsam zittrig, als er den Flur entlang wieder zurück auf Station 47 ging. Tausend Dinge wischten und waberten in seinem Kopf herum, doch im Grunde ließ sich alles auf die eine Frage reduzieren: Was passierte mit ihm?

Zu diesem Zeitpunkt war es keineswegs so, dass es Wolfgang gestört hätte, wenn er verrückt gewesen wäre. Doch Verrückt-*Werden*, das konnte er nicht ertragen. Seine Schritte waren kurz und nervös, es fühlte sich an, wie im Dunkeln eine Treppe hinunter zu gehen. Jeder einzelne Zeh waberte suchend nach unten, um als erster Kontakt mit versichernder Festigkeit der Stufen zu vermelden. Doch Wolfgang kam es vor, als würde er über Nebel laufen, und mit jedem Schritt tiefer und tiefer in Treibsand gesogen. Auf eine entrückte, entfernte Weise nahm er durchaus wahr, dass die Stationsschwester ihm etwas mitzuteilen versuchte, doch war ihre Stimme verzerrt, entweder zu langsam oder zu schnell für ihn oder beides, sodass es ihm leichtfiel, nicht weiter darüber nachzudenken. In seinem Zimmer angekommen, drehten sich die Möbel um den Raummittelpunkt, ohne dass Wolfgang das Gefühl für die Umgebung verloren hätte. Der Tanz der Einrichtung verhinderte jedoch erfolgreich, dass er sich aufs Bett werfen konnte. Stattdessen stand er ratlos inmitten des rasenden Mobiliars und wartete auf eine Möglichkeit, irgendetwas davon zu packen und zur Rede zu stellen. Obschon er natürlich innerlich wusste, dass es praktisch unmöglich war, schien ihm dieser Gedanke zu jenem Zeitpunkt ganz und gar logisch, sodass er mehrere Momente einfach wartete, dass die Welt einen Schritt auf ihn zu machte.

Dann schüttelte er den Kopf und trat in gedankenversunkener Weise vor den kleinen Frisierspiegel neben dem hässlichen Schrank – und erschrak.

Sein Gesicht schien von einer Art grünlichem Schleim überwuchert, sodass Augen, Nase und Ohren komplett überdeckt zu sein schienen. Panisch griff er sich ins Gesicht, doch fühlte er nur normale, glatte Haut. Was passierte hier? Wolfgang schloss die Augen und prüfte aufmerksam all seine Empfindungen. Es war nicht wie bei Dr. Miles, wo anscheinend einfach alles ausgesetzt hatte. Stattdessen folgte eine unsinnige Sensation auf die nächste. Seine Hände fühlten sich an, als wären sie mit krabbelnden, sich windenden Würmern übersät, doch als er sie anblickte und prüfte, sah er nur faltige, sonnengebräunte Haut. Genervt presste er die Hände an seine Schläfen. Wie Pudding erschien sein Schädel, und als er probehalber daran klopfte, klang es wie matschige Melone und nicht nach festem, glattem Schädelknochen. Wolfgang wand sich in Selbst-, nein, Weltzweifeln und wurde immer unruhiger. Beinahe schien es ihm, als erkenne er langsam ein Muster im Tanz der Möbel um sich herum, doch das einzig Feste war und blieb der Spiegel, der ihn vollkommen entstellt zeigte, und der vollkommen falsch liegen musste. Wann hatte er das letzte Mal in einen Spiegel gesehen? Hätte er eher etwas merken müssen? Zeigte er am Ende nur, wie es innerlich in ihm aussah, anstatt sein Äußeres?

Was, wenn der grüne Schleim nicht tatsächlich, sondern nur imaginiert vor seinen Sinnen lag? Wenn er irgendetwas in ihm zu bedeuten hatte?

Wolfgang merkte, dass sein Magen sich wieder meldete und frische Säure nach oben zu speien gedachte. Noch konnte er es kontrollieren, doch in dem Maße, wie sich die Welt beschleunigt um ihn herum drehte, war es nur eine Frage der Zeit ...

Fasziniert und angeekelt verfolgte er, wie alles plötzlich langsam wurde. Sowohl seine eigenen Empfindungen und Bewegungen, als auch die Umgebung. Der wirre Tanz des Raumes gefror zu Eis, und genau in dem Moment, da er meinte, den Stillstand zu erkennen, erblickte er das nicht abgeräumte Frühstückstablett. Das trockene, pappige Vollkornbrot lag noch darauf, ebenso wie die Portionspackung Marmelade und das krümelige Brötchenmesser.

Das Messer.

Wolfgang begriff nicht, was sein Verstand tat, sondern blickte ratlos mit an, wie seine Hände das stumpfe Werkzeug nahmen und seinen Augen zur Kontrolle vorführten. Seltsamerweise blickte er es im Spiegel an und erkannte, dass es dort nicht die Form eines Brötchenmessers, sondern einer Filetierklinge annahm. Sein Magen überstülpte sich, als Wolfgangs Bewusstsein begriff, was sein Verstand sich überlegt hatte. Er würde sich die Ohren abschneiden, und niemand, erst recht nicht er selbst, konnte ihn dabei aufhalten.

Atemlos würgte er frische, ungebrauchte Magensäure hervor und verfolgte, wie seine Hände ihm nicht mehr gehorchten. Es roch nach Thymian und Lavendel, als seine Hand das Messer ansetzte, und es tat nicht weh, sondern juckte. Nein, nicht das Ohr juckte, sondern die Welt. Sein Körper begann vor Pein zu zucken, und das Jucken wurde zu Brennen und erfasste den ganzen Körper, ja sogar Wolfgangs dürren, machtlosen Verstand. Er fiel auf die Knie, doch er bewunderte die Entschlossenheit in dem Teil von ihm, die noch immer das Messer führte und wie ein Chirurg die Ohrmuschel ausschälte und das Organ achtlos zu Boden fallen ließ. Minutiös geplant schien der Eingriff und vollkommen von seinem Bewusstsein entkoppelt, denn ohne Zögern hob er das Messer zum anderen Ohr. Er hörte das Schmatzen, als das Messer unterhalb des Ohrläppchens ins Gewebe stieß. Doch er spürte nichts. Stellte sich versuchsweise die größten Qualen vor, doch kamen sie nicht von rechts oder links seines Schädels, sondern von überall in ihm. Als das blutende, tote Ohr zu Boden fiel und neben seinem Knie ein schmatzendes Geräusch machte, verstand er nichts mehr. Wie sollte er nur ohne Ohren hören können?

Seine Hände fassten nach links, doch auch dort war längst kein Hörorgan mehr. Zitternd und wimmernd hob er eines der Ohren auf und blickte es an.

Er sah die Kabel der Augmentierung, doch ansonsten waren da nur Blut und abgetrenntes Gewebe. Wie in Trance hielt er es vor den Spiegel, zwang seine Beine, ihn zu tragen, und blickte herausfordernd sein entferntes Organ an. Da lag ein schwarzes, zuckendes Stück Technologie in seinen Händen. Keine Spur von Blut oder Haut oder Knorpel. Wolfgang zuckte vor erneut einsetzendem Jucken und wand sich zu Boden. Spürte, wie seine Hände das Messer wiederfanden. Erahnte das nächste Ziel.

Wollte sich vor Schreck vor die Augen fassen, doch begriff erst dann, dass längst alle Verbindungen seines Augapfels zum Schädel getrennt waren. Wartete auf die warme, gleißende Fontäne aus Blut, die aus der nackten Höhle emporsteigen musste. Nichts. Sah das Messer zur anderen Seite gleiten. Spürte Kribbeln und Kälte auf seiner Haut. Gänsehaut. Wollte sich über die Arme streichen, um sich zu vergewissern, dass er doch etwas … irgendetwas richtig fühlen konnte, da schrie er auf vor Schreck, als er die Klinge direkt vor dem verbleibenden Auge herumhacken sah. Doch er fühlte nichts. Roch Vanille und öligen Schlick, konnte all dies nicht zuordnen. Sah an sich herunter, ohne dass die Klinge ihre wahnsinnige Arbeit stoppen würde. Spürte den Ruck durch den

Körper gehen, gefolgt von erneutem brennendem Juckreiz in jeder
Faser.

Wolfgang Schmidt hatte keine Augen mehr. Er hatte gespürt, wie
sie mit chirurgischer Präzision aus den Höhlen geschnitten
wurden, und blickte nun auf das zu Boden fallende Gewebe, das
beim Aufprall ein wenig hüpfte. Er hielt sich die Hände vors
Gesicht. Alles war dunkel und rot und unscharf. Er spürte, dass
seine Hände ihm die Kontrolle wiedergaben und dass es vorbei
war.

Es juckte und kribbelte noch immer, doch er fühlte keinen
Schmerz. Als er die Kraft fand, endlich aufzustehen, hörte er die
Sehnen in den Knien knacken.

Das war doch nicht möglich. Er drehte sich um. Wusste, dass er
vor dem Spiegel stand. Dass er blind und taub war. Für immer sein
würde.

Dann, in einem seltsamen Akt der Willensanstrengung hörte er
die Stimme in seinem Hinterkopf, die ihm befahl, die Augen zu
öffnen und den Krüppel im Spiegel anzusehen.

Doch er konnte nicht sehen. Zitternd und schluchzend nahm er
die Hände und wollte die leeren Augenhöhlen ertasten, doch da
waren geschlossene Lider.

Vorsichtig, gleichsam zärtlich zog er sie auf und erschrak. Und
sah, zum ersten Mal, sein wahres Antlitz.

Der Spiegel war zersplittert und vergilbt, doch er hing an seinem
Platz und zeigte Wolfgang die Krater in seinem Gesicht. Da war,
überall sonst, eine Art Folie über seinem Gesicht. Über Nase und
Mund, doch herausgerissen an Augen und Ohren, die zwar etwas

gräulich, doch gesund aussahen und nicht im Geringsten abgetrennt. Er fasste sich an die Schläfen. Alles war an seinem Platz. Wolfgang sah zu Boden.

Da lag, in Folienverbund, eine Art großes Fernglas, das er nicht erkannte, das offenbar jedoch auf die Augenpartie passte, und zwei kleine Lautsprecher, deren Kraterform zu den Löchern in der Folie um die Ohren passte. Wolfgang wollte schreien, doch bekam er aus irgendeinem Grund keinen Laut heraus. Es war fast … ja, als habe er seine eigene Stimme noch niemals gehört. Atemlos blickte er zurück auf den Spiegel und auf den Raum, der still und ruhig hinter ihm lag. Es gab keine Unruhe, keine Zweifel und keinen Schmerz mehr. Ungläubig blickte er auf die folienbewehrten Hände und begann, daran herumzuziehen. Das Material war weich und warm, fast wie echte Haut, doch gleichzeitig zu glatt. Erst jetzt merkte er, dass an verschiedenen Stellen Kabel und Anschlüsse aus dem anscheinend den ganzen Körper umfassenden Anzug heraushingen, die unruhig blinkten. Wolfgang fühlte Panik in sich aufkommen, doch er war noch immer von so großer Ruhe beseelt, dass er sie mühelos in Schach halten konnte. Konzentriert zippelte er an seinen Händen herum, bis es ihm schließlich gelang, eine einzelne Stelle aufplatzen zu lassen. Dann, schneller und schneller, schaffte er es, auch die Hand davon freizuarbeiten. Blass und schwächlich sahen seine Finger aus, doch es kümmerte ihn nicht. Beinahe musste er weinen, weil er begriff, was das alles hier darstellte. Warum auch immer, er musste eine ganze Zeit lang, vielleicht immer schon in diesem Anzug gelebt haben.

Kein Wunder, dass seine Gefühle und Empfindungen so seltsam gewesen waren.

Seine Nase kribbelte. Wolfgang musste niesen und erinnerte sich daran, dass über Nase und Mund auch noch Folie war. Nein, mehr noch. Da gab es eine Art Luke. Sollte es möglich sein …

Er riss die Hand vor den Mund. Da gab es eine Art Membran, die sich öffnen und schließen konnte. Er hatte dadurch Nahrung aufgenommen. Er war ganz und gar von der Umgebung entkoppelt worden. Doch wozu? Endlich drehte er sich um.

Was war dies für ein Ort? War er überhaupt in der Charité in Berlin?

Der Raum hatte sich verändert. Zwar war der erste Eindruck einfach nur schäbig, aber das war nicht alles. Die Einrichtung wirkte in gewisser Weise abgegriffen statt alt. Der Schrank war wurmzerfressen und hatte beinahe sein ganzes Furnier an die Zeit eingebüßt, und der Boden war voller kleiner, schwarzer Aussparungen an denen sich spitze oder schwere Gegenstände hineingebohrt haben mussten. Die Fenster waren praktisch undurchsichtig, weil sie eine Ewigkeit nicht mehr gereinigt worden waren. Er konnte zwar Landschaft, ja vielleicht sogar eine Stadt dahinter ausmachen, doch ob es war, was er hoffte, war unmöglich zu sagen.

Er besann sich zurück auf die Plastikfolie, in der er vom Hals abwärts noch immer steckte, und begann vorsichtig, doch erregt, die Teile abzuziehen, um jämmerliche, blasse Haut darunter zu finden.

Wolfgang war bis zur Brust vorgestoßen, als die klapprige Tür aufschwang und einen so seltsamen Anblick bot, dass er nicht wusste, ob er lachen oder weinen sollte. Unzweifelhaft die Silhouette von Morgenschwester Agathe darstellend, stand ein rabenschwarzer Racheengel in der Tür und gestikulierte mit den Armen. Die Frau – der Form der Brust nach zu urteilen, war es eine Frau – war ebenfalls ganz in schwarze Folie gewickelt und wies überall am Schädel klobige Technologiefortsätze auf. Wie Wolfgang. Wenn die Person, die entfernte Ähnlichkeit mit der Krankenschwester hatte, etwas sagte, dann ging es hinter der Begrenzung von Mund und Nase unter, ehe die Gestalt sich auf Wolfgang zubewegte.

Instinktiv wich er zurück. Waren alle so wie er? Und wussten es nicht?

Die Karikatur der Krankenschwester kam weiter auf ihn zu, und echte, vitale Furcht erfüllte Wolfgangs freigelegte Brust, deren Haare sich aufstellten und, wie er spürte, nein wusste, echte Empfindungen an sein Gehirn übermittelten. Erregt begriff er, dass es das Beste sein würde, erstmal das Weite zu suchen.

Als die Folienumrisse der Frau ihre Hände nach ihm ausstreckten, als wäre er eine Art krankes, vielleicht waidwundes Tier, sprang er schnell auf, hörte seine ächzenden Knochen, schlug die Frau mit einem Satz zur Seite und eilte schnell an ihr vorbei. In einem seltsamen Aufbäumen von klarem Verstand machte er noch kurz kehrt, angelte über das Bett hinweg seine Tasche und rannte dann so schnell er konnte aus Station 47 hinfort.

6

Der Weg aus der Neurologischen Station war eigenartig geradlinig und hielt sich nicht an die Geometrie, die Wolfgang auf dem Hinweg memoriert hatte. Er musste nur über einen viel zu kurzen Flur, ehe er bereits im Foyer stand, an das er sich immerhin richtig zu erinnern schien. Der Schalter war unbesetzt, und so war er froh, dass er fast unbemerkt die Klinik verlassen konnte.

Heiße, gnadenlose Hitze begrüßte ihn, als er die Schiebetüren aufgezogen hatte, da ihre Bewegungsmelder nicht auf ihn zu reagieren schienen. Der Himmel war braungrau bedeckt und sah nicht so aus, wie er ihn in Erinnerung hatte. Wolfgangs Lungen füllten sich mit trockener, nach Staub und Abgas riechender Luft und ächzten unter der überraschenden Authentizität der Situation. Die Augen brannten und tränten schon nach wenigen Momenten, und langsam erschloss sich Wolfgang die harte, viel zu direkte Wahrheit: Dies war nicht die Welt, die er kannte, an die er sich zu erinnern wähnte.

Der Hügel vor der Klinik war von braun-gelbem Gras bedeckt, das lange keinen Regen mehr bekommen haben musste. Er war nicht in der Lage zu sagen, ob wirklich noch Frühsommer war, ja, nicht einmal, wie spät es überhaupt sein konnte. Wie selbstverständlich wandte er die Augen im Augmentierungsmuster, um die eingebauten Bildschirme zu aktivieren, doch es passierte nichts. Kühle Befriedigung traf auf heißen, frischen Ärger. Er hatte sich die digitalen Augen ausgestochen und musste nun in Furcht und Hoffnung feststellen, dass der Schmerz in gewisser Weise retardiert eintreten würde. Sofort fühlte er sich orientierungslos und aufgeschmissen, doch dann erinnerte er sich an seine Umhängetasche, die schwer an seiner Schulter hing und die sein altmodisches Pad enthielt.

Sekunden später, pure Verzweiflung: Es funktionierte nicht. Wolfgang war nicht in der Lage zu entscheiden, ob das Pad selbst kaputt oder seine retro-digitale Revolution dafür verantwortlich war. Irgendwie wirkte der Bildschirm auf ihn unecht und leblos, doch hastig begriff er, dass er dafür jetzt keine Zeit hatte. Er musste nach Hause.

Der Weg erschien ihm unbekannt, die Landschaft und Stadt um ihn herum eine groteske Verschmelzung von Irrtum und Karikatur zu sein. Als ob jemand mit dem Radiergummi auf einem weißen Blatt Papier die gleiche Brillanz hatte erzeugen wollen, wie es ein perfekt angespitzter Bleistift vermochte. Die Häuser waren heruntergekommen und alt, und die gewohnten Glasfassaden bestanden aus zum größten Teil zersplitterten Platten, die lustlos herunterhingen. Niemand schien sich dafür zu interessieren, die Dinge in Schuss zu halten. Überall abgeplatzter Putz und vergilbte Farbe.

Wolfgang atmete schwer, doch er genoss die Möglichkeit, den Wind zu spüren. Es hatte ihn einige Überwindung gekostet, sich einzugestehen, dass er keine Haare hatte, doch irgendwie spürte er, dass das nicht so bleiben würde. Er fuhr mit den Fingern über den nackten Schädel und spürte eine seltsame, unbegründete Zuversicht in sich, die ihn mit frischer Energie füllte, obschon er ernsthaft hungrig und durstig war, und zwar nicht auf einer rein

Bedürfnis-basierten Ebene. Da war echter Appetit auf etwas, das nicht projiziert oder injiziert war. Ihm schien vollkommen unklar, wie er mit der Mund- und Nasenabdeckung hatte essen können, doch ein finsterer Verdacht sagte ihm, dass all die Genüsse der Vergangenheit nur eine Illusion gewesen sein mussten. Dass es nicht anders sein konnte. Während er über den Campus der medizinischen Hochschule auf die Stadt zu rannte, wurde ihm mehr und mehr die Tragweite seiner Entdeckung bewusst. Er sah immer wieder und ausschließlich Gestalten in dunkler Folie, ausgerüstet mit vollaugmentierender Hardware, die ihnen die Wirklichkeit waren. Er fühlte sich nackt und verletzlich, doch gleichzeitig von beispielloser Kraft erfüllt. Fragte sich, was die anderen in ihm sahen, schien doch niemand überhaupt von ihm Notiz zu nehmen. Als er in Richtung der Hauptgebäude gelangte, begann er hier und da hinter grässlich entstellten Baumstümpfen Deckung zu suchen, wenn jemand vorbeikam. Baumgerippe, die vor einem halben Tag noch prachtvolle Platanen gewesen sein mussten.

‚Was ist echt?', wurde zum einzigen Gedanken seiner Existenz, während er sich weiter in die Stadt hinein wagte, die zweifellos irgendwie Berlin war, wenn auch nicht so, wie er es in Erinnerung hatte.

Wolfgang sah Menschen in eigentümlichen Posen erstarrt, die hier und da auf der Straße standen, vor Schaufenstern herumwatschelten und normalen Tätigkeiten nachgingen. Manche schoben Einkaufswagen oder Kinderwägen vor sich her, die ganz normal aussahen und doch vollkommen deplatziert wirkten.

Wolfgang war im Wunderland, doch in einer noch dunkleren, verquereren Version davon. Es gab keine sprechenden Tiere, und auch die Menschen ignorierten ihn. Er sah sie in Cafés pantomimisch Kaffee trinken, ohne dass sie Tassen oder Becher gehabt hätten, doch noch verstörender war, dass manche von ihnen zusätzlich konsistenz- und strukturlosen Nahrungsbrei in ihre Membranen schoben. Wolfgang fühlte sich zunehmend weniger nackt. Hier und da blieb er neugierig angewidert stehen und beobachtete das Treiben, dessen vieltausendster Teil er noch kurz zuvor gewesen war. Er fühlte sich abgenabelt, doch stark, ihnen allen im Handumdrehen überlegen. Nicht, weil er gesund oder trainiert war – das war er sicherlich nicht – sondern weil er die Wahrheit kannte. Dass die vollständige Digitalisierung und Augmentierung der menschlichen Lebensbereiche schiefgelaufen war. Fasziniert blickte er sich auf den Straßen um und verstand Zusammenhänge, die auch zuvor dagewesen waren, doch erst jetzt begreifbar wurden. Die äußere Perfektionierung der menschlichen Existenz war dem allein digitalen Selbst gewichen, dem eine Realität vorgegaukelt wurde, die so viel besser war, dass niemand in der Lage sein würde, jemals daraus auszubrechen.

Doch er hatte es geschafft. Wolfgang konnte keinen großen Anteil daran reklamieren, schließlich war sein Verstand mehr oder minder von allein darauf gekommen, doch jetzt da er als blinder, nein, unsichtbarer Passagier durch die Straßen ging, ergab die Welt endlich wieder einen Sinn – zumindest schien sie trotz der buchstäblichen Verheerung für seinen Verstand nicht mehr so öde und trostlos wie zuvor.

Von neuem Mut beseelt, begann er endgültig, sich zu orientieren und versuchte, sein Berlin wiederzuerkennen. Der Weg nach Hause durch abrisswürdige Häuserschluchten würde nicht leicht zu finden sein, doch gab es letzte, übrige Zeichen der Welt, an die er sich erinnerte. Ob die S-Bahn eine gute Idee war, mochte er nicht entscheiden, doch gewiss würde ihm der Fußweg wertvolle Lektion darin sein, wie er zukünftig zurechtkommen wollte. Er wusste nicht, wie sein weiterer Weg aussah, noch ob es andere wie ihn gab, doch das spielte für den Moment auch keine Rolle. Nur nach Hause.

Nach Hause … wenn der Begriff überhaupt Sinn ergab.

Furcht vor Vicky oder dem, was sie jetzt sein würde oder schon immer gewesen war, kroch in ihm hinauf, doch ein Teil von ihm wusste, dass er sich dem stellen musste, und trieb sich immer weiter voran, zurück nach Kreuzberg.

Zurück zu dem, was davon übrig war.

***

Durch in viel zu helles Licht getauchte Häuserschluchten, die kein Ende nahmen, erriet er seinen Weg zurück nach Kreuzberg. Hie und da erkannte er eine Straßenecke oder eine verfallene Fassade. Viel schlimmer indes war die Gleichgültigkeit der Menschen um ihn herum. Beinahe hatte er Angst, mit ihnen zusammenzustoßen, doch im letzten Moment wichen sie stets aus, selbst als er begann, es darauf anzulegen. Wolfgang fragte sich, ob und wie sie ihn wahrnahmen. Bisweilen kribbelten seine Nerven in Händen und

Füßen, und langsam begriff er, dass auch sein Gehirn die vertraute Augmentierung vermisste. Der routinierte Blick zur Uhrzeit, die ihm die digitalen Okulardisplays stets angezeigt hatten. Doch sie waren nicht in die Netzhaut implantiert, wie der Hersteller, die Werbung, die Welt es erklärten, sondern nur aufgesetzt. Und zwar so perfekt, dass niemand den Unterschied bemerkte.

Abseitig fragte Wolfgang sich, ob man nach ihm suchen würde, ihn für eine Gefahr halten könnte. Dachte an altertümliche Überwachungsdystopien, in denen die Protagonisten untertauchen, verschwinden mussten, um sich dem Apparat zu entziehen. Doch er imaginierte sich nicht als Retter aus der selbstverschuldeten Unmündigkeit. Er war müde, ratlos und uninspiriert.

Und doch stolzierte er in seiner Nacktheit zufrieden und erhobenen Hauptes durch die Stadt, die ihm vertraut und doch so fremd geworden war, und niemand drehte sich nach ihm um. War die augmentierte Realität so perfekt, dass die Algorithmen etwas anderes für ihn einsetzen konnten? War es gar möglich, dass niemand ihn sah, weil das Programm ihn ganz normal aussehen ließ, um die Illusion für die anderen nicht zu zerbrechen?

Er würde später Zeit für derartige Fragen haben. Ihm war klar, dass es kein Zurück mehr gab, doch existierten zu viele Bande, zu viele Gedanken an ihn und mit ihm in der anderen Welt, der er – vielleicht – entkommen war. Da war Vicky. Er hatte keine Ahnung, was er ihr sagen würde. Die Wahrheit? Vielleicht. Konnte sie es verstehen? Konnte er ihr die Maske vom Kopf reißen und alles erklären?

Ratlos ging Wolfgang am Spreeufer entlang und sagte sich, dass er schon die richtigen Worte finden würde.

Worte. Würde sie ihn überhaupt hören? Konnte sie ihn hören? Waren die Geräusche, die er gehört hatte, während seine Ohren praktisch funktionslos schienen, am Ende auch Echos aus der echten Welt gewesen, die wie Halluzinationen, imaginierte Illusionen gewirkt hatten? Wolfgang hatte Kopfschmerzen, doch wusste er nicht, ob vom Nachdenken über eine Welt, die in figurativen und wortwörtlichen Scherben zugleich vor ihm lag, von der schlechten Luft oder vom Fußweg. Er wusste, dass es mehr als zehn Kilometer von der neurologischen Klinik bis zurück nach Kreuzberg sein mussten, und außerdem hatte er Durst. Seine mitgebrachte Wasserflasche, die sich als stumpf und sandig statt kristallklar und bunt bedruckt herausgestellt hatte, war längst leer. Und wie er den schlammigen, schmutzigen Fluss sah, der sich neben ihm durch die Betonwände zwängte, fragte er sich, ob er sich je daran gewöhnen könnte, in dieser Welt zu sein, in der alles schmutzig, kaputt und alt schien. In der die Zeit stehen geblieben war. Die ihn an die Bilder des Ostblocks erinnerte. An das geteilte Berlin, das nach der friedlichen Revolution um die Jahrtausendwende eine Utopie aus Glas und Stahl und Hoffnungen geworden war und nun wieder so da liegen sollte wie zur Zeit des Eisernen Vorhangs?

Wolfgang spuckte staubige, trockene Rotze in die Spree und fand sich schmutzig. Seine Haut brannte von Sonne und schlechter, trockener Luft und er fragte sich, was mit der Welt passiert war, als er und alle anderen anscheinend nicht aufgepasst hatten.

Er war jetzt in Mitte und begriff, dass das Regierungsviertel vor ihm lag. Noch mehr Stahl und Beton und Glas. Doch nichts davon zeigte sich. Alten Waschbetongerippen gleich lagen die Ministerien da, allerdings schien die Geometrie irgendwie seltsam. Wolfgang war nicht oft hier gewesen, doch hatte er sich auf dem Weg gedacht, dass es genau dort am leichtesten hätte sein müssen, sich zu orientieren. Der Versuch, Hauptbahnhof oder Reichstag auseinanderzuhalten, scheiterte daran, dass der Fluss einen anderen Weg nahm, als er erwartet hatte. Das Verkehrssystem war irgendwie rekonfiguriert worden, sodass der teure, kaum zwanzig Jahre alte Hauptbahnhof mit den anderen Stahlgerippen leblos im Dunst der Hauptstadt lag – wenn es denn noch einen Sinn hatte, das, was hier war, überhaupt Stadt zu nennen. Die meisten Menschen, die er sah, liefen nicht auf den Wegen, sondern einfach geradeaus dazwischen hindurch, manche nahmen gar den geraden Weg durch den Fluss, ohne sich nass oder außer Atem zu fühlen.

Der Mensch war allein Sklave seiner Wahrnehmungen, begriff er. Doch außer Wolfgang wusste es anscheinend niemand.

Wenn dem so war, blieb noch immer die Frage, wie es dazu hatte kommen können. Er erinnerte sich an einen Film, in dem Maschinen die Menschheit in der Matrix hatten leben lassen. War dies das Stadium davor? War er in einer postapokalyptischen Karikatur gelandet?

Er versicherte sich, dass in einem solchen Falle schon längst boshaft gesonnene Kräfte hätten aufgetaucht sein müssen, und setzte seinen Weg einfach fort. Erst würde er sein Zuhause, oder die postapokalyptische Version davon begutachten. Dann Vorräte zusammenraffen und dann ... Wolfgang ermahnte sich, nicht so weit zu denken. In einem Universum, in dem es möglich war, sich die Augen auszustechen und in einer solchen Welt aufzuwachen, ergab es keinen Sinn, darüber nachzudenken, was morgen sein würde oder könnte.

Einen der verfallenen Betonklötze identifizierte er schließlich als Außenministerium, vergewisserte sich, dass er die Museumsinsel gefunden hatte, und wandte sich nach Süden. Jetzt war es nicht mehr weit, doch sein Durst wurde auch immer schlimmer. Beinahe wäre er doch zum Fluss hinabgestiegen, doch der Geruch bewahrte ihn einmal mehr davor.

Nein, es würde leichter sein, zu Hause etwas Trinkbares zu finden. Er würde es schon noch schaffen. Doch warum zur Hölle war es nur so warm?

Wolfgang konnte sich nicht erinnern, dass es in Berlin jemals so warm gewesen war. Zwar hatte der urbane Moloch im Sommer immer wieder einmal unter einer Dunstglocke der unbeirrbaren, gnadenlosen Hitze gelegen, doch dies hier war anders. Ob es an seiner blassen, verteidigungslosen Haut und der trockenen, staubigen Luft lag, spielte keine Rolle. Wolfgang befand sich in der Wüste der Realität und fühlte sich so allein, dass der Durst sein einziger Begleiter war. Er seufzte und stieg die Treppen zur Leipziger Straße hinauf und wusste, dass er jetzt nur noch nach Süden weitermusste. Der rücksichtslosen, gleißenden Sonne entgegen.

***

Je näher er der vermeintlichen Heimat kam, umso drängender wurde der Kontrast zwischen erinnerter Vertrautheit und verstörender Andersartigkeit der Umgebung. Die Poststation. Gelb war sie zwar, doch sah es aus, als hätten die rostigen Fächer Jahrzehnte lang keine neue Farbe gesehen. Im regen Verkehr Kreuzbergs musste er wieder und wieder Transportkapseln ausweichen, die ihn einfach ignorierten. Er fragte sich, wie weit das automatisierte Fahrsystem wirklich ging – schließlich konnte es auch tatsächliche, unbewegliche Hindernisse der echten Welt geben. Doch nach wie vor passierte die Welt um ihn herum, ohne dass sie Notiz von ihm nahm – ja, ohne überhaupt den winzigsten Hinweis zu bieten, dass er in ihr existierte.

Wolfgang versuchte sich daran, Leute aus der Nachbarschaft zu identifizieren, die er kannte – doch unter der schwarzen Folie sahen sie alle gleich aus. War das die Utopie? Dass nur noch die Welt der Gedanken die Menschen unterschied? Er erinnerte sich, dass es zumindest Nachrichten von Elend in anderen Teilen der Welt gab, und dass vermutlich Hungernde in Afrika nicht augmentiert waren – dennoch, wie passte dies alles zusammen?

Schließlich erreichte er seine Straße und musste nach Luft ringen, da er die Wohnung im dritten Stock erblicken konnte. Er hatte halb damit gerechnet, dass die schöne blaue Farbe nicht echt war, doch die nackten Stahlträger unter dem bröckelnden Putz zu sehen, gab dem Haus eine groteske Note des Verfalls. War es überhaupt sicher, in diesen heruntergekommenen Dingern zu wohnen?

Egal. Lange würde er es wahrscheinlich ohnehin nicht aushalten. Wolfgang prüfte seine Gefühle. Im Grunde genommen war er nur der Neugierde halber da. Um einige seiner Sachen zu holen – in welchem Zustand sie auch sein mochten.

Vicky?

Er machte sich keine Hoffnungen, dass sie ihn bemerken würde. Der Gedanke, dass sie ihn vielleicht sehen könnte, wie er war, entsprang einer absurden Romantik, die gemeinsam mit dem Augmentierungsanzug aus seinem Universum hinweggefegt worden war.

Die Eingangstür samt digitalem Zugriffspad hatte sich verändert. Nichts außer einem in schiefen Angeln hängendes, großes Holzbrett versperrte den Zugang. Wolfgang schüttelte den Kopf und betrat das Treppenhaus. Es war auf seine Weise sauber – schließlich mussten auch Reinigungsfachkräfte bei der Arbeit die Illusion haben, dass sie etwas taten, und dabei, stellte er sich vor, wurde dann eben auch etwas echte Arbeit erledigt. Überhaupt, wie erging es dem Seuchenschutz und der allgemeinen Hygiene?

Wolfgang ekelte sich vor den Plastikfolienmenschen und begriff zugleich, dass sie praktisch keinen Kontakt mehr mit der gefährlichen Außenwelt hatten und daher die Sauberkeit auch nicht notwendig war. Er würgte, und musste sich am Geländer festhalten, da die Welt diesmal wirklich um ihn zu schwanken schien. Tief durchatmen. Zwei-, dreimal musste er schnaufen, dann hatte er sich wieder gefangen und setzte den mühsamen Aufstieg fort. Er fürchtete sich nicht vor dem, was er vorfinden würde, doch wusste er, dass es ihm sehr wahrscheinlich nicht gefallen würde.

Sein Bild der Welt war in den letzten Stunden durchweg negativ geworden, und so begriff er erst gar nicht, dass die Gestalt im Türrahmen vor ihm Vicky war.

»Wolfgang! Du bist es.«

Irritiert sah er die vollkommen schwarze Gestalt an. Er verstand nicht, woher die Sprache stammte, denn die Membran vor Mund und Nase war geschlossen, wie er es bei so vielen Exemplaren auf der Straße gesehen hatte. Es dauerte eine Weile, ehe seine Augen genug Kontrast zwischen den Falten der Folie erfassten und er das kleine, verräterische Zusatzteil am Revers sehen konnte. Vicky trug eine Art Mini-Lautsprecher.

Sofort wusste er, was das bedeutete: Dass jemand – und ihm war klar, dass derjenige ihm nicht freundlich gesonnen sein konnte – begriffen hatte, dass er ohne seinen Anzug nicht mit den anderen kommunizieren konnte. Seine Gedanken rasten. Wie viel Zeit hatte er? Konnte er mit ihr sprechen?

»Wolfgang!«, sagte Vicky wieder. »Erkennst du mich denn nicht?«

Natürlich hatte er sie erkannt. Zwar konnte er die Stimme erkennen, doch es bedeutete ja noch lang nicht, dass sie auch von der Person unter der Maske stammte. Nein, was ihn versicherte, war die Form ihrer Brüste, die sich ungeschönt und wabbelig herunterhängend unter dem glänzenden Anzug abzeichneten. Er spürte keine Erregung bei dem Gedanken, dass sie bis auf die Augmentierung nackt vor ihm stand, sondern fragte sich vielmehr, ob er auf sie nicht auch einen ähnlich abstoßenden Eindruck machen musste.

»Was denkst du, dass diese Welt ist, Vicky?«, fragte er und begriff sogleich, wie absurd das klingen musste. »Nichts ist real. Alle sind gefangen in der Augmentierung.«

Er hätte so viel dafür gegeben, ihr Gesicht sehen zu können. Zu sehen, ob sich die linke Augenbraue hob, wie es der Fall war, wenn er Unsinn erzählte. Ob sich wenigstens eine winzige Faser ihres Verstandes auf ihn einlassen konnte – oder wollte.

»Doktor Miles hat mir alles erklärt«, sagte sie. »Du bist nicht bei Sinnen.«

»Im Gegenteil«, sagte er.

»Oh Gott, ich mache mir solche Sorgen. Bist du den ganzen Weg gelaufen? Wie geht es dir?«

»Das würdest du nicht glauben«, sagte Wolfgang spöttisch. Vielleicht ließ sie sich provozieren. Er hatte keine Vorstellung davon, wie schwierig es war, einen fremden Anzug zu demontieren. Womöglich gab es Schutzvorrichtungen. Erinnerungen an den Schmerz seiner … Befreiung kamen in ihm hoch. Der Geruch des unechten Blutes, das Rauschen in den abfallenden Ohren. Er wollte es ihr ersparen, doch er wusste auch, dass es vielleicht die einzige Möglichkeit war …

»Nein!«, rief sie, als könnte sie bemerken, was er vorhatte. »Lass mich in Frieden. Ich flehe dich an: Geh zurück in die Klinik.«

»Das kann ich nicht«, sagte Wolfgang ruhig und wunderte sich zum ersten Mal, wie es überhaupt möglich war, dass sie ihn hören und sehen konnte. Wie selbstverständlich hatte er nach dem ersten Schreck mit ihr interagiert, dabei schien der Anzug keine Vorrichtungen dafür vorzuhalten. Die Selbstverständlichkeit fiel von ihm ab und ging über in eine Schockstarre, die seine Gedanken an ihm vorbeifließen ließ. Er wusste genau, dass er etwas tun musste, und zwar schnell, doch nicht, was es war. Er spürte irgendwie, dass er in Gefahr war, nicht von Vicky und doch von Vicky, aber wusste nicht wie oder wodurch.

Sah, wie sie ihren Kopf ins Leere drehte. Sah, wie sie über Okularcom mit jemandem sprach, was er jedoch nicht hören konnte. Außerdem gab es keine Möglichkeit, ihre Mimik zu sehen. Dennoch verdichtete sich all sein Denken zu einer einzelnen, starken Idee: Flucht.

»Ich muss gehen, Vicky«, sagte er.

»Nicht!«, rief sie, panisch und überrascht. »Wir … wir können über alles reden.«

»Wir haben nicht einmal dieselben Begriffe«, sagte er, von seiner Schlagfertigkeit selbst überrascht. Doch es stimmte – er war sicher, dass er kaum würde erklären können, was er erlebte – und auch jetzt ganz deutlich fühlte.

Er hörte die Haustür knacken, blickte zwischen dem Geländer und der folienverhangenen Vicky hin und her.

Sie kamen. Wolfgang wusste, dass sie ihn sehen konnten.

Doch er würde sie überraschen.

›Eines Tages werde ich dir alles erklären‹, dachte er und ließ sie zurück. Sein Herz war leer, denn allein die Angst bestimmte jetzt seinen Weg. Zuerst langsam, lauschend, dann immer schneller rannte er die Treppe nach unten.

Im ersten Stock kamen ihm drei Gestalten entgegen, die er wüst und ohne Zögern umrannte. Wolfgang wusste, dass es die einzige

Möglichkeit war. Er hörte leises Fluchen, doch er konnte nicht entscheiden, ob es nicht doch ihm galt und nur durch die Anzüge gedämpft worden war. Tatsächlich erreichte er die Tür, warf sich mit aller Macht dagegen.

Das morsche Holz splitterte krachend aus dem Rahmen – er war im Freien. Sah die Großraumtransportkapsel. Weitere Gestalten.

»Wolfgang Schmidt«, ertönte von irgendwo ein übersteuerter, viel zu greller Lautsprecher. »Sie sind verängstigt und brauchen Hilfe. Bitte seien Sie nicht unvernünftig.«

Panisch blickte er sich um. Auf einmal schien es, als könnten alle Maskierten ihn sehen. Hatte man seine restliche Erscheinung in die Augmentierung eingespeist? Wurde er vom Realitätsdienst als entflohener Straftäter markiert, sodass sich ihm alle in den Weg stellen würden? Beinahe erstarrte er vor der Ungeheuerlichkeit der Möglichkeiten und begriff erst jetzt, da er auf der anderen Seite stand, wie es möglich gewesen war, die Kriminalitätsraten so überwältigend zu senken, dass kaum noch Polizei notwendig war. Das Netz, die Augmentierung, was auch immer – machte alle Menschen zu bewegten Kameras, verfügbaren Polizisten und Ordnungskräften. Wer konnte wissen, was jetzt in ihren Programmen vorging? Vielleicht war es für sie nur ein Spiel, gab seine Festsetzung Bonuspunkte, mit denen man auf den sozialen Netzwerken prahlen konnte. Er fragte sich, was er wirklich getan hatte, wenn er sich mit digitalem Unsinn die Zeit vertrieben hatte.

Wolfgang lief ohne Orientierung in die erstbeste Richtung los. Glücklich stellte er fest, dass nur drei oder vier der Gestalten auf der Straße ihm folgten, alle anderen reagierten nicht. Von seltsamer

Höflichkeit beseelt, achtete er darauf, niemanden umzurennen, selbst diejenigen Passanten nicht, die ihn offenbar nicht sahen, oder nicht begriffen, weshalb er wie von der Tarantel gestochen rannte.

Das Lautsprecherrauschen nahm schließlich immer weiter ab, die im Treppenhaus überrumpelten Gestalten kamen anscheinend erst langsam in Gang. Er stellte sich vor, den heißen Atem der Verfolger zu spüren, doch berichtigte er sich in Gedanken damit, dass sie wahrscheinlich nicht einmal dieselbe, trockene Luft atmeten wie er, sondern frisch anmutenden Sauerstoff zu atmen glaubten, der sie schneller und härter machen würde. Wolfgang rannte die Straßenschluchten in Richtung Mitte davon. Falls er sie nicht abhängen konnte, würde er versuchen, im Fluss irgendetwas zu erreichen. Je weiter er kam und umso mehr Ecken er bog, desto weniger folienbewehrte Gestalten drehten sich nach ihm um oder wichen ihm aus. Seine Deutung: Die Augmentierung so einzublenden, dass sie Sinn ergab, dauerte Zeit. Zeit, die er ihnen nehmen konnte, indem er unerwartete Routen nahm. Nachdem er am Schlossplatz den vielen Gästen eines Stehcafés ausgewichen war, wagte er erstmals, sich umzusehen. Erstaunlicherweise hatte er ein paar mehr Meter hinter sich gebracht, doch leider schwand seine Ausdauer ebenso wie das Wissen um die genaue Beschaffenheit der Umgebung, wobei die verfallene, ungepflegte Erscheinung der Auffrischung seiner Erinnerung nicht immer helfen konnte. Er musste eigentlich auf dem Weg zur Friedrichsstraße sein, doch konnte er den Bahndamm, so sehr er sich auch danach sehnte, noch immer nicht ausmachen. Er wandte sich schräg nach rechts und hoffte, sich in den Weiten der

Universität verstecken zu können, doch gab es die großen Hörsaalgebäude dem äußeren Anschein nach nicht mehr. Eine verfallene Büste schließlich deutete er als letztes Zeichen der höheren Anstalt und rannte weiter in Richtung Museumsinsel. Er wusste nicht, ob es eine gute Idee war, in dieser Richtung fortzufahren, doch wusste er keinen anderen Rat, als sie unter Wasser zu zwingen und zu testen, wie viel Luft so ein Anzug ersetzen konnte.

Als er sich japsend an der Gertraudenbrücke an den Pfeiler lehnte und nach seinen Verfolgern Ausschau hielt, stellte er fest, dass nur noch ein einzelner übrig zu sein schien. Ein zweiter war weiter entfernt und hielt sich die Arme in die Seiten. War es möglich, dass die Augmentierung die Menschen blind für echte Körperlichkeit gemacht hatte? Wolfgang atmete süß schmeckende, sauer-trockene Luft und lachte.

›Sie sind die harte Realität des Durchhaltens nicht gewohnt‹, dachte er. Jeder konnte gewinnen, wenn es keine objektive Möglichkeit gab, zu prüfen, wer tatsächlich der Schnellste war. Kein Wunder, dass es keine Universität mehr gab.

Doch er konnte sich nicht darauf verlassen, dass es schon vorbei war. Etwas lockerer als zuvor, doch nicht weniger zielstrebig lief er weiter, nur weiter. Das Pergamon-Museum sah aus wie die Akropolis, wie er sie kannte – nur Säulen schienen übrig geblieben zu sein. Logisch, alles andere konnte die Augmentierung ersetzen und hochauflösend anbieten. Wer brauchte da echte Artefakte? Er lenkte die Schritte Richtung Dom, als er die ersten Tropfen abbekam. War das Gewitter gerade aufgezogen oder donnerte es schon die ganze Zeit? Er wusste es nicht. Anscheinend war auch die Fähigkeit, subtil und ohne Aufwand den Himmel deuten zu können, mit der Zeit und den allgegenwärtigen Wetter-Apps verloren gegangen. Der einst stolzen Kirche fehlte die Kuppel, sodass sie wie eine tragische Kopie der Gedächtniskirche wirkte. Mit dem Unterschied, dass sie kein Mahnmal war, da sie niemand außer ihm sehen konnte, wie sie war. Wirklich war.

Wolfgang schnaufte, doch spürte er die Luft auffrischen und freute sich auf einen unverhofften Regen, der den Staub abwaschen würde. Der Blick auf den Fluss, dessen Oberfläche von Wind und ersten Tropfen aufgewühlt wurde, erinnerte ihn daran, dass er weiter nach Norden wollte. Am Ostufer entlang lief er weiter. Menschen sah er fast keine mehr, alle hatten längst, den Empfehlungen ihrer digitalen Wettervorhersagen folgend, Schutz gesucht.

Schutz würde Wolfgang unter Menschen nicht finden, das war sicher.

Die Luft roch seltsam jetzt. Nach Schwefel und gar Ammoniak, nicht wie bei Regen – oder zumindest nicht, wie er es erinnerte. Blitze zuckten zornig vom Himmel. Seltsam gefärbt. Grünes Feuer suchte seinen Weg zum Erdboden. Dann, direkt über ihm, ein hellblauer Blitz. Instinktiv spürte er, dass es sich dabei diesmal nicht um eine Täuschung handelte. Dies war kein normales Gewitter, genauso wie dies alles nicht das normale Berlin war, das er kannte. Wolfgang konnte sich nicht ausmalen, was zur Situation geführt hatte, doch es schien fast, als wäre die vollständige Augmentierung des Lebens nicht die einzige Antwort auf seine

Fragen. Er duckte sich an die Ruinen eines Einkaufszentrums, um sich vor dem stärker werdenden Regen zu schützen – zumindest dachte er, dass es mal ein Einkaufszentrum gewesen sein musste. Die meisten Häuser waren nur heruntergekommen, aber benutzbar, doch hier lag die Sache anders. Oberhalb des zweiten Stockes gingen große Risse durch den Spritzbeton, und viele Teile lagen wie abgesprengt umher.

Hatte es Krieg gegeben?

Er war nicht bereit zu glauben, dass man das vor ihnen hätte verheimlichen können. Hier war etwas anderes geschehen. Der Donner schien jetzt näherzukommen, und widerstrebend musste Wolfgang sich eingestehen, dass er das Gefühl für Gefahr und Verhalten bei Unwetter verloren hatte. Er erinnerte sich noch an seine Kindheit, als es im Frühjahr oft Hitzegewitter gegeben hatte. Doch dann war das Wetter besser geworden … Oder hatte die Augmentierung dafür gesorgt? Er konnte sich nicht erinnern, das alles ergab keinen Sinn. Noch nicht. Er ermahnte sich, zunächst einen brauchbaren Unterstand finden. Der Wind zerrte an der Tasche über seiner Schulter, die vor Wasser immer schwerer wurde. Trotzdem konnte er sie nicht zurücklassen. Es war alles, was ihm noch blieb.

Dann, endlich, wie in ein goldenes Halo aus schlechten Computerspielen getaucht, lag auf einmal der Schacht vor ihm. Der kräftige Wind hatte die blecherne Abdeckplatte hinweggefegt, sodass er die Treppenstufen sehen konnte. Ganz unscheinbar erkannte er das Logo der Berliner Verkehrsbetriebe darauf, doch es kümmerte ihn nicht. Hastig rannte er die vom Wasser glitschigen

Stufen hinunter. Wenige Meter, dann stand er vor einer weiteren Tür. Schmiedeeisern, doch auch rostig. Er wackelte daran, sie wirkte halbwegs stabil. Drohender Donner verstärkte seinen Willen, sodass er es erneut versuchte. Wolfgang tat einen Schrei – einen wilden, lebendigen Ruf, der der Welt alles über ihn erzählte und der ausreichte, genug Kraft zu beschwören, dass sein Stoß das wacklige Schloss aus der Verankerung hob.

Endlich in Sicherheit. Oder?

7

Vor ihm lag ein quadratischer Raum, vielleicht fünf Meter lang. Stickig war es, doch alles war besser als Gewitter an der Oberfläche. Schwere Schaltkästen hingen an den Wänden, von Spinnweben überwuchert. Es roch nach verschmorten Leitungen, in denen große Ströme flossen. Düster bahnte sich erneut die Frage in seinen Verstand, was hier nur vorging. Zumindest schien mit dem Unwetter nun klar zu sein, was für den schlechten Zustand der Häuser verantwortlich war. Die Atmosphäre war offenbar viel saurer als früher. Mühsam erinnerte sich Wolfgang an Erzählungen vom sauren Regen. Das musste so Mitte des letzten Jahrhunderts gewesen sein, bevor man sich zum Umweltschutz bekannt hatte. Oder? Was war mit der Welt, über die nichts mehr zu wissen er nun eingestehen musste, passiert?

Langsam gewöhnten sich die Augen besser an die Dunkelheit. Dies musste eine Art alte Schaltkabine der U-Bahn sein.

Die Beschriftungen der Schaltpaneele waren ohne Licht nicht mehr zu erkennen, doch in die schmiedeeiserne Tür stand unmissverständlich eingraviert: »Unbefugtes Betreten verboten. Lebensgefahr durch Zugbetrieb. BVG.«

Vorsichtig untersuchte Wolfgang das Schott. Es war verrostet, doch konstruktionsbedingt stabil. Blasse, hellgraue Farbe hatte ihre Spuren hinterlassen, außerdem war ein unverrosteter Abschnitt mit Graffiti übersprayt worden. Vorsichtig wackelte er an der Klinke. Es knirschte in seiner Hand, dann fiel der Griff mit einem Scheppern auf den verstaubten Boden.

Das Gewitter tobte weiter hinter ihm und schlug das Eingangsgitter immer wieder gegen die Verankerung. Wie ein wildes Crescendo überlud es das Scheppern der Tür, sodass der kleine Raum derart dröhnte, dass Wolfgang beinahe meinen konnte, er wäre in einem Schiffsnebelhorn gefangen. Doch dann löste der Wird die Schwebung der Geräusche auf und ließ nur das stille Plätschern der Regentropfen zurück. Wolfgang nahm die Hände von den Ohren und musterte die Tür erneut. Mühsam nahm er sein Tablet aus dem klatschnassen Rucksack, um mit der eingebauten Lampe etwas mehr sehen zu können, doch er hatte wieder kein Glück. Wie tot lag der kleine Bildschirm vor ihm, und wieder war da diese Impression, dass vielleicht all die Information, dic es jemals angezeigt hatte, von seinen optischen Augmentierungen gestammt hatte. Wolfgang fühlte sich in jenem Moment mehr betrogen als zuvor, obschon er eigentlich wusste, dass die harte, ungeschminkte Realität ein Geschenk war, das er einfach noch nicht zu würdigen wusste. Er kramte weiter, allein es fand sich außer ebenfalls durchnässten Süßigkeitstüten nichts weiter in seiner Tasche. Weder die eingepackten, analogen Bücher waren noch dort – sie wären ohnehin vom Wasser zerstört worden – noch gab es irgendeine Spur der Klamotten, die er sich für die neurophysiologische Klinik eingepackt hatte. Eigentlich war ihm auch klar, dass Textilien nur simuliert worden waren, schließlich ergab es keinen Sinn, sie über dem Augmentationsanzug zu tragen. Und solange er glaubte, dass er etwas trug, hatte es ja auch gereicht. Doch nun stand er frierend in einem Lendenschurz aus zerrissener Folie, hatte kein Licht und beinahe keine Hoffnung mehr. Frustriert trat er fest nach der Tür zum U-Bahn-Tunnel. Es schepperte, doch sie rührte sich nicht.

Irgendetwas sagte ihm, dass es dahinter etwas Lohnendes gäbe, und wenn es nur Tod durch Überfahren-Werden wäre, und so trat er erneut. Und erneut. Seine blanken Hände und Füße und Schultern klatschten abwechselnd gegen das nackte Metall, und schließlich hatte der Zahn der Zeit, der ebenfalls ruhelos und unnachgiebig an der Tür gerüttelt haben mochte, ein Einsehen, denn der Stift des oberen Scharniers brach. Ein kleiner Lichtschimmer weckte Hoffnung in Wolfgang, sodass er die Tür mit den Armen umfasste und in einem abschließenden, mächtigen Ruck auch den zweiten Stift aus der Wand stemmte. Erschreckt sprang er zur Seite, als die Verriegelung nachgab und die Tür frontal auf ihn zu fiel.

Mit einem triumphalen Krachen ging das schrottreife Stück Schmiedeeisen zu Boden und gab den Blick frei auf düster flackernde Neonröhren und einen verlassenen Betriebsbahnhof irgendwo unter Berlin.

***

Sorgsam packte er seine wertlosen Habseligkeiten wieder in den zerlumpten Rucksack und schlich betont lautlos in den Tunnel, der vor ihm lag. Der ganze Komplex war totenstill, und Wolfgang spürte, obschon er nicht auf den Schienen stand, einen lautlosen Zug von hinten heran sausen. Es gab einen eiskalten Luftzug, der seine nackte Brust umfing und ihn daran erinnerte, dass er zwar frei, aber gewiss nicht unbesiegbar war. Er hustete. Fühlte sich gut an. Ihm war, als würde er viele Jahrhunderte alten Staub aus seiner Lunge würgen, doch war die viel wahrscheinlichere Erklärung, dass die Luft einfach noch schlechter war als an der Oberfläche. Frierend begriff er, wie müde er eigentlich war, und setzte eine neue Priorität. Es schien nicht so, als kämen hier oft Menschen her, zumindest in den letzten Jahren, und so suchte er denn vor allem einen Platz zum Schlafen, doch auch etwas, das ihn wärmen würde.

Der Ort war seltsam. Es gab drei Gleise, die von einem einzelnen abzweigten und an sämtlich verbogenen Prellböcken endeten. Dies musste einer der Tunnel gewesen sein, in denen hinter dem Alexanderplatz endende Züge umgedreht wurden, schloss er. Allein, dass bis auf das flackernde Licht der gesamte Bereich außer Betrieb schien. Wie schon zuvor an der Betonruine des Hauptbahnhofes schien es ihm auch hier so, als seien die Lebensadern Berlins komplett ausgeblutet. Wolfgang wunderte sich, wie es möglich war, dass die Stadt so überhaupt funktionierte, und war er nicht tags zuvor mit der Bahn in die Charité gefahren?

Das war doch absurd. Wolfgang schob den Gedanken beiseite und konzentrierte sich auf die aktuelle Aufgabe. Einen Schlafplatz finden musste er. Wandte sich um, zur hinteren Seite des Tunnels. Dort waren mehrere Türen in der Wand, und auch wenn er kein U-Bahnzugführer war, so vermutete er doch, dass es eine Art Personalraum geben musste. Überrascht stellte er fest, dass die Türen nicht verschlossen waren. Neben einem stinkenden, verstopften Toilettenraum war schließlich, was er suchte. Ein winziger, mit zwei schmalen Pritschen ausgestatteter Raum, der vielleicht den Rangierern, die nach dem Betriebsschluss hier festsaßen, als Übernachtungsmöglichkeit gedient haben konnte.

Es war besser als nichts, außerdem fand er eine von Ratten zerfressene Wolldecke unter einer der Pritschen. Ohne weitere Gedanken legte er sich hin. Augenblicklich verschwand die Welt um ihn herum und wurde durch etwas ersetzt, das er gut kannte und für unbelastet hielt. Aber Wolfgang Schmidt hatte keinen guten Schlaf.

Immer wieder hustete er, musste sich umdrehen ob der Muskeln, die durch zu viel Laufen und zu wenig Sauerstoff schmerzten, bibberte unter der viel zu dünnen Decke. Nach einer Zeit schließlich bezwang die Erschöpfung alle Widerstände.

Als seine Sinne nachgaben und der Verstand von der schweren Last der echten, schweren Eindrücke befreit war, kamen in Wolfgang nicht nur Träume auf, sondern auch einzelne Fetzen der Hoffnung.

Da war der Moment, als er sich selbst im Berliner Sonnenuntergang stehen sah. Als alles Sinn ergab und er weder weglaufen noch frieren musste. Für den Moment blieb der Wunsch ein flüchtiger Gedanke des müden Gehirns. Bevor er ihn fassen konnte, fühlte er sich, als würde dem schönen, wohligen Traum der Stecker gezogen. Abwärts, immer abwärts rauschte das Bild von Wolfgang in der Dämmerung, bis sich alles zu einem breiigen, klebrigen Braun mischte, in dem er zu ertrinken drohte. War es Havel oder Spree, es spielte keine Rolle für die Frage, warum das Wasser sich eher wie Treibsand anfühlte. Immer heftiger ruderte er mit Armen und Beinen und stellte schlussendlich fest, dass er an Hand- und Fußgelenken gefesselt war und mehr und mehr den Halt verlor. Immer hastiger sog er die verbleibende Luft in seine schmerzenden Lungen, und fast schien es ihm, als würde er die ganze Welt einatmen wollen und es wäre doch nicht genügend Sauerstoff darin. Sein Kopf musste schließlich unter Wasser. Augen und Ohren brannten, doch riss er die Lider auseinander, um sich standhaft dem Ertrinken zu stellen – in diesem Moment platzte das Wasser um ihn herum in blasphemischer Klarheit auseinander. Wolfgang wusste, dass er träumte, aber konnte doch nicht ändern, was er sah. Lachend, das Diagnosepad wie ein Stierkämpfer schräg vor sich haltend, trat Oliver Miles an ihn heran und verbeugte sich.

»Du hast es bis hierher geschafft«, sagte er zu Wolfgang, der am ganzen Körper zitterte, sich seiner Nacktheit bewusst war und dennoch nicht fähig, aufzustehen oder sich zu bedecken. »Bis hierher«, wiederholte der Arzt. »Doch sieh dich an … Was für ein jämmerlicher Haufen schwächlichen Fleisches du bist.«

Wild schüttelte Wolfgang den Kopf, unfähig zu sprechen, noch immer außer Atem und vollkommen taub von der Kühle des Wassers.

»Wehre dich nicht dagegen«, sagte Miles nun. »Nimm die Segnung der Technologie an.«

»Nein«, entfuhr es Wolfgang leise, doch die abrupte Aussprache schien dem Arzt nicht zu gefallen. Er hielt den Zeigefinger in die Höhe und nickte bedauernd. Schmerz durchschoss Wolfgangs Rückgrat. Er krümmte sich, dass er befürchten musste, nie wieder gerade stehen zu können, doch war er nicht in der Lage, zu schreien.

Nach einer Ewigkeit ließ der Schmerz etwas nach. Wieder trat Miles näher.

»Vermisst du sie?«, fragte er.

Wolfgang antwortete nicht. Sofort wusste er, dass er Vicky meinte. Nein, er würde sie nicht gegen ihn einsetzen. Sie würde unbefleckt bleiben.

»Sieh mal …«, sagte der Arzt und schnippte mit den Fingern.

Aus dem Nichts ploppte eine schwarze Gestalt auf. Es war ihre Silhouette, sofort erkannte er sie. Doch keine Regung erlaubte er sich. Genauso gut mochte es eine Schaufensterpuppe sein, die in schwarze Folie gehüllt war. Er erkannte die verräterischen Geräte vor Augen und Ohren, sah die Nahrungsmembran vor dem Mund. Doch es gab keine Gewissheit. Wolfgang reagierte nicht.

»Sieh sie an«, sagte Miles. »Sieh sie an und begreife deine Natur!» Damit ging er zu ihr hinüber und riss mit einem eleganten Schwung die Geräte vom Kopf. Wolfgang erschrak so sehr, dass die Taubheit in seinen Gliedern zurückkehrte und selbst der Schmerz erneut durch den Rücken fuhr. Mit aufgerissenen Augen blickte er auf den stumpfen Schädel, den Miles' Tat aufgerissen hatte. Da gab es keine Augen, keine Ohren, nicht einmal ein Gesicht. Es gab nur Hals, der in Haare auf einem Schädel überging, und ein Gehirn, das nicht sein konnte, nicht sein durfte.

Wolfgangs stiller Schrei wurde von Miles zufrieden zur Kenntnis genommen.

»Du begreifst also die Aussichtslosigkeit«, sagte er und grinste. »Und jetzt stelle dich deinem Schicksal.«

Er wusste nicht, was der Arzt meinte, doch sogleich setzte ein seltsames Kribbeln ein, und kurz darauf wurde der dunkle Verdacht Wirklichkeit. An Händen und Füßen beginnend, legte sich warmer Schaum über seine Haut, glättete sich und dunkelte ab, bis es die widerliche Realitätsfolie war, derer er sich tags zuvor mühsam entledigt hatte. Oder nicht? Doch, hatte er. Und jetzt spürte er über seinen Augen die Okularaugmentierung materialisieren, spürte seinen Blick verpixeln und sah sich selbst von außen dabei zu, wie auch der Rest von ihm mit dem immer heißer werdenden Anzug verwuchs. Regungslos lag er da, und wartete.

»Und jetzt steh auf und nimm dein erbärmliches Leben wieder auf«, sagte Oliver Miles.

Wolfgang stand auf. Atmete genüsslich die synthetische Illusion frischer Luft, kostete ganz den Geruch von lieblichen Blumen und Gebäck aus und zersprang dann in tausend Teile.

Er schreckte hoch. Die löchrige Decke miefte und seine Füße schmerzten, doch all das waren nur Randnotizen. Sein Herz schlug so fest, dass er glaubte, sein Hals müsste zerspringen. Hatte er geträumt?

Er sprang auf. Frische Luft. Sofort. Ohne auf irgendetwas zu achten, rannte er los aus dem U-Bahnschacht hinauf an die Treppe mit der Metalltür.

Kühle Nachtluft drang an seine Nase, seine Lungen füllten sich rasch und hastig und dankten es ihm mit ruhigerem Puls. Langsam trat er an die Oberfläche und betrachtete den gelegten Sturm. Das Pflaster war nass, aber trocknete schon. Der viel zu metallische Geruch des Regens war schlussendlich einem erdigen, grünen Aroma gewichen, das Wolfgang unwillkürlich an Blumenerde und Spülmittel erinnerte. Verdutzt blickte er sich um, doch die Ödnis der Stadt lag dunkel vor ihm. Hier gab es nicht einen Strauch oder eine Blüte, obgleich er spürte, dass da noch Leben war. Irgendwo unter dem Staub und Dreck verborgen. Er atmete noch mehrmals tief durch, ehe es ihm wirklich besser ging.

Wieder und wieder rieb er sich die Augen, strich mit den Fingern die Arme entlang und versuchte zu beweisen, dass, was er fühlte, echt war. In der Ferne riss der Himmel auf und gab den Blick frei auf die blasse, ungeschminkte Sichel des Mondes. Fast wollte er dem Trabanten zuwinken, der nackt und unverändert am Himmel stand und das einzig Gewohnte war, das er seit vielen Stunden gesehen hatte.

Wolfgang spürte, dass sein Aufruhr der ehrlichen, echten Müdigkeit wich. Vielleicht war es überstanden. Doch ganz sicher musste er noch mehr schlafen. Und danach ... was danach kam, war vollkommen bedeutungslos.

***

Wolfgang träumte nicht, zumindest erinnerte er sich nicht an Träume, als er das zweite Mal aufwachte. Er musste urinieren, entledigte sich seiner stinkenden, viel zu gelben Pflicht auf dem verstopften Klo nebenan und ekelte sich vor dem Mann, der zu sein das Schicksal ihn zwang.

Er prüfte seine Tasche, die noch klamm, aber nicht mehr vollkommen nass war, warf sie über den Rücken und blickte sich noch einmal in dem Schlafkabuff um. Die Liege war durch seine Umlegerei fast durchgerieben, eher wahrscheinlich durch ihr Alter, sicher war, dass er nicht länger hierbleiben konnte. Auch, weil er Nahrung und Wasser finden musste. Wichtiger: Wasser.

Kurz dachte er darüber nach, an die Oberfläche zu gehen und den armen augmentierten Menschen ihre Nährstoffe in den Cafés vom Tablett zu stehlen. Doch noch war er nicht so weit. Er konnte sich selbst durchschlagen.

Sorgenvoll, doch mutig trieb er sich an, das seltsam verlassene U-Bahnnetz zu erforschen.

Ärgerlich, dass er kein Papier mehr bei sich hatte. Seltsam, da er sich erinnerte, welches eingesteckt zu haben. Doch vielleicht folgte es den gleichen rätselhaften Regeln wie die Textilien, die er auch »verloren« hatte. Er hielt sich nicht mit Gram oder Hadern auf, musste er sich die Topologie eben im Kopf merken. Überhaupt war sein Orientierungssinn noch, worauf er sich am ehesten verlassen konnte. Zwar war ihm klar, dass er wohl niemals wieder unbefangen den Wind auf der Haut spüren oder den Sonnenuntergang sehen könnte, ohne sich zu fragen, ob es Wunsch, Wirklichkeit oder Vollaugmentierung war, doch davon abgesehen funktionierte sein Zentralrechner tadellos. Wolfgang erinnerte sich an seinen Namen, seine Adresse, Geburtstage und sogar seine Rentenversicherungsnummer. Nicht, dass er davon ausging, davon noch einmal Gebrauch zu machen.

Es war schon seltsam – er war schon mehrere hundert Meter weit in den Zubringertunnel hinein gegangen, und noch immer hörte er keine Betriebsgeräusche. Eigentlich war er ziemlich sicher, dass der Betriebsschluss längst dem hektischen Berliner Morgen hätte Platz machen sollen, doch nicht ein winziges Weichenquietschen oder elektrisches Surren drang an seine Ohren. Er brummte laut zum Test, ob er noch immer hören konnte. Versuchte gar kurz, etwas zu pfeifen. Was das betraf, hörte er tadellos, sofern er das selbst bewerten konnte. Und doch hörte er kurz darauf lediglich das Dröhnen der allumfassenden Stille.

Wolfgang drang weiter vor. Bald musste die Abzweigung kommen – dann wurde es gefährlich. Wenn er auch nur einen Zug überhörte und an einem Abschnitt ohne Wartebucht verweilte, würde er erfasst und zerquetscht oder geviertelt werden. Dennoch trieb er sich weiter voran. Wolfgang seufzte und prüfte die Beschaffenheit der Weiche, als er endlich den schmalen Tunnel zum Betriebsbahnhof hinter sich hatte. Zusammengerostet. Hier war schon lange kein Zug mehr abgebogen. Doch auch durchgekommen? Im Dämmerlicht der viel zu weit verteilten Neonröhren war das schwer zu sagen. Nachdenklich legte er die Finger auf die Schiene. Sorgsam schoben sie millimeterdicken Staub zur Seite. Er musste husten. Warum nicht schon eher? Doch jetzt war er sicher – in Berlins Unterwelt fuhren keine Züge mehr. Wie auch immer sie es angestellt hatten, die Menschen glaubten nur, dass sie U-Bahn fuhren. Er konnte lediglich raten, wie sie es machten. Nein, besser. Er konnte der Tunnelstrecke zu einer Station folgen und einfach nachsehen, wie es sich verhielt.

Neugier keimte in Wolfgang auf und ließ den Wunsch nach Essen, Trinken oder so etwas Dekadentem wie Waschen in den Hintergrund treten. Fieberhaft folgte er der verstaubten, rostigen Schiene. Er hatte keine Ahnung, in welche Richtung es ging, ob er gerade unter der Spree war, doch schließlich sah er helleres Licht vor sich.

Ein untrügliches Brummen lag über dem Tunnel, durch den er schritt. Fast sicher, dass es sich nicht als Tod-durch-Bahn-von-hinten herausstellen würde, trat er aus den Schatten in die leere Station des Märkischen Museums. Er erkannte die abbröckelnden Fliesen an den schmutzigen Wänden, sogar die Reliefs, die einst den Charme der 30er Jahre einzufangen gesucht hatten. Doch hier unten war kein Mensch und hier unten fuhr keine Bahn. Wolfgang dachte an die Geisterstationen während der Teilung der Stadt, doch er berichtigte seine Gedanken dahin, dass es sich dabei nur um einen Vergleich und nicht die Antwort auf seine Fragen handeln konnte. Zaghaft zog er sich am Bahnsteig empor und betrachtete die stumpfen Schienen von oben. Er war kein Archäologe, doch er fürchtete, dass es einen gebraucht hätte, um das Alter des Stillstands zu bestimmen. Wieder wünschte er sich Zettel und Stift herbei – dabei fest der Überzeugung, dass sein Verstand in der Lage wäre, nur anhand seiner Erinnerungen zurückrechnen zu können, wann die Wirklichkeit sich von der Welt abgewandt hatte. Erinnerungen blubberten an die Oberfläche seines Verstandes, in eierschalenfarbigem Sepia und versehen mit der mentalen Aufschrift: ›Ist das wirklich passiert?‹

Wer konnte es schon sagen?

Wolfgang wischte sich getrockneten Schweiß von der Stirn, der mit dem dichten Staub der Unterwelt eine speckige, faserige Schicht zu bilden drohte, und erinnerte sich daran, dass er bald Flüssigkeit brauchte, um nicht dauerhaft aufzuhören zu schwitzen. Er besann sich erneut auf das geschäftige Brummen und seinen mysteriösen, unbekannten Ursprung. Halb besorgt, halb belustigt betrachtete Wolfgang die Spuren, die er auf dem Boden hinterließ. Wie frischen Neuschnee durchschnitten sie den gleichmäßigen Staub, der nur an den Stahlpfeilern aufgetürmt von unsichtbarem Wind kleine Unebenheiten aufwies. Das bewies nur, wie lange niemand hier gewesen war, dachte er, doch nicht, dass auch niemand herkommen, nach ihm suchen würde. Er war nicht ängstlich, gewiss nicht paranoid. Aber unter diesen Umständen, da konnte man doch darüber nachdenken, ob man verfolgt, gesucht oder wenigstens vermisst wurde?

Dunkle, brüchige Steinstufen lagen vor ihm. Durch die unnötige, doch hilfreiche Notausgangsbeleuchtung der Station sah die breite, finstere Treppe wie das Maul eines Ungeheuers aus, das Wolfgang verschlingen würde, wenn er auch nur einen Fuß auf die erste Stufe setzte.

Er verließ sich darauf, dass seine Augen sich daran gewöhnen würden, wenn er nur weit genug hinaufging. Und außerdem lag am Ende der alten Station ja die Oberfläche. Wenn sie nicht zusammen mit der restlichen Wirklichkeit weggegangen wäre, dachte er. Doch so, wie seine Augen sich an den schlechten Kontrast gewöhnten, wurde das Brummen differenzierter, und je näher er der Verbindungsebene kam, desto größer war die Furcht vor dem, was er finden würde. Wolfgang hatte keine Angst um sich selbst, sondern spürte die ganze drückende Macht der Realität auf seiner Brust. Als könne er nicht ertragen, was aus der Welt geworden war.

Es war fast komplett finster, als er die obersten Stufen erreicht hatte und langsam begriff, was sich hier abspielte. Er spürte Menschen, die hastig und eifrig und ohne Licht durch die Gänge huschten. Hie und da blinkten Kontrollleuchten an ihren Folienanzügen, dann erst begriff Wolfgang, dass sie kein Licht brauchten, da das, was sie in ihren optischen Augmentierungen sahen, etwas ganz anderes sein musste. Vielleicht, nein, wahrscheinlich, glaubten sie, dass sie unterwegs in die U-Bahn waren, und dann passierte in ihrer Wahrnehmung etwas ganz anderes, etwas, das ihm, dem Außenseiter, sich nicht erschließen wollte und konnte.

Vorsichtig drängte er sich an die Wand, um den gleichsam Blinden nicht im Weg zu sein. Er setzte vorerst darauf, dass man ihn ignorieren würde, und tatsächlich schien ihn niemand zur Kenntnis zu nehmen – zumindest von dem, was er an ihren Reaktionen abzulesen versuchte. Wo ging es nochmal nach oben? Er kannte die Station eigentlich nur vom Durchfahren, war in seinem Leben vielleicht zwei- oder dreimal hier ausgestiegen. Doch viel interessanter war ohnehin, wohin all die Menschen unterwegs waren, wenn sie doch nicht zur Bahn gingen. Langsam gelang es ihm, sich ruhiger und entspannter zu verhalten. Er hatte noch immer Mühe, einzelnen eilig rennenden Gestalten auszuweichen, doch die meisten verhielten sich vorhersehbar. Er ging an einer Abzweigung vorbei, roch frische Luft, die aus einer der Röhren kommen mochte, und folgte der anderen, da dort der größere Schwung an Menschen hinzustreben schien.

Dann, ganz am Ende der Verbindungsebene, wo er einen Fahrstuhl vermutet hätte, lauter Kontrollleuchten. Er näherte sich langsam und vernahm jetzt – endlich – das Surren immer lauter. Doch da war kein Fahrstuhl. Winzige Kapseln rollten aus einer Art Rohr hinaus, entluden eine Gestalt, nahmen eine neue auf und rollten weiter. Das war also die Antwort, was mit Berlins Verkehr geschehen war. Fasziniert stand Wolfgang in der Düsternis und versuchte zu erkennen, wie das System funktionierte. Es schien eine Art futuristische Rohrpost zu sein, die Fahrgäste einzeln transportierte. Er wusste nicht, wann oder wie man diese Technologie eingeführt hatte, doch er war sich ganz sicher, dass alle Folienmenschen dachten, es wäre die U-Bahn.

Kopfschüttelnd stand er noch eine Weile da, dann besann er sich und erinnerte sich daran, dass er Hunger und Durst verspürte. Seine Neugier verfiel wie eine Staubburg im seichten Windzug in der Dunkelheit der Station und wurde ersetzt von brennenden Schmerzen im Bauch, die ihn darauf aufmerksam machten, dass er schon viel zu lange nur noch auf Reserve funktionierte.

Erneut orientierte er sich am Geruch der Luft – etwas, das er vor Tagen nicht für möglich gehalten hatte. Ja, er würde die Unterwelt verlassen. Hier gab es zwar Sicherheit, zumindest gefühlte, aber keine Nahrung. Und wenn er sich einer Tatsache ganz sicher war, dann, dass auch die Augmentierten Nahrung zu sich nehmen mussten. Er hatte schon seltsame Dinge in den Cafés in Kreuzberg gesehen, und wenn es nötig war, dann würde er so etwas nicht nur stehlen, sondern auch in sich hineinwürgen.

8

Das Sonnenlicht vor dem Märkischen Museum war trüb von einer aschgrauen Wolkendecke, die keinerlei Ähnlichkeit mit der Ästhetik der Mondbetrachtung der vergangenen Nacht mehr aufwies. Der Himmel sah seltsam aus, wenngleich die grundlegenden meteorologischen Mechanismen noch zu funktionieren schienen – allein, woraus die Wolken bestanden, war ihm ein Rätsel. Es kümmerte ihn nicht unmittelbar, der Drang, endlich Nahrung zu finden, dominierte jetzt alle anderen Überlegungen. Die Seltsamkeit der Welt beschränkte sich darauf, dass er nun Hindernisse sah, wo er zuvor faszinierend verfallene Architektur erkannt hätte. Die Menschen, die aus der U-Bahnstation hinausströmten, verteilten sich in alle Richtungen, und noch immer nahm niemand Notiz von ihm.

Wolfgang wandte sich nach Norden, weil er so im Halbschatten der Häuser etwas Deckung nehmen konnte, falls es notwendig sein sollte. Doch eigentlich sorgte er sich gar nicht mehr darum, erkannt oder gefunden zu werden, sondern viel eher, zu verdursten inmitten der Stadt, die einer Wüste glich, deren Geruch nach Staub schmeckte und deren Luft so trocken war, als gäbe es auf der ganzen Welt kein Wasser mehr.

Einen halben Block hatte er zurückgelegt, da entdeckte er eine Art Menschenschlange. Es gab keine Möglichkeit, herauszufinden, was auf dem Schild über dem kleinen Geschäft gestanden haben mochte, doch euphorisch sah Wolfgang, dass die Gestalten jeweils kleine Becher mit an Strohhalme erinnernden Schläuchen davontrugen, die sie, soweit er das beurteilen konnte, einigermaßen genüsslich in ihre Mund-/Nasenmembran einführten. Es hatte keinen Sinn, sich anzustellen, da glücklicherweise noch immer niemand Notiz von ihm nahm. Doch wie sollte er es anstellen? Wolfgang zitterte bereits leicht, doch zwang er sich, einen Moment innezuhalten und das Treiben genau zu beobachten. Er musste den Becher samt Inhalt von einer der Gestalten entwenden, so viel war sicher. Innerlich schüttelte es ihn, einer wehr- und ahnungslosen Person den Becher zu stehlen, doch er machte sich klar, dass es keine Wahl gab. Zwar konnte er sich nicht vorstellen, in Zukunft seinen ganzen Lebensunterhalt so zu beschaffen, doch jetzt und hier musste es sein.

Entspannt ging er zum kleinen Ausgabetresen hin und wartete den Moment der Übergabe ab. Stellte sich vor wie ein Hipster-Kaffeeröster fair gehandelten Kaffee an einen neureichen Kreuzberger übergab. Hastig riss er dem Bediener den Becher aus der Hand und rannte, was das Zeug hielt. Erwartete Aufruhr, Unruhe, Verfolgung. Als er schon nach wenigen Schritten feststellte, dass nichts dergleichen geschah, drehte er sich um und beobachtete das Treiben. Der Bestohlene blickte auf seine Hände, drehte sie hin und her. Für Wolfgang sah es so aus, als wischte er sich imaginäre Flüssigkeit von den schwarzen Folienärmeln, und dann, zu seinem Erstaunen, stellte er sich ruhig wieder hinten an der Schlange an.

Wolfgang konnte es nicht fassen. Die Augmentierung hatte den Unbekannten glauben lassen, dass er den Kaffee verschüttet hatte.

Kurz fragte er sich, ob es ihm auch schon einmal so gegangen sein mochte, doch er konnte sich nicht erinnern. Wer merkte sich schon, wenn er Kaffee verschüttete? Still musterte er den Becher. Nahm den Deckel herunter und blickte die braune, dampfende Plörre herausfordernd an.

»Du sollst wohl wirklich Kaffee sein«, sagte er abwesend zu dem Becher und setzte ihn an den Mund.

Sekundenbruchteile später konnte er kaum ein Würgen unterdrücken und spuckte den ersten Schluck wieder aus. Widerlicher, bitterer Geschmack hatte sich auf seinem Gaumen ausgebreitet und ließ nur langsam nach. Erneut musterte er den Becher. Roch nochmals daran. Es war ohne Zweifel Kaffee, doch nicht in seiner gewohnten Darreichungsform. Er war nicht sicher, ob er einfach nur schlechte Qualität hatte oder ob seine Geschmacksnerven schlecht trainiert waren – dann endlich fiel es ihm ein. Dank der Geschmacksaugmentierung musste man sich keine Mühe beim Geschmack geben. Man programmierte Kaffeearoma mit einer feinen Note Milch und Vanillezucker und niemand würde das Gebräu verschmähen. Auch er hatte hin und wieder einen Coffee to go ,genossen'. Besser: erlitten. Wie auch immer.

Wolfgang besann sich auf die Kraft der Gedanken und, was schwerer wog, seinen Durst und schüttete ohne Rücksicht auf seine Gefühle den ganzen heißen Inhalt des Bechers in sich hinein. Er japste und stöhnte, doch sein Magen schien zufrieden. Wolfgang atmete tief durch und stieß die Arme nach oben. Ein kleiner Sieg.

Und nun?

Gleich nochmal? Er prüfte seine Moral. Womöglich war es keine schlechte Idee, viel Flüssigkeit zu fassen, solange er hier unbehelligt war. Doch warum sollte es sich andernorts nicht ebenso verhalten? Nein, er würde jetzt etwas zu essen suchen. Und vielleicht gab es ja auch ein etwas weniger widerliches Getränk. Beschwingt ging er die breite Straße hinunter und erinnerte sich an seine zaghaften Versuche, die Häuser und Geschäfte wiederzuerkennen. Er war in Mitte und kannte sich eigentlich recht gut aus, doch die meisten Aufschriften waren vollkommen unkenntlich. War es ein Starbucks gewesen, wo er den Kaffee entwendet hatte? Möglich. Er feixte mit sich selbst ob der minderen Qualität des Getränks, doch empfand er tiefe Traurigkeit über den Gedanken, dass es auf der Welt vielleicht absolut niemanden gäbe, der ihn hätte verstehen können. Dass er inmitten der großen, verfallenen, pulsierenden, und zugleich auf so jämmerlich morbide Weise dahinvegetierenden Stadt ganz und gar allein war.

Wolfgang seufzte und setzte weiterhin einen Fuß vor den anderen. Sagte sich, dass irgendetwas sich schon finden ließe. Dass nicht alles schlecht war.

Dann begann es.

Er hatte das Ausbleiben einer unmittelbaren Reaktion für Zustimmung gehalten, doch anscheinend war sein Magen mit dem »Kaffee« doch nicht so einverstanden. Ohne, dass er es hätte kommen sehen, wand er sich vor Krämpfen und schmiss sich selbst zu Boden, riss sich wieder auf die Knie, um sich übergeben zu können.

Die Welt wurde elend, und alle Macht der Gedanken vermochte nichts daran zu ändern, dass dieser Kaffee für ihn ungenießbar war. Die Kraft schwand ihm aus den Gliedern und augenblicklich wurde ihm schwarz vor Augen. Wolfgang ließ sich einfach fallen, wollte nur, dass es aufhörte. Mit letzter Kraft brachte er die Augen wieder auf, sah schemenhaft mehrere Fußgänger nahe an ihm vorbeigehen. Sie konnten ihn vielleicht nicht sehen, doch womöglich fühlen. Er spürte, dass es keine andere Möglichkeit gab. Er musste aufgeben. Hoffen, dass er noch eine Chance bekam.

Oliver Miles' Bild ging ihm durch den Kopf. Er fragte sich, wie viel an dem Traum der letzten Nacht dran war, und beschloss sofort, dass es keine Rolle spielte. Dass er das Risiko, das angesichts seines Zustands immer kleiner wurde, eingehen musste. Alles, was er noch wusste, war, dass er einen Knöchel irgendeines der Passanten schnappen und festhalten musste. Nie wieder loslassen durfte.

Als nächstes sah er Schwester Agathe.

9

»Na, Sie haben uns vielleicht einen Schreck eingejagt.«

Wolfgang blinzelte. Sofort taxierte er die Infusionsschläuche, die in seinem linken Arm endeten, dann erst erfasste er die Gestalt, die sich über ihn beugte.

Die schwarze Maske boshaft blinkend, sah er den kleinen Lautsprecher auf ihrer Schulter und musste würgen.

»Gemach, gemach.«

Die hohe, übersteuerte Stimme, der jegliches Volumen fehlte, stach ihn.

»Was ist passiert?«, brachte er hervor, doch eigentlich interessierte es ihn nicht. Nicht im Geringsten. Mehr nebenbei nahm er die frischen, pastellgrünen Krankenhausklamotten wahr, die man ihm angezogen hatte. Nach allem, was er wusste, mussten sie echt sein – eine seltsame Vorstellung, wo er die Krankenschwester doch mit ihren Augmentierungen sah. Er bekam Kopfschmerzen davon, wie er darüber nachdachte, welcher Grad an Realitätsverschmelzung sich hier gerade abspielte.

»Nun, zum Glück haben wir Sie gefunden, bevor noch etwas Schlimmeres passieren konnte«, flötete die Gestalt.

›Was für ein großes Glück‹, dachte er. Und tatsächlich – als hätte er es gewusst, man hatte ihn auf die gleiche Station gebracht. Dabei hätte es, wenn man von der komplizierten Gesundheitsökonomie des Landes ausging, auch ganz anders kommen können.

»Sie haben eine schwere Psychose«, hörte Wolfgang eine Stimme. Mühsam drehte er sich zur Tür des Zimmers. Dr. Miles stand da vor ihm. Verblüfft blickte Wolfgang an ihm hinauf und hinunter. Er trug keinen Augmentierungsanzug.

Vor Staunen geweitete Augen und ein offener, leicht sabbernder Mund verfolgten, wie der Arzt leicht wie eine Feder um sein Bett herumschwebte und vor ihm stehen blieb. »Freut mich zu sehen, dass es Ihnen besser geht.«

Wolfgang sagte nichts. Er fühlte sich nicht besser, sondern vor allem verwirrt. Warum trug der Mann keinen Anzug, so wie ausnahmslos alle anderen Menschen? Was ging hier vor? Sollte er ihn danach fragen? Er schüttelte den Kopf.

»Wie bitte?«, fragte Miles.

»Nichts«, sagte Wolfgang.

»Ruhen Sie sich aus«, befand der Arzt und schwebte wieder in Richtung der Tür.

»Ein vernünftiger Vorschlag«, bestätigte Wolfgang und wühlte sich in seinem Bett zurecht.

Vergeblich wartete er darauf, dass auch die Gestalt, die er für die Krankenschwester hielt den Raum verließ, doch ruhig stand sie vor ihm und tippte und wischte in der Luft auf einem imaginierten Diagnosepad umher.

»Ich bin gleich fertig«, sagte sie freundlich, als hätte sie seine Unruhe spüren können.

»Tun Sie, was nötig ist«, sagte Wolfgang. »Wann darf ich aufstehen?«

»Sofort«, entgegnete die Gestalt. »Nur … Sie dürfen bis auf weiteres die Station nicht verlassen. Das verstehen Sie doch sicher?«

Er hatte es sich gedacht. Resigniert nickte Wolfgang. So ging man schließlich mit Verrückten um. Doch er wusste es besser. Fest nahm er sich vor, dass er, egal was passierte, niemals an dem zweifeln würde, was er selbst fühlte. Sie würden ihm sicher sonst was erzählen. Er musste standhaft bleiben, sich irgendwie durchfuttern und einen besseren Plan machen als das letzte Mal. Dann konnte er auch das hier überstehen. Dann konnte er die Wahrheit aufdecken und endlich verstehen, was vor sich ging.

»So«, sagte die Schwester und wandte sich endlich zur Tür. »Wenn Sie möchten, können Sie ja auf die Freifläche am Ende des Ganges.«

»Danke«, sagte Wolfgang.

***

Er zögerte nur kurz. Seinem Magen ging es gut und auch sein Flüssigkeitshaushalt schien ausgeglichen. Zwar musste er wegen der aus seiner Unterarmvene ragenden Kanüle den Infusionswagen mit sich herumschleppen, doch frische Luft würde ihm guttun, da hatte die Schwester ausnahmsweise recht. Frischer Thymian mischte sich mit dem matschigen Geruch von trocknendem Schlamm, doch dem Grün des Gartens tat das keinen Abbruch, er hatte das Unwetter unbeschadet überstanden. Wolfgang wusste, dass es naiv war zu glauben, dass in einer so großen Stadt immer überall das gleiche Wetter war, doch fand er die kleinen Pfützen für sich selbst sprechen.

Nachdenklich blickte er sich um. Frische Luft war gut, doch die seltsamen Männer von seinem letzten Besuch wollte er schlechterdings nicht erneut aufschrecken.

Tief sog er die ungewohnt feuchte Luft ein und trat an die groben Blumenbeete heran, die ungepflegt waren, aber doch einigermaßen geregeltes Wachstum hervorbrachten. Erdbeeren standen zwischen Rhabarber und Tulpensprösslingen, doch das Grün der Pflanzen wirkte nur so frisch im Kontrast mit der öden Welt außerhalb der Mauern. Hätte er eine Beere probiert, Wolfgang war sicher, dass sie sandig und bitter geschmeckt hätte.

»He, da bist du ja wieder.«

Der Glatzköpfige hatte ihn gefunden und sich zielsicher von hinten angepirscht. Wolfgang fuhr herum und vollführte eine so theatralische Verbeugung, dass dem Mann klarwerden musste, was er von seinem Auftritt hielt.

»Hat's dir draußen nicht gefallen, was?«, fragte er und zeigte beim Lachen seine gelb-braunen Zähne.

Irritiert musterte Wolfgang den Mann. Er trug keinen Augmentationsanzug. Beinahe hätte er ihn danach gefragt, doch er sagte nichts. Nicht, dass der ihn für verrückt hielt.

»Bist ja nicht gerade gesprächig heute«, sagte der Glatzköpfige und kratzte sich an der Schläfe. »Was hat dir denn so die Sprache verschlagen?«

Er war nicht sicher, was er erwidern sollte. Ob er sich auf ein Gespräch einlassen sollte. »Habe Halsweh«, sagte er einsilbig und machte Anstalten, sich abzuwenden.

»Na du bist lustig. Stehst hier draußen in der Kälte.«

Wolfgang nickte. »Macht man das nicht so?«

»Kommt darauf an, was man sich erhofft.«

»Mhh-mhh«, machte Wolfgang. Der Glanz der polierten Stirnpartie erlosch und formte tiefe Rillen im Ausdruck seines Gegenübers.

»Nimm's nicht so schwer. Die Realität trifft jeden von uns hart.«

Er verstand nicht. Zwar war er darauf vorbereitet gewesen, seltsame Antworten zu erhalten, doch was konnte der Alte nur damit meinen? Andererseits, wenn er keine Augmentierungen trug, so konnte er vielleicht verstehen, was er durchmachte. Was er gesehen hatte. Vielleicht konnte er den Nebel der Unwirklichkeit etwas lüften.

»Wo ist Ihr Freund von neulich?«, fragte er schließlich.

»Oh, er war nicht mein Freund. Nur ein Bekannter.«

»Äh ja. Natürlich.« Wolfgang blickte etwas betreten zu Boden. »Wissen Sie trotzdem, wo er ist?«

»Ah, ach so. Ja. Hat den Sprung gemacht.«

»Den Sprung.« Auch als Wolfgang den Satz des Alten wiederholte, ergab er keinen Sinn für ihn.

»Ja.«

Verwirrt blickte er den Glatzköpfigen an, der sich gemütlich auf den Gehstock lehnte und ganz und gar in sich zu ruhen schien. Überraschung blitzte in seiner Miene auf, dann blickte er in den wolkenverhangenen Himmel.

Wolfgang war unwohl zumute. Was konnte er damit meinen? Der Sprung? War das eine Art Code für Leute, die die echte Welt gesehen hatten?

»Wo ist er jetzt?«

»Wo du willst«, sagte der Mann. »Raum und Zeit spielen für ihn keine Rolle mehr.«

Wolfgang erschrak. Jetzt verstand er. »Mein Beileid«, sagte er, doch er erschrak, denn der Glatzköpfige lachte.

»Was auch immer die Menschheit über das Leben zu wissen glaubte, wir haben keine Ahnung, wie es weitergeht. Trotzdem ist aus freien Stücken den Sprung zu wagen, das Nobelste, was man in dieser Ödnis tun kann.«

»Er … er hat sich also umgebracht?«

Atemlos hauchte Wolfgang diese Worte in den feuchten Grasboden hinein, als könnte es seine Überraschung mildern und die Unterhaltung weniger unangenehm machen. Was erwartete er eigentlich? Dies war eine neurologisch-psychiatrische Klinik. Leute brachten sich um. Man könnte höchstens fragen, wieso man es nicht verhindern konnte, doch überrascht sollte er nicht sein. Oder?

»Man muss kein Humanist sein, um diese Einschätzung nicht zu teilen«, sagte der Glatzköpfige und machte ein seltsam verträumtes Gesicht. »Nietzsche würde sagen, dass sogar Gott tot ist, nicht wahr?«

»Ich … ich verstehe nichts von diesen Dingen«, sagte Wolfgang abwartend.

»Kommt Zeit, kommt Rat«, sagte der Mann und deutete eine Verbeugung an. »Es war mir eine Freude, mit dir zu sprechen, aber nun … habe ich andere Dinge zu tun.« Damit stützte er sich auf seinen Stock und watschelte davon.

Stumm blickte Wolfgang ihm nach und versuchte, sich einen Reim darauf zu machen. Nach Doktor Miles der zweite erst, der keine sichtbaren Augmentierungen trug, dafür jedoch in Rätseln sprach. Er kratzte sich am Kopf und blickte sich um. Niemand sonst war hier draußen. Es war weiterhin feucht und dämmrig, der Himmel sah wieder nach Regen, nicht jedoch Unwetter aus. Ein paar Vögel brüllten um die Wette, denn Singen hatten sie offenbar verlernt. Gierig sog Wolfgang die Luft in sich ein und spürte, wie sein Hals zu schmerzen begann. War das denn die Möglichkeit?

Sonst passierte doch auch nicht, was er sich wünschte. Er schnappte den Infusionswagen und schob ihn sorgsam zurück auf den schmalen Steinweg. Genug Natur für heute. Genug seltsame Gespräche. Genug von allem.

***

Als er am Schwesternzimmer vorbeischlurfte, blickte eine der schwarzmaskierten Gestalten heraus und flüsterte in übersteuertem Tonus, dass der Doktor ihn erwarte.

Wolfgang ignorierte den offensichtlichen Effizienzverlust dadurch, dass man ihm nicht schon draußen Bescheid gesagt hatte. Der Arzt musste sich ärgern, dass er sich so viel Zeit ließ, und würde denken, er sei vollkommen gleichgültig.

Und damit hätte er nicht einmal Unrecht gehabt. Es passte ihm ganz gut, dass er zumindest körperlich aufgepäppelt wurde, Nahrung und Infusion bekam, doch psychisch hatte er sich noch nicht darauf eingelassen, dass er hier war, weil er ein Problem hatte. Weil er glaubte, dass stattdessen die Welt eines hatte. Doch das würde er ihm natürlich nicht sagen. Nichts davon. Überhaupt: Der Weg zum Büro des Arztes hatte sich schon wieder verändert. Als er den Gang in Richtung des Ärztekorridors nahm, war plötzlich ein Fahrstuhl an der Stelle, wo zuvor die lange Reihe Büros gewesen war. Ungläubig blickte Wolfgang sich um. Er konnte unmöglich so desorientiert und vergesslich sein. Das Sprechzimmer war zuvor, das wusste er genau, auf der gleichen Ebene gewesen. Doch das kleine zerkratzte Schild am Fahrstuhl sagte eindeutig, dass Station 47 im ersten und Dr. Miles' Büro hingegen im 23. Stock war.

Wolfgang sah sich um. Dreiundzwanzig Stockwerke? Die neurophysiologische Klinik hatte von außen kaum drei Etagen gehabt. Andererseits hatte er das Gebäude das letzte Mal mit Augmentierung gesehen. Wer konnte da schon wissen, wie es sich tatsächlich verhielt?

Mit einem altmodischen, metallischen Pingen, das eher einem Klirren entsprach, öffnete sich schließlich die Tür. Wolfgang hatte das Gefühl, dass der Boden der kleinen Kabine hinten links etwas zu weit hochstand, doch er stieg trotzdem ein. Augmentiert oder nicht, der Fahrstuhl musste funktionieren. Er hatte es satt, sich ständig zu wundern. Das ständige Innehalten, nur weil etwas seltsam oder ungewohnt schien. Als die Türen sich schlossen, hielt er sich die Hände vor die Augen und wünschte sich einfach nur, dass alles wieder wie früher sei.

Überhaupt: bei all den unglaublichen, niederschmetternden Erkenntnissen. Er war nicht dieser Typ, der aus der Matrix ausbrach und sah, wie die Welt wirklich war. Er hatte nur Scheiße gerochen und war dann in einen Strudel aus kaputten Sinneswahrnehmungen geraten. Er hatte sich nicht dazu entschlossen, anders zu sein. Oder?

Der Fahrstuhl bremste ziemlich abrupt, sodass er für den Bruchteil einer Sekunde das Gefühl hatte, an die Decke zu knallen. Doch glücklicherweise erinnerte sich die Gravitation an ihre unbestechliche Pflicht und holte Wolfgangs Füße auf den knirschenden Boden des Fahrstuhls zurück. Die Türen glitten auf und gaben den Blick frei auf den 23. Stock.

Unwillkürlich riss er Augen und Mund auf. Vor Überraschung. Wieder mal.

In einer Utopie aus Glas und Stahl war er in einer Welt gelandet, die nicht dem entsprach, was er die letzten Tage kennengelernt hatte. Hier war alles sauber, blitz und blank, und die Wände vollkommen transparent. Es war nicht der Blick vom Alex, doch tat sich ein grandioses Panorama über Berlin auf. Ein Flur ganz aus Glas führte auf eine einzige Tür hin.

Sie war offen und zeigte das gedrungene Büro von Doktor Oliver Miles. Vorsichtig, beinahe andächtig, durchschritt Wolfgang den breiten Korridor, der wirklich nur zu diesem einen Büro zu führen schien.

Als er an der Tür angekommen war, hielt er es für höflich, anstatt einzutreten, des Anstands halber erst einmal zu klopfen, doch als er die Faust an die Tür führte, murmelte der Arzt bereits einen Gruß. Unsicher betrat Wolfgang das Sprechzimmer, das beinahe genauso aussah wie das letzte Mal. Weder war es merklich größer, noch deutlich heller. Allein das Licht, das durch die schmalen Fenster fiel war ein anderes. Er konnte nicht erkennen, ob sie wirklich die Lage im 23. Stock widerspiegelten, doch sein Orientierungssinn war ohnehin komplett durcheinander.

»Setzen Sie sich doch«, sagte Miles.

Wolfgang schlurfte zu dem abgesessenen Art-Déco-Stuhl vor dem Schreibtisch und ließ sich achtlos darauf nieder. Das Metallgestell knarzte und erzeugte eine Art Realitätsrückkopplung, die die Eindrücke des Flurs zuvor zu erden vermochte. Wolfgang sah sich um. Vollgestopft mit den gleichen Sachen wie zuvor gab es hier drin eigentlich keinen Anhaltspunkt darauf, dass das Büro sich an einer anderen Stelle befand als zuvor. Er schnaufte.

»Nun, Herr Schmidt«, begann der Arzt ohne falsche Höflichkeiten, »erzählen Sie mir, was Sie gestern erlebt haben.«

Zweifellos wollte er gerne hören, dass er verwirrt war und dass es falsch war, sich aus der Klinik abzusetzen. Doch so leicht würde er es ihm nicht machen.

»Was möchten Sie wissen?«, fragte er.

Miles grinste raubtierhaft. »Alles.«

»Puh.«

»Fangen Sie ruhig vorne an«, sagte der Arzt in gönnerhaftem Ton. »Wieso haben Sie sich ohne Abmeldung aus der Klinik entfernt?«

»Ich … bin nicht sicher.« Das war er wirklich nicht. Sollte er von den Anzügen mit den Augmentierungsaufsätzen erzählen? »Ich hatte das Gefühl, dass ich dringend frische Luft brauchte«, sagte Wolfgang, doch es klang selbst für ihn nicht überzeugend.

»Da hätten Sie auch in den Freibereich Ihrer Station gehen können«, antwortete der Doktor.

»Da war ich ja zuvor«, sagte Wolfgang. Er wusste nicht, was er sagen sollte.

»Na schön«, meinte der Arzt. »Ich werde Sie nicht danach fragen, ob Sie sich, wie Schwester Hildegard angab, als sie Sie in Ihrem Zimmer fand, wirklich dabei waren, sich die Ohren abzuschneiden, sondern einfach meine Hypothese präsentieren.«

Wolfgang musterte den Arzt. Was wollte er damit sagen, er würde ihn nicht danach fragen? Sie mussten doch die Reste seines Augmentierungsanzugs gefunden haben.

»Schießen Sie los«, sagte er.

Oliver Miles seufzte. »Ich fürchte, Herr Schmidt, Sie leiden unter einer massiven Paranoia und Realitätsverzerrung. Ausgelöst durch eine eventuelle Abstoßungsreaktion eines oder mehrerer Ihrer Augmentationsimplantate.«

»Ich verstehe«, sagte Wolfgang.

»Da bin ich froh«, sagte Miles. »Denn wissen Sie, die meisten unserer Patienten haben Schwierigkeiten, der Realität ins Auge zu sehen. Nicht, dass sie etwas dafürkönnten, doch es ist immer schwierig, ihnen klarzumachen, dass etwas mit ihnen nicht stimmt, und nicht die Welt sich gegen sie verschworen hat. Ich hoffe, Sie verstehen, dass es sich wirklich nur um einen Hardwarefehler handelt und ansonsten physiologisch alles in Ordnung mit Ihnen ist?«

Wolfgang sah Miles eindringlich an. Er würde das Spiel mitspielen. Erst mal. Erst musste er mehr darüber herausfinden.

»Ich fühle mich … desorientiert. Verwirrt. Habe das Gefühl, dass Dinge sich verändern. Dass die Welt außerhalb dessen, was die Augmentation zeigt, in einem verfallenden Stadium ist und alles, was ich sehe, höre und fühle, unecht ist«, sagte er. Zwar wusste er, dass das durchaus der Wahrheit entsprach, doch nicht in dem Kontext, den der Arzt beschrieb. Er wollte seine Reaktion testen.

»Herr Schmidt, es ist gut, dass Sie mir das sagen. Es kommt wirklich sehr, sehr selten vor, doch aus Amerika kennen wir wenigstens zwei vergleichbare Fälle. Haben Sie Mut, wir kriegen das hin.«

»Wie?«

Eine kritische Frage. Wolfgang beglückwünschte sich selbst für so viel Einfallsreichtum. Gespannt blickte er den Arzt an.

»Ich denke, dass in diesem Falle die einzig logische Vorgehensweise ist, Ihre Augmentierungen durch neuere auszutauschen.«

»Aha«, sagte Wolfgang. »Wieso nicht einfach erst mal nur entfernen?«

Logisch, weil sie schon entfernt waren, dachte Wolfgang. Doch das konnte der Arzt ja schlecht eingestehen.

»Nun, weil dann die Gefahr eines schweren neurologischen Schocks besteht.«

Wolfgang sagte nichts. Blickte den Arzt nur an. Wartete.

»Das Gehirn ist zu erstaunlichen Dingen in der Lage. Ich glaube, ich sage das viel zu oft. Doch sehen Sie, Herr Schmidt, es ist ja so: Wenn das Gehirn keinen Input bekommt, dann stellt es sich tot, beginnt, wild drauflos zu assoziieren, was auch immer für Fetzen an Zufälligkeit sich in den Gedanken finden, die gerade da sind. Mit anderen Worten, Sie würden mit großer Sicherheit verrückt werden.«

»So wie Menschen, die jahrelang im Koma waren?«, fragte Wolfgang. Er freute sich erneut über seine schnelle Auffassungsgabe, denn soweit er wusste, war das Gegenteil der Fall. Gerade solche Geschichten bewiesen immer wieder, wie anpassungsfähig das menschliche Zentralorgan war.

»Ganz genau«, sagte Miles. Er lächelte und freute sich offenbar, dass Wolfgang ein so guter Vergleich einfiel.

Er glaubte nicht, was der Arzt ihm sagte, und doch würde er zustimmen. Denn was blieb ihm anderes übrig? Wenn sie ihn einfach in einen neuen Anzug steckten, so würde er ihn wieder abstreifen. Fest war er überzeugt, die glatte, weichgezeichnete Augmentationsrealität von dem, was er wusste, und … spürte … unterscheiden zu können. Er dachte an die Milchreis-Wolken, die die Sonne verdeckten und grünbräunliche Schatten warfen. An die unappetitliche, seifige Oberfläche der Spree, an der er früher so gern entlanggelaufen war. Auf keinen Fall konnte er dies verdrängen, egal wie gut die Illusion auch sein mochte. Als er das Elend der Welt erblickt hatte, das spürte er, war etwas mit ihm passiert. Es gab kein Zurück mehr in die sogenannte Normalität. Non-malität, wie er denken wollte. Wolfgang Schmidt erklärte sich zu einem Ungläubigen, und Doktor Oliver Miles würde der Priester sein, der ihn, bewusst oder nicht, exkommunizierte.

»Wie … wie läuft das Ganze dann ab?«, fragte Wolfgang voll gespielter Ungeduld.

»Nun, wir müssen klären, was Ihre Krankenversicherung davon übernehmen wird, aber davon abgesehen machen wir nur ein paar Tests zu Ihrer physischen Konstitution und dann können wir Sie theoretisch schon morgen operieren.«

Wieder das raubtierhafte Lächeln. Miles war sich seiner Sache und Einschätzung ganz sicher. Vielleicht glaubte er wirklich, Wolfgang »heilen« zu können. Doch noch immer verstand Wolfgang nicht, wie es sein konnte, dass er bei ihm keine Geräte sah. War er, wie die Werbung es früher propagiert hatte, mit dem, was man echte biokybernetische Augmentierung genannt hätte, ausgerüstet? Es war vielleicht nicht die wichtigste Frage, die ihn beschäftigte, doch irgendetwas schien es ihm sagen zu wollen. Kannte Dr. Miles die Wahrheit? Und wenn ja, auf welcher Seite stand er? Versuchte er, Wolfgang wieder auf die andere Seite des dunklen Spiegels zu locken oder würde er ihn endgültig befreien? Abwesend nickte er und unterschrieb die Zustimmung zu den nötigen Operationen, die ihm der Arzt auf ein Pad geschoben hatte.

Ein Pad, das in der wirklichen Welt zu funktionieren schien. Na so was.

Er bestätigte alle Abfragen und runzelte die Stirn.

»Wissen Sie … meins ist kaputt«, sagte er vorsichtig. »Kann ich mir Ihr Pad ausleihen? Als … Ablenkung?«

Der Arzt blinzelte kurz, doch er lächelte dann. »Aber ja. Glauben Sie mir, morgen werden Sie es nicht mehr brauchen.«

»Das hoffe ich auch«, brummte Wolfgang.

***

Wie einen Schatz hütete er das Stück Elektronik in seinen Händen, als er den Rückweg antrat.

Durch den Fahrstuhl, der noch immer nicht recht in die Gebäudegeometrie hineinzupassen schien. Den Flur, der seine Struktur komplett verändert hatte.

Und Station 47, von der er nicht wusste, ob sie Gefängnis, Klapse oder letzter Zufluchtsort war.

Sein Enthusiasmus galt indes der Welt, die das Pad zu erreichen versprach. Nach oben und unten drehte er das schmale Stück Hardware. Untersuchte jede Kante, ob sich irgendwo ein Fingernagel hineinbringen ließ. Wenn er nämlich den Cyberspace errcichen konnte – die Netzwerke und damit die Aufmerksamkeit all seiner Bekannten –, dann musste hinter der blanken, hellweißen Schale irgendein Hinweis darauf sein, wie die Welt heute funktionierte.

Doch wie er sich auch abmühte, das Ding schien ganz aus einem Guss gemacht zu sein. Der Bildschirm endete plan an den Seitenrändern und hatte praktisch keinen Innenrahmen. Und die Rückseite ließ sich nicht von hartem Plastik unterscheiden, es gab keine Stelle, die man mehr oder weniger eindrücken konnte als den Rest. Die gesamte Erscheinung war komplett homogen. Wolfgang drehte es auf die richtige Seite, wischte Testweise darüber und seufzte.

Sofort ploppten die Segnungen der Digitalisierung auf. Unzählige kurzweilige Spiele, die Netzwerklinks und sogar ein altmodischer

Browser für dieses Internet, das früher so schick gewesen war, erschienen auf dem Schirm und buhlten um Aufmerksamkeit.

Eine ganze Weile saß er unschlüssig vor den Symbolen und dachte nach, ohne wirklich nachzudenken. Tausend Gedanken flogen ihm durch den Sinn. Was er getan hätte, wenn es ein normaler Abend in einer normalen Welt gewesen wäre. Doch die Netzwerke mit ihrem suchtgefährdenden, Aufmerksamkeit heischenden Charme bewegten ihn ebenso wenig wie die siebte oder achte Auflage der ausgefeiltesten Touchscreen-Spiele, die man sich nur ausdenken konnte. Genervt legte Wolfgang das Tablet weg.

Erinnerte sich daran, dass er ein Ungläubiger war. Und egal, ob die Netzwerke Teil der augmentierten Welt waren, sie waren Teil der digitalen Revolution. Und egal, was am nächsten Tag passieren würde, er wollte und konnte nicht zurück. Der Gedanke, in unechten Worten unechte Gefühle ausdrücken zu wollen, widerte ihn an. Mehr noch als die entnervende, erbarmungslose Wirklichkeit in ihrer ganzen, drückenden Echtheit. Jeder Staubklumpen auf dem Fußboden, jeder unsaubere Holzspan am Furnier des Schrankes, jede abgeplatzte Farbstelle am Metallgestell seines Bettes brüllte ihn an, er möge ihre Realität anerkennen. Nachdenklich fuhr er sich mit den Fingern über die Arme und sah die feinen Härchen sich aufstellen.

Mit einem Mal war er ganz bei sich und begriff: Es gab nichts als das jetzt. Nichts existierte vor oder nach dem Moment, den er erlebte. Vielleicht war da etwas, doch es erschloss sich ihm nicht. Der schmale, heruntergekommene Raum dehnte sich bis in die Unendlichkeit aus, ließ ihn einsam in einer Wüste der

Nichtexistenz zurück, in der Tisch und Schrank und Spiegel wie weit entfernte Planeten ihre Bahnen zogen, um sein Bett, sein Ich, sein gravitatives Zentrum kreisten. Der Horizont, tapeziert mit drei, vier Lagen abgeblätterter Farbe, waberte blubbernd umher und fiel schließlich unter den Rand der Welt, bis nur noch blitzende, blinkende Sterne übrig waren, unter denen Wolfgang Schmidt saß, das Tablet in beiden Händen verkrampft. Fasziniert sah er dem Aufgang der schmalen Mondsichel zu und verfolgte ihren Lauf an seinem Horizont, sah, wie seine Wahrnehmungssphäre darüber entschied, was war und was verging. Die Zeit, so schien es, war nicht und verging auch nicht, obschon die Dinge sich bewegten. Atemlos blickte er auf das Nichts seiner Welt, schloss die Augen und sammelte all die Gerüche und Geräusche, die da waren, in seinem Geist allein.

Er wusste nicht zu sagen, wie die Welt wirklich war, doch inmitten des imaginierten Schleiers aus Gedanken manifestierte sich immer mehr das sichere Gefühl, dass er wissen würde, wie sie nicht war. Der dunkle Spiegel ganz hinten in seinem Verstand zerschmolz wie ein surrealistischer Gedanke und sprang ihn dann an, um ihm sein verzerrtes, bedauernswertes Antlitz zu zeigen. Die Augen mit dem hellen, unscharfen Rand, auf dem die Augmentationsokulare gesessen hatten. Die Ohren, verkrustet vom Organik-Klebstoff der Lautsprecher. Die Nasenlöcher zitternd vor gierig einströmender Atemluft. Der Mund, verbrannt von geklautem, heißem Kaffee, der so bitter schmeckte wie reiner Kakao, wenn es so etwas in dieser Welt noch gegeben hatte. Wolfgangs Universum pulsierte konzentrisch um ihn herum, expandierte und implodierte zugleich und schien seinen Herzschlag zu synchronisieren.

›Ich denke, also bin ich‹, dachte er – aber sicher war er sich nicht. Nichts war sicher.

»Herr Schmidt?«

Wolfgang fuhr herum, blickte irritiert auf die Stelle an seiner Schulter, auf der die schwere, schwarze Folienhand der Abendschwester lag.

Mit schreckgeweiteten Augen war er zurück im klaustrophobisch schmalen Krankenzimmer und blickte die Maske von Schwester Hildegard an.

»Ich wollte Sie nicht erschrecken«, sagte die Gestalt. »Es gibt Abendessen. Was möchten Sie trinken?«

»W… Wasser«, brachte er gerade noch hervor. Am liebsten hätte er etwas gehabt, das seine Realität wieder zurechtrückte. Wahrheitsserum vielleicht. Oder starken, selbstgebrannten Schnaps. Doch er wusste, dass er ihn hier nicht bekommen würde. Und auch, dass im Weinbrand nicht die Wahrheit, was immer das war, schlummerte, sondern nur mehr Illusion und Irritation.

Die Schwester stellte das Tablett ab und reichte ihm eine milchig-schmutzige Plastikflasche. Niemanden kümmerte es, die Mehrwegflaschen zu reinigen, denn in der Augmentierung, das wusste er, waren sie kristallklar – transparenter als Kunststoff überhaupt sein konnte. Doch vorher hatte er sich nicht wundern können, nicht einmal selbst gefragt.

Wolfgang seufzte, stotterte einen unaufrichtigen Dank und öffnete hastig die Flasche.

Das Wasser war kalt, aber auf eine gewisse Weise nicht gerade erfrischend. Er stürzte es hinunter, atmete dazwischen in schnapphaften Stößen und nahm hauptsächlich Kälte wahr. Es enthielt etwas Kohlensäure, doch das Kribbeln kitzelte seinen Gaumen nicht, es erinnerte ihn nur daran, dass jedes Getränk, das er zuvor getrunken hatte, so geschmeckt haben mochte wie der bittere, widerliche Kaffee, den er gestohlen hatte. Obschon das Wasser in Ordnung war, musste er würgen – die Erinnerung war so kraftvoll, dass er fast meinte, den Kaffee vor sich zu sehen. Die Schuld, dass er etwas so Minderwertiges auch noch gestohlen hatte, brannte auf einmal heiß in ihm und machte Genuss unmöglich.

Sorgsam verschloss er die leere Flasche, als könnte er noch etwas verschütten, und blickte das Abendessen an. Es gab im Prinzip das gleiche wie morgens, nur ohne schrumpeliges Brötchen und Marmelade. Dafür lag eine gräulich-braune Scheibe Brot neben einer bräunlich-grauen Schreibe Etwas, das mit einiger Phantasie wohl Wurst sein sollte.

Vorsichtig riss er einen Fetzen davon ab und roch daran. Es mochte durchaus tierische Komponenten aufweisen, doch der Geruch von Pökelsalz in Eiweißersatz unterdrückte jegliches Aroma. Wolfgangs Interesse verlagerte sich auf die Käsescheibchen, die geduldig am anderen Rand des Tellers warteten. Er wiederholte das Prozedere. Geruch: Fehlanzeige. Geschmack? Zumindest nicht ekelig. Er vermutete, dass auch der Käse nicht echt war, musste jedoch eingestehen, dass sein Gaumen nicht zu einer Einschätzung in der Lage war. Er hielt die bröckeligen Scheibchen für Analogkäse, wenn nicht aus Argwohn, dann aus Gewohnheit.

Er zwang sich eine halbe Scheibe »Brot« hinein, ehe er nicht weiterkam. Wahrscheinlich würde es zum unmittelbaren Überleben reichen, dachte er und schob das Tablett auf dem Tisch so weit nach hinten, wie es ging. Dann kehrte er zum Bett zurück und widmete sich erneut Oliver Miles' Tablet. Es war ausgegangen, und fast befürchtete er, dass es das Schicksal seines Exemplars teilen musste, doch als er es behutsam antippte, erwachte es wieder zum Leben und zeigte erneut die wilde Auswahl des Wunderlandes der Netzwerke und Apps.

Versuchsweise tippte er eine Schaltfläche an. Die Lustlosigkeit kam sofort zurück, doch diesmal überwand er sich. Er müsste mindestens Vicky eine Nachricht hinterlassen.

Wie es ihm ging? Was er fühlte?

Egal. Ihm war nicht danach, sein Inneres zu offenbaren. Nicht, bevor er sah, was Miles' Operation mit ihm anstellte.

»Bin zurück in der Neuroklinik«, schrieb er. »Danke für Deine Hilfe.«

Welche Hilfe? Egal. Hauptsache, er sprach gut von und mit ihr. Oder?

»Vermisse Dich, Wolfgang.«

Noch kürzer als sonst. Einerlei. Er wischte das Programm von dem Tablet und schloss die Augen. Willkommene Dunkelheit empfing ihn wie eine warme Decke, in die er sich einwickeln konnte. Die ihn von der Welt abschotten, ja beschützen würde.

Doch dann veränderte sie sich – wie sonst auch. Wilde Wirbel aus Farben beschworen einen Tisch aus dem Nichts herbei, deckten ihn mit köstlichsten Speisen. Wolfgangs Sinne waren ganz und gar ekstatisch, schmeckten und rochen nur das Beste. Dann, mit einem leisen, unheimlichen Aufploppen, erschien Vicky auf der anderen Seite des Tisches. Sie trug ein langes, ausgeschnittenes Abendkleid in hellem, glänzendem Rot und lächelte. Lächelte so authentisch, wie er es nicht für möglich hielt, und nahm einen Bissen von was immer es war – und er sah, dass es gut schmeckte. Er probierte von den Früchten, die zwischen ihnen standen. Die Birne war weich und klebrig, doch süß und körnig zugleich. Er spürte das kernige Schmatzen, als er hineinbiss, und war ganz und gar in dem Moment. Vor ihm lag Hummer, noch hatte er ihn nicht angerührt. Wollte seine vollkommene Anordnung und Zubereitung nicht durch seine gierigen, unwürdigen Bisse beflecken.

Vicky lächelte.

»Ich wusste, dass du es schaffst«, sagte sie.

»Was?«, fragte er.

Sie antwortete nicht.

Unruhe entstand in ihm, doch ließ sich weder Ursache noch Herkunft bestimmen. Ein Wirbel aus Ungemach breitete sich über der Situation aus und kulminierte in einem weiteren ›Plopp‹. Neben der Szenerie erschien ein Spiegel.

Wolfgang erschrak. Er kannte den Spiegel. Noch bevor er bewusst hineinsah, wusste er, was er zeigte.

Nackt und ausgezehrt saß er vor dem Tisch, auf dem nur Unrat, Analogkäse und Eiweißscheibchen lagen. Und ihm gegenüber,

Vicky. Doch sie hatte all ihre Eleganz abgelegt, in schwarze Folie gewickelt. Er konnte ihr Grinsen durch die Maske sehen. Ihr widerliches, wahnsinniges Grinsen strahlte so hell, dass er die Hände vor die Augen nehmen musste.

Das Geräusch übersteuerte schließlich und ging in ein schrilles, eintöniges Summen über. Er hielt sich die Hände an die Ohren, wollte sie gleichzeitig am liebsten vor die Augen halten und begriff doch, dass ihr Schrei auch sein Schrei war. Und im selben Moment, in dem er begriff, dass er verstummte, verschwand alles, was er sah und hörte, in der Dunkelheit.

Wolfgang war allein.

»Herr Schmidt?«

Seine Synapsen beschleunigten noch weiter, oder wieder, oder was auch immer. Schlagartig riss er die Augen auf.

Die schwarze Gestalt der vermummten Krankenschwester stand vor ihm.

»Guten Morgen. Zeit für die Operation.«

10

Er bekam nicht viel mit. Gleich nachdem sie ihn geweckt hatte, verabreichte die Schwester ihm ein Vor-Anästhetikum, das ihn sofort wieder dösig machte. Zwar sah er noch, wie sie ihn aus dem Zimmer auf den Gang schoben, doch dann wurde es dunkel, bis er wieder erwachte.

Die Welt war seltsam, nein … *noch seltsamer* geworden. Pixel tanzten wild umher, als er seine Augen öffnete. Er hielt versuchsweise die Hände davor, doch Details konnte er nicht erkennen. Er fühlte sich wie in einem in schlechter Qualität gedruckten Comic, denn die Farben waren grell und überkontrastiert. Dies war geometrisch das Krankenzimmer, in dem er die Nacht verbracht hatte. Doch ob es sauber und hochtechnisiert war wie in der Augmentierung oder sich so darstellte wie am Tag zuvor, konnte er nicht entscheiden. Wolfgang hatte gelernt, dass der visuelle Sinn, egal was passierte, immer die dominierende Orientierungsquelle war, und so schloss er die Augen wieder und konzentrierte sich auf alles, was ihn sonst noch erreichte. Die Ohren knarzten und fiepten, doch die Übersteuerung war nicht so schlimm, wie er zunächst befürchtet hatte. Er roch etwas Metallisches und schmeckte etwas Blut im Mund.

Der Stress des Eingriffs flaute ab und erinnerte ihn daran, dass er kein Frühstück gehabt hatte. Es klopfte an der Tür, aber natürlich wurde sein Wunsch nicht erfüllt.

Die pixelige Karikatur von Doktor Miles kam herein und fragte mit knarziger Stimme, wie er sich fühle.

»Überraschend gut«, sagte Wolfgang.

»Das ist prima«, sagte der Pixelmensch und hielt sich eine Art Brett vor das Gesicht. Wolfgang argwöhnte, dass es ein Tablet war, vielleicht sogar das, welches er sich ausgeliehen hatte, doch es war nicht möglich, das mit Sicherheit zu sagen.

»Die Sicht …«, begann er, doch Miles schnitt ihm das Wort ab.

»Ich habe es schon bemerkt. Die Werkseinstellung des Okular 9000 passt nicht so gut zu Ihren Sehgewohnheiten.«

»Aha.«

Der Schemen des Arztes wischte mit deutlicher Bewegungsunschärfe, die er als Pixelfährte hinter sich her zog, über das Tablet. Kurz wurde es dunkel, dann, ganz langsam, als würde ein komprimiertes Bild entfaltet, wurden die Details schließlich schärfer.

Wolfgang riss die Augen auf. Fasziniert blickte er sich um, denn was er sah, war überwältigend. Während er ganz klar den schäbigen Raum taxieren konnte, der, heruntergekommen wie eh und je, als Hintergrund im Bild war, konnte er jetzt, leicht durchsichtig, die augmentierte Welt darüber sehen. So wie es sein sollte und doch nicht richtig war. Er war nicht sicher, ob er nun sah, was er sollte, doch sofort begriff er, welche Welt er vor sich hatte. Realität und Illusion lagen übereinander wie Schablonen, eins ohne das andere unvollständig.

»Ist es besser so?«, fragte der Arzt.

Wolfgang nickte. »Viel besser.« Tatsächlich war er sich da nicht so sicher. Das, was er für real hielt, schien stets Gefahr zu laufen, hinter der Augmentierung zurückzubleiben, gewissermaßen zu verblassen. War es das, was passierte, wenn man sich der Illusion zu lange aussetzte? Dass man vergaß, dass sich dahinter eine reale Welt befand, die ganz und gar nicht perfekt und weichgezeichnet aussah?

Durchdringend blickte er Oliver Miles an. Seine Erscheinung war rätselhaft. Vordergründig schien der Avatar des Mannes identisch mit seiner echten Erscheinung zu sein, doch gab es winzige Unterschiede, eine Art ausgefranste Kante. Vielleicht war es nur optische Ungenauigkeit, doch darauf wollte Wolfgang sich gar nicht erst einlassen. Sicher war er erst mal nur, dass er auch in der reellen Ebene keine sichtbaren Augmentierungen trug.

»Sie haben jetzt etwas Zeit, sich an die neuen Eindrücke zu gewöhnen«, sagte Miles dann. »Wenn Ihnen unwohl werden sollte, geben Sie den Schwestern Bescheid – heute Nachmittag werden wir die Kalibrierung der Systeme in meinem Sprechzimmer durchführen.«

»Danke«, sagte Wolfgang – und hatte doch kaum zugehört. Der Geruch von frischem, saftigem Fleisch mischte sich mit dem Eindruck von labbriger, abgestandener Wurst. Erst jetzt bemerkte er das auf dem schmalen Tisch abgestellte Tablett. Sein Frühstück sah aus wie am Tag zuvor, doch durch die neue Hardware konnte er auch hier die eigenartige Überlagerung der zwei Realitäten bestaunen. Seine Nase hatte ihn nicht betrogen – die Räuchermettwurst auf dem Aufschnittteller hatte zwei verschiedene Texturen, und auch der Käse wurde blasser und blasser, je mehr er sich auf das konzentrierte, was dahinter lag.

Er fand frischen Tee auf dem Tablett, und während er zuerst nach kräftigen Kräutern roch, setzte sich schließlich das Aroma von trockenem Heu durch, das dem Wasser kaum Farbe oder Geschmack verliehen hatte. Immerhin, das heiße Wasser war nicht komplett ungenießbar, und bevor er sich mit dem Brot befasste, füllte tiefe Gewissheit sein Herz, dass er heute nicht verdursten würde.

Noch war es schwierig, die Ebenen zu trennen, doch während er hastig Brot und Wurst hinunterschlang, lehrten ihn Zunge und Gaumen, dass die Unterschiede subtiler waren, als er glauben mochte. Sein Verstand wollte, dass die Wurst widerlich war, weil er genau sehen konnte, wie die Silhouette von dem, was er für echt hielt, schrumpelig-schäbig war, doch das heiße Verlangen nach minimaler Degustierung überzeugte ihn schließlich, es zuzulassen.

Wer entschied, wenn nicht er, fragte er sich, was er wahrnehmen sollte. Doch war es nicht so, dass die meisten Menschen eben keine Wahl hatten und die heile Welt ertragen mussten, ohne die Realität zu kennen?

Wolfgang fühlte echte Befriedigung, denn seine Entscheidung, Häresie an der Verschwörung der augmentierten Realität zu betreiben, schien aufzugehen. Er wusste noch nicht, was Miles dachte, dass er wahrnahm, doch er war zufrieden, dass er nicht zurück gefangen in der Augmentierung war. Und vielleicht war es sogar besser, beide Seiten zu kennen, als sich zwischen den Extremen entscheiden zu müssen?

Auf einmal wusste er, was er zu tun hatte. Er musste in den Garten. Wolfgang hatte das dringende Gefühl, dass er eine Mauer ansehen musste.

***

Die dunstige Luft über Berlin stand vollkommen still, als er den kleinen Garten hinter Station 47 betrat. Seine gestochen scharfe Augmentierung projizierte blauen Himmel auf seine Netzhaut, doch Wolfgang sah die grau-braunen Wolken dahinter. Nachdenklich und herausfordernd blickte er den Himmel an, als hielte er Antworten für ihn parat. In der Ferne war es schwierig, den Fokus für die Linsen der Augen zu finden, und so ertappte er sich immer wieder, sprichwörtlich ins Blaue zu starren. Übte sich darin, die Lider zusammenzukneifen und sich zu vergewissern, dass die Wolken da waren und in Wahrheit die Sonne verdeckten.

Als es ihm endlich gelang, sich zurück auf das surreal üppige Grün des Erdbodens zu besinnen, stutzte er. Noch mehr als am Horizont machte der Rasen ihm Schwierigkeiten. Wie ein leicht unscharfes Negativ, das den Betrachter niemals sicher sein ließ, welche der Kontrastkanten die richtige war, hing eine Art dünner Film über den Grashalmen und Pflanzen, den Wolfgang nur mit äußerster Konzentration zu durchdringen vermochte. Er kniete sich hin und betrachtete, als wolle er das Gras wachsen sehen, die Halme aus nächster Nähe. Halb erwartete er, dass sie ihm ein zweites, kürzeres, abgeknickteres Gesicht zeigen würden, wenn er sie nur lang genug anstarrte, doch es passierte einfach nicht.

Irgendwann wurde ihm klar, wie blöd es aussehen musste, wie er dasaß und den Boden anstarrte. Schnell erhob er sich und blickte sich um. Die Mauer! Deswegen war er ja hergekommen. Er hatte sie, auf eine seltsam bewusste Art und Weise, gar nicht wirklich wahrgenommen. Als er nähertrat, wusste er sofort, dass sie transparent wirkte. Sollte …

Nein, das konnte unmöglich sein.

Er blinzelte. Wolfgang war klar, dass er seiner neuen Augmentierung nicht vollkommen trauen konnte, doch das, was er sah, war viel klarer als die Unterscheidungen in Himmel und Garten oder auf der Station 47. Die Mauer, die er kannte und in der Illusion der Augmentierung auch sah, schien im gleichen Maße transparent, wie es die Idealisierungen der Augmentierung waren. Wie über die Wolken die verräterisch comichafte Manipulation lag, die ihn beinahe denken ließ, dass der Himmel rein und blau war. Wie die Möbel auf seinem Zimmer, die nach wie vor alt und heruntergekommen waren und deren futuristisches Äußeres nur von seinen technologischen Erweiterungen verändert wurde. Doch hier war es umgekehrt. Wenn er doch nur eine alte, brüchige Backsteinmauer hinter dem sauber verputzten Waschbeton gesehen hätte, wäre es verständlich gewesen. Doch er sah auf den Hügel des Charité-Campus und wunderte sich. Sah alte, verkrüppelte Bäume und Wege in braunen Wiesen, die er nicht sehen hätte können, wenn eine wirkliche Mauer dort gestanden hätte, wo die Augmentierung sie darstellte. Sah die silbern glänzende Aussichtskugel an der Spitze des Fernsehturms und erinnerte sich daran, was einer der seltsamen Männer im Garten zu ihm gesagt hatte …

War es möglich, dass er … dass sie alle durch die Illusion hindurchsehen konnten?

Wolfgang fuhr herum und scannte den Bereich mit unruhigen Blicken. Keine Spur von irgendjemandem. Nur sattes, echtes Grün, soweit er es beurteilen konnte. Die Mauer drang wieder in sein Bewusstsein. Er drehte sich zurück an die Betontextur und trat noch näher heran. Schnüffelte daran. Nichts. Die Luft stand still, und Beton roch nicht. Wolfgang kratzte sich am Kopf. Vorsichtig, beinahe zitternd hob er die Hände vor die Brust und tippte die transparente Erscheinung der Wand an. Er spürte sie. Legte beide Hände fest auf die Oberfläche. Kein Zweifel, der Beton war da. Er seufzte. Wie dämlich er sich doch verhielt!

Missmutig ließ er die Arme hängen und drehte sich wieder um. Er würde sich einen Moment auf eine der Bänke setzen und einfach die Luft genießen und sich keine Fragen mehr gestatten.

»Da sind Sie ja wieder.«

Wolfgang fuhr nach links herum und hätte beinahe aufgeschrien. Neben ihm stand der glatzköpfige Mann und blickte ihn freundlich an. »Oh. Ich habe Sie gar nicht bemerkt«, stotterte er entschuldigend.

»Man sollte meinen, dass meine künstlichen Hüften genug Krach machen, dass man mich bis nach Marzahn noch hören kann. Aber Sie waren wohl in Gedanken, nicht wahr?«, sagte der Mann.

Wolfgang zuckte mit den Schultern. »Was ändert das schon?«

»Oh, eine ganze Menge.«

Fragend blickte er den Mann an.

»Sie verstehen es noch immer nicht«, sagte der spöttisch.

»Was?«

Der Mann tippte sich an die glänzend polierten Schläfen. »Alles passiert hier. Und nur hier.«

»Und was meinen Sie damit?«, fragte Wolfgang.

»Sie haben gerade an der Mauer gestanden«, entgegnete der Glatzköpfige. »Sie angesehen, berührt, gehört und vielleicht sogar gerochen.«

»Und?«

»Nichts und. Es zählt nur die Entscheidung.«

»Welche Entscheidung?«

»Die Mauer. Ist sie da? Oder ist sie nicht da?«

Wolfgang schluckte. Er spürte, dass es die richtige Spur war. Sein Eindruck täuschte ihn nicht.

»Ich weiß es nicht«, sagte er und sah kleine Fältchen auf der Stirn des Glatzköpfigen entstehen. Nachdenklich blickte er zu der Mauer, der er hin und wieder von oben nach unten laufende digital-Artefakte zuschrieb, die er sich wahrscheinlich nur einbildete. Zweifellos eine massive, harte Betonmauer.

»Sie wissen es nicht?«, fragte der Mann ungläubig. »Wenn Sie es nicht wissen, wer denn dann?«

Wolfgang drehte sich zu ihm um.

Er war nicht mehr da.

Verblüfft drehte Wolfgang sich im Kreis, zweimal ganz herum, und zuckte schließlich erneut mit den Schultern. Dann eben nicht.

***

Oliver Miles hatte kein Mitleid mit Wolfgang.

Er begrüßte ihn mit einer Art Stromschlag, den er als Kalibrierungsdegaussifizierung erklärte, bevor er auch nur ein Wort gesagt hatte.

Verwirrt blickte Wolfgang den Arzt an, der ein paar Meter von ihm entfernt im Sprechzimmer stand und keine Anstalten machte, sich zu entschuldigen.

»Ich muss Ihre Reflexe testen«, sagte Miles und warf urplötzlich eine Art Stein … oder ein andersartiges Geschoss nach ihm. Gerade rechtzeitig konnte er sich wegducken.

»Was zum …«

»Bleiben Sie ruhig«, flötete Miles. »Es war ja kein echter Stein.«

»Was wird das hier?«, raunzte Wolfgang.

»Das gehört alles zur Kalibrierung Ihrer neuen Augmentationshardware«, sagte Miles vollkommen ungerührt.

»So?«

Der Arzt nickte. »Doch Sie können ganz beruhigt sein, Sie haben den Reflex-Test bestanden.«

»Großartig«, sagte Wolfgang, der innerlich kochte. Was maßte sich der Neuropsychologe eigentlich da an?

Endlich gebot Miles ihm, auf der Diagnoseliege Platz zu nehmen. Wolfgang schnaufte und legte sich hin. Erinnerungen an vorige Erlebnisse kamen in ihm auf, doch es gelang ihm nicht, sie gänzlich zu erhaschen. Hatte er sich nicht das letzte Mal übergeben müssen?

»So, ich beginne jetzt mit der Selbstdiagnose der Stufe Null«, sagte Miles. »Dabei kann es zu Flackern vor den Augen, Kribbeln in den Extremitäten und seltenen Geruchswahrnehmungen kommen. Bitte bleiben Sie ruhig.«

»Warum bin ich nicht überrascht?«, sagte Wolfgang.

»Sie schaffen das schon«, sagte Miles gleichmütig. Wolfgang stellte enttäuscht fest, dass er seinen zynischen Unterton entweder überhört oder ignoriert hatte.

Er hatte sich auf einiges eingestellt, doch dieses Mal war die Diagnose viel langweiliger als befürchtet. Das Bild, das die Okularprojektoren erzeugten, verlief sich einmal kurz und verpixelte, doch jederzeit war er in der Lage, seinen Fokus auf den realen Eindrücken dahinter zu belassen. Es war störend, doch nicht verstörend. Und so verhielt es sich mit den anderen getesteten Systemen auch. Einen ganz leichten Hauch von metallisch miefendem Dampf nahm er wahr, doch es war schneller weg, als er herausfinden konnte, um was es sich womöglich handelte. Ruhig ließ er das Prozedere über sich ergehen, dann schließlich räusperte Doktor Miles sich.

»Herr Schmidt, ich muss ehrlich sagen, dass ich recht beeindruckt bin.«

Wolfgang blickte ihn verständnislos an.

»Ihr Körper hat sich an die neuen Implantate viel schneller gewöhnt, als es die Heftigkeit der Reaktion in den vorigen Tagen hätte vermuten lassen.«

Wolfgang nickte. »Ich fühle mich auch besser.« Ob das allerdings auf die Richtigkeit der ärztlichen Aussagen zurückzuführen war, bezweifelte er, sagte aber nichts.

»Großartig«, meinte der Arzt. »Ich möchte Sie noch eine Nacht unter Beobachtung halten, dann werden wir morgen einen Belastungstest der Komponenten machen und dann können Sie vielleicht schon nach Hause.«

Wolfgang nickte wieder nur. Er musste in Ruhe darüber nachdenken, was hier eigentlich passierte. Das lief doch alles viel zu glatt. Was er erwartete? Elend und Fehlwahrnehmung? Nein, wohl nicht. Aber kleine Rückschläge. Er hatte sich so sehr daran gewöhnt, dass alles nur noch falsch lief, dass er eine Art aufziehendes Unheil hinter dem positiven Urteil des Arztes erwartete … Aus Prinzip. Er rang sich ein Lächeln ab und erhob sich.

»Bis morgen«, sagte das raubtierhafte Grinsen des Arztes und ließ den Körper darunter ihm die Hand geben.

»Bis morgen«, stammelte Wolfgang und taumelte aus dem kunsthistorischen Büro hinaus. Er war nicht sicher, was er erwarten sollte. Doch ganz sicher nichts Gutes.

***

Etwas zittrig war Wolfgang schon, als er den leicht grünen Pixelschlieren folgend den Korridor zur Station 47 entlangschlurfte. Er wusste nicht, was Miles nun genau mit ihm angestellt hatte, doch es fühlte sich nach wie vor nicht allzu schlecht an, die neuen

Augmentierungen aktiviert zu haben. Er hatte sich noch nicht getraut, das Benutzermenü zu aktivieren, denn er fürchtete, sich auf die Künstlichkeit einzulassen, würde seinem Verstand signalisieren, dass die redundanten Informationen über die echte Welt dahinter zu vernachlässigen seien – und genau das wollte er nicht. Viel eher würde er versuchen, ob er die Augmentierung deaktivieren konnte. Doch dazu musste er wohl oder übel ins Menü. Lange blickte er die makellose Wand hinter seinem Krankenbett an und konzentrierte sich ganz darauf, die ohne Zweifel existenten Löcher und Macken nicht aus den Augen zu verlieren, doch es fiel ihm, das musste er einsehen, immer schwerer.

Kurz hatte er den Blick in den Spiegel gewagt, doch glatte Haut und volles Haar war nicht das, was er hätte zeigen sollen. Der Spiegel war schon einmal ein schmerzhafter Wegweiser zurück in die Realität gewesen, doch er konnte auch das Gegenteil sein.

Wieder und wieder dachte er über die Begegnung mit dem Glatzköpfigen nach. Was hatte er ihm nur sagen wollen? Ja, gewiss konnte er durch die Mauer blicken, aber das bedeutete doch noch lange nicht, dass sie nicht da war. Oder? Seine Schläfen schmerzten bei dem Gedanken. Womöglich stellte er sich nur vor, dass er Kopfschmerzen haben müsste?

Wolfgang hielt es nicht mehr aus. Er musste es genau wissen. Zielstrebig steuerte er noch einmal den Garten an, der mittlerweile wieder im dämmrigen Zwielicht der viel zu früh untergehenden Sonne lag. Ob die aus undefinierbaren Stoffen bestehenden Wolken daran Schuld waren, konnte er nicht sagen – da war nur so eine

Intuition, dass die Sonne eigentlich noch hätte hell am Himmel stehen müssen, doch auch hier verschwamm der Unterschied zwischen Augmentierung und Realität und verlangte seine ganze Aufmerksamkeit.

Weiche, lange Schatten der Bäume hingen über der glatten Verputzung der Mauer, und niemand schien den Abend hier zu verbringen. Was nicht bedeutete, dass Wolfgang sich nicht doch würde anquatschen lassen müssen. Tief sog er die kühle, dennoch trockene Luft in sich ein und wartete. Sprach sich Mut zu. Blickte herausfordernd auf den Hügel des Charité-Campus. Fokussierte die Welt hinter der Mauer. Spürte plötzlich diesen inneren Drang, die Welt … seine Welt in ihrem Kern zu erschüttern. Legte die Stirn in Falten und nahm das Herz in die Hände.

Lief an.

Während er beschleunigte, spürte er den Husten kommen. Doch das konnte ihn nicht aufhalten. Prustend und ächzend rannte er weiter. Stürzte beinahe über ein Mauseloch im hohen Gras, konnte jedoch die Balance halten. Noch ein, zwei Schritte …

Wolfgangs Schädel und alles drum herum explodierten. Er spürte noch, wie er wie ein Flummi von der Wand abprallte, doch die retardierten Folgen des Aufpralls erlebte sein traumatisiertes Zentralorgan nicht mehr.

11

»Sie haben verdammt großes Glück gehabt«, sagte Doktor Miles am nächsten Morgen. Er hatte Wolfgang wie besprochen wieder in sein Büro gebeten, doch angesichts des Abends schien es diesem jetzt eher unwahrscheinlich, dass er entlassen werden würde.

Eine der Schwestern hatte ihn wohl gefunden und ins Bett verfrachtet. Offenbar gab es keine bleibenden Verletzungen. Lediglich eine Beule über dem linken Auge bezeugte Wolfgangs Übermut, oder wie man es auch nennen konnte. Er selbst wusste indes innerlich genau, was er versuchen wollte. Fühlte, dass die Mauer nicht dagewesen war – und verstand nicht, warum es nicht funktioniert hatte.

»Ich ... weiß nicht, was ich sagen soll«, sagte Wolfgang.

»Das ist auch gar nicht nötig«, sagte der Arzt und blickte ihn mitleidig an.

Wolfgang sagte nichts, sondern starrte stoisch an dem Arzt vorbei auf eine besonders gelungene Nachahmung der Hochzeit mit geigespielender Ziege von Chagall.

»Ich vermute«, sagte Miles, »dass Ihre Fähigkeit, zwischen Augmentierung und Realität zu unterscheiden, noch nicht wieder vollkommen hergestellt ist. Sonst hätten Sie erkannt, dass anstatt des Ausblicks auf den Tiergarten eine Mauer davor ist.«

»Mit Verlaub«, sagte Wolfgang und war sich des Risikos bewusst, »ich glaubte, es sei umgekehrt. Außerdem blickte ich in die entgegengesetzte Richtung, zum Alex.«

Oliver Miles zog eine Braue in die Höhe, nickte aber dann. »Den Funkturm? Den kann man von hier aus gar nicht sehen. Das ist jedoch nicht schlimm, wissen Sie.«

Dann, mit einem seltsamen Anflug von Heimlichtuerei, schrieb Miles etwas auf sein Pad und redete derweil weiter auf Wolfgang ein.

„Ich denke, dass regelmäßige Sitzungen mit einem niedergelassenen Therapeuten Ihnen ermöglichen werden, wieder damit zurecht zu kommen.«

Wolfgang stellte sich vor, wie es ausgesehen haben mochte, als er erwachsener Mann mit vollem Tempo gegen eine massive Wand rannte. Verrückt. Oder? Doch der Arzt machte keine Anstalten, zu wiederholen, dass er paranoide Wahnvorstellungen hatte.

»Wenn … wenn Sie meinen«, sagte Wolfgang.

»Ich habe mir erlaubt, einen Termin bei Doktor Wymberski, einem geschätzten Kollegen in Mitte zu machen.«

»Wann?«

»Heute Nachmittag um 17:00 Uhr. Selbstverständlich ist es nötig, dass Sie pünktlich sind.«

»Sie entlassen mich?« Er stierte den Arzt ungläubig an – oder glaubte es zumindest. Seiner Mimik traute er nicht mehr als den unmittelbaren Eindrücken ›seiner‹ Sinne.

»Oh, aber ja. Wir haben gestern Abend nach Ihrem … Unfall noch einige Tests gemacht. Die neuen Implantate funktionieren hervorragend, beinahe zu gut, möchte man sagen. Machen Sie sich keine Sorgen.«

»Na schön …«, sagte Wolfgang und wunderte sich. Hier passte eine ganze Menge noch nicht zusammen. Der Arzt konnte es kaum abwarten, ihn loszuwerden, obschon rein objektiv einiges dafür sprechen musste, dass etwas mit Wolfgang nicht in Ordnung war. Gesunde Menschen liefen doch nicht gegen Wände, nicht wahr?

»Ich kann nach Hause?«, fragte er noch einmal ungläubig.

»Auf der Stelle«, entgegnete der Arzt. »Der Formularkram ist schon erledigt.«

»Na dann.«

»Auf Wiedersehen, Herr Schmidt.« Doktor Miles akzentuierte das ›wieder‹ auf eine seltsam wissende Art und Weise, aber Wolfgang war das für den Moment egal. Er spürte den süßen, verführerischen Hauch der Freiheit. Und wenn die Augmentierung sich weiter so verhielt wie zuvor, würde er schon damit zurechtkommen, dachte er. Dann konnte er endlich etwas Normalität einkehren lassen und ganz in Ruhe die verbleibenden Rätsel lösen.

»Auf Wiedersehen«, sagte er und erhob sich von seinem Stuhl. Halb hatte er das verkappte Museum durchschritten, da flötete Doktor Miles ihm ein halbherziges »Gute Besserung» hinterher. Wolfgang machte nicht kehrt und bedankte sich auch nicht. Es gab nur noch eine Richtung – hinaus.

***

Rasch hatte er seine Sachen zusammengesucht und den Schwestern klargemacht, was der Arzt verkündet hatte. Nach einigem Hin und Her ließ sich eine schriftliche Weisung auftreiben, und der Gerechtigkeit war Genüge getan. Als er den geradlinigen Korridor der neurologischen Klinik in Richtung Foyer entlang schritt, bemerkte er ein letztes Aufbäumen, ein kurzes, einfältiges Wundern, dann hatte er vergessen, was für eine seltsame Geometrie dieser Teil der Klinik neulich gehabt hatte. Mit keinem Gedanken mehr beschäftigte er sich mit dem gläsernen Flur vor Miles' Büro oder dem endlosen Fahrstuhl, der nicht seinen Inhalt, sondern die Welt zu fahren schien.

Als er unter die glänzende Sonne trat, war all der Verfall, den er gesehen und bezeugt hatte, vergessen. Er wusste, dass die Augmentierung konstant aktiviert war, doch es kümmerte ihn nicht. Nicht jetzt. Wolfgang machte sich klar, dass er sie jederzeit deaktivieren könnte, wenn er unsicher war, wer oder was echt war – jetzt musste er die Welt genießen, wie sie vor ihm lag. Er würde erst mal anständig speisen. Und dann nach Hause. Er dachte an Vicky, doch nicht mit aller Aufmerksamkeit. Gierig sog er die Vollkommenheit der Welt in sich ein, die sich zurück in die Zukunft verwandelt hatte, die er kannte und vermisst hatte. Als er die erstbeste Eisdiele ansteuerte, ohne groß nachzudenken den größten Eisbecher kaufte und mit einem routinierten Augenzwinkern die drahtlose Bezahlfunktion der Okularaugmentierung verwendete, kümmerte ihn nicht, dass, was er bekam, vielleicht geschmackloser Schleim war. Im Sudan hungerten Menschen, vielleicht sogar mit Augmentierung, nicht wahr?

Er vertiefte sich ganz und gar in die künstlichen Aromen in seinem Gaumen. War das Vanille aus Madagaskar? Es spielte keine Rolle, es schmeckte jedenfalls so. Und der Kakao aus Zentralafrika? Das Eis war köstlich, nein, fantastisch. Als hätte er niemals auch nur einen Bissen Essen gehabt, schlang er die ganze Portion hinunter und orderte gleich noch einen Früchtebecher voll exotischer Aromen hinterher. Wie im Rausch zelebrierte sein Gehirn das Gefühl, dass endlich mal wieder alles in sich logisch schien. Zweifel um Zweifel fielen von Wolfgang ab, bis er schließlich zufrieden und mit kaltem Magen in seinen Sitz zusammensackte und ganz und gar Ruhe fand.

Irgendetwas piepte.

Genervt blickte Wolfgang sich um und suchte irritiert die Umgebung ab.

Dann, ganz langsam, schob sich der kleine Hinweis immer weiter in sein Sichtfeld.

»Psychologietermin Dr. Wimberski in einer halben Stunde.«

Ah, natürlich. Das hätte er beinahe vergessen.

Eilig machte er sich auf den Weg. Wenn er zu spät kam, würde man ihm das sicher als Zeichen für einen schlechten Charakter oder Ähnliches auslegen. Psychologen waren immer schnell bei solchen Schlussfolgerungen. Wolfgang wollte sich nicht hetzen, doch er tat es trotzdem. Das Urteil, das ihn erwartete, entschied darüber, ob man ihm den Stempel ›normal im Kopf‹ geben würde, und nichts wünschte er sich im Moment sehnlicher. Zur Hölle mit den ganzen Fehlwahrnehmungen. Er wollte doch nur seine Ruhe.

Es war ein junger Mann, der ihm jenseits der Karl-Marx-Allee, also kaum noch im von Doktor Miles angepriesenen ›Mitte‹, die Tür öffnete. Mit zerzaustem Haar und speckiger Brille blinzelte er kurz, stellte sich als Thomas Wimberski vor, entschuldigte sich für das offenkundige Missverständnis, dass Oliver Miles ihn als Doktor der Psychologie vorgestellt hatte, denn er war lediglich diplomierter Psychiater, erklärte jedoch den Unterschied nicht, was Wolfgang auch egal gewesen wäre, und bat ihn schließlich eilig hinein, als fürchtete er plötzlich, man könnte beide an der Tür sprechen sehen. Er hatte ein kanarienvogelgelbes Hemd zu einer ausgeblichenen, kaum noch blauen Jeans an, die so abgetragen war, dass sie ihn vor Jahren als Hipster hätte durchgehen lassen. Doch die Zeiten waren vorbei, und ganz offenbar hatte der Mann die Universität schließlich verlassen dürfen. Die psychiatrische Praxis war im sterilen, plastik-überbordenden Stil der Siebziger gehalten, was Wolfgang wunderte, denn der Mann konnte kaum ein Kind der Achtziger sein, zumindest zeigte sein Gesicht keine Spuren eines reichen Lebens. Doch wer war er, jemanden nach dem zu beurteilen, was er vor sich sah? Nein, Wolfgang musste es besser wissen. Ganz leicht sah er die Kanten des Mannes ausfransen, wie eine Erinnerung, dass sich etwas hinter der glatten Fassade der Augmentierung befand – doch es blieb unfassbar, geradezu geisterhaft.

»Es muss faszinierend gewesen sein, so alle Sinne betäubt zu sehen«, sagte der Seelenklempner glucksend und schob ihn durch eine Art improvisiertes Wartezimmer, das mehr Stechpalmen als Sitze oder Zeitschriften enthielt.

»Es war befremdlich, gruselig und ängstigend«, sagte Wolfgang und erkannte immerhin an, dass er an jemanden geriet, der Arztbriefe las. So würde er vielleicht nicht die ganze Breite der letzten Tage wiederholen müssen – darauf hatte er nun wirklich keine Lust.

»Ich kann verstehen, dass es Ihnen womöglich nicht leichtfallen wird, dies alles noch einmal zu durchleben. Und, wenn ich so ehrlich sein darf, ich habe noch nicht viel mit Psychosen gearbeitet, also werden wir am Anfang vielleicht nur zaghafte Fortschritte sehen.«

Wolfgang wusste nicht recht, was er auf so viel Offenheit erwidern sollte – am besten nicht das Urteil des Mannes in Frage stellen. Er hatte sich das alles schließlich nicht eingebildet, weil irgendwelche Mikrochips verrückt gespielt hatten. Ferne Bilder von zerfallenen Fassaden und speckigen, ausfransenden Wolken voller Säure zogen durch seinen Verstand, doch sie verblassten langsam, wann immer er sie fassen wollte.

»Ich fühle mich schon viel besser«, sagte er stattdessen.

»Das, äh, das freut mich zu hören«, antwortete der Mann, der ihm schräg gegenüber Platz genommen hatte und nun halb schielend über die im Streulicht glänzenden Brillengläser blickte. Hoffentlich nicht so einer, dachte Wolfgang, der die Brille nur trug, um klüger zu wirken. Wäre nicht der erste, der Okularimplantate mit einer Brille aus ungeschliffenen Gläsern kombinierte.

Wolfgang hatte befürchtet, was nun folgen würde, denn natürlich bat der Psychiater ihn doch, das Erlebte aus seiner Sicht zu schildern. Wolfgang begann ganz am Anfang, jenem schicksalhaften Nachmittag auf Rhodos, und seufzte.

Ganz genau konnte er noch immer den Teer auf der Zunge schmecken, wenn er sich daran erinnerte.

»Es war, retrospektiv, also von heute betrachtet, mit dem, was seitdem passiert ist, der verstörendste Moment meines Lebens.«

Wimberski nickte anerkennend, doch Wolfgang beobachtete etwas anderes – an sich selbst. Seine Nervosität schien nicht der Tatsache geschuldet, dass er all das noch einmal nacherzählen musste, sondern mehr, weil er das unbestimmte Gefühl hatte, genau überlegen zu müssen, was er sagte, weil es sonst – wie absurd – gegen ihn verwendet werden würde. Er war doch nicht unter Anklage oder so.

»Was ist dann passiert?«, fragte Wimberski und setzte einen betont empathischen Blick auf. Ob sie das im Studium lernten? Für einen Moment fühlte er sich, als sollte ein Affe einem Elefanten die Dampfmaschine erklären. Belustigt schüttelte er den Kopf und fuhr fort. Erzählte vom Sonnenstich und den Pillen. Dem Tag danach. Wie es immer schlimmer wurde.

»Glauben Sie, es war ein Sonnenstich?«

»Was?« Ungläubig blickte Wolfgang den Psychiater an. Was für eine eigenartige Frage. Darüber hatte er schon länger nicht mehr nachgedacht. »Ich glaubte es zuerst nicht … Doch andererseits habe ich niemals einen Sonnenstich gehabt, woher soll ich also wissen, wie es war? Was ich allerdings sicher weiß, ist, dass das, was danach passierte, weit darüber hinausging, was ein Sonnenstich normalerweise auslöst.«

Wimberski machte sich eifrig Notizen, doch er schien kein Interesse zu haben, seine eigene Interpretation beizutragen. »Fahren Sie bitte fort«, sagte er immer wieder.

Wolfgang folgte den Anweisungen. Erzählte, wie seine Sinne verrücktspielten, wie er das erste Mal in die Charité ging und wie und auf welche Weise er sie dann wieder verließ.

»Sie sahen also, dass alle Menschen außer Ihnen eine Art schwarzen Folienanzug trugen, der offensichtlich dazu diente, eine Art allumfassenden Augmentationsanzug zu bilden und jegliche Interaktion mit der Außenwelt durch Digitalprojektion zu ersetzen?«

»Ich trug ihn auch«, korrigierte Wolfgang und ärgerte sich, dass er nicht vorsichtiger war. Der Psychiater würde ihn für paranoid halten.

»Was passierte dann?«

»Ich wanderte durch die zerschlissene, heruntergekommene Stadt, auf der Suche nach meiner Wohnung in der Hoffnung, dort Ruhe und Antworten zu finden.«

»Und?«

»Ich fand nur meine Freundin, ebenso widerlich entstellt durch die Technologie.« Es fühlte sich gut an, darüber zu sprechen. Ja. Langsam begriff Wolfgang, dass vielleicht wirklich alles nur im Wahn – womöglich gar nicht – passiert sein konnte. Er fand Trost im ausdruckslosen Gesicht des Mannes, der nur Fragen und keine Antworten für ihn hatte und unaufhörlich auf seinem Pad herumkritzelte. »Mhh«, sagte er nur, blickte kurz Wolfgang an und kritzelte weiter.

»Sie sind, wie ich Ihrer Akte entnehmen kann«, fuhr er fort, »dann vor den Pflegern der Charité geflohen, ehe man Sie tags darauf erschöpft in der Fußgängerzone Mitte fand, richtig?«

Wolfgang nickte betreten. Er spürte deutlich eine Scham, die nicht direkt aus ihm zu kommen schien, ihn aber doch komplett umfing und erfasste. Es fühlte sich dumm und töricht an, wegzulaufen. Als hätte man jemals damit Probleme lösen können. Und doch – war das nicht die einzige Lösung gewesen? Hatte es sich nicht genauso angefühlt? Er konnte sich nicht erinnern.

»Wenn Sie sich vorstellen, wie es Ihnen ging, als Sie herausfanden, wie die Welt sich zu dem Zeitpunkt darstellte, und es mit Ihrem jetzigen Zustand vergleichen – was geht da in Ihnen vor?«

Ratlos zuckte Wolfgang mit den Schultern. Wie von einem riesigen Staubsauger erfasst, schienen die Erinnerungen und Gefühle sich in die Unendlichkeit zu verflüchtigen. Er konnte nichts davon greifen, wusste nur vage, dass die Augmentierung die Wahrheit verdeckte, doch konnte er sich immer weniger darauf konzentrieren. Oder kam er endlich wieder zu Sinnen? Vielleicht war es doch so, wie die Ärzte sagten.

»Ich weiß nicht«, sagte Wolfgang und log damit nicht einmal, auch wenn es sich auf eine abstruse Art und Weise so anfühlte.

Der Psychiater räusperte sich. »Nun, wir werden an diesem Abschnitt noch etwas arbeiten müssen, um herauszufinden, was genau Sie damit zu verdrängen dachten. Doch für mich hört es sich ganz so an, als wären Sie wieder ganz im Hier und Jetzt, und das ist fürs Erste ja auch das Wichtigste. Was machen Sie als nächstes?«

»Mhh?«

Wolfgang wurde aus jähen Gedanken über Wahrheit, Paranoia und seinen Anteil an allem gerissen und sah Wimberski fragend an. Dann setzte sein Verstand aus den Bruchstücken der verpassten Wahrnehmung die Frage zusammen und entwarf Wolfgangs Antwort. »Ich denke, erst mal nach Hause«, sagte er. »Meine Freundin und Familie beruhigen. Ein wenig … nun ja, Normalität finden, nicht wahr?«

»Gut«, sagte Wimberski. »Wir sehen uns in drei Tagen wieder.«

Wolfgang nickte dankbar und spürte das seltsame Verlangen, den Mann zu umarmen. Nicht, dass er das Gefühl gehabt hätte, dass er großen Anteil daran hatte, was gerade geschehen war, doch irgendwie fühlte er sich besser. Leichter. Befreiter. Wenn das ging. Nachdenklich trat er aus der kleinen Praxis und betrachtete die Straße. Sah die Einblendungen der Richtungen »Alexanderplatz« links und »Frankfurter Tor (Lichtenberg)« rechts in seinen Okularen. Blinzelte. Konzentrierte sich auf das, was hinter der Schrift lag.

Berlin hatte seine Geschäftigkeit zurück, und jeder einzelne, hastig dahinrennende Passant schien Wolfgang wie ein lebendiger Beweis, dass nun alles in Ordnung war. Die Stadt brummte vor Leben, der Himmel war blau. Er fühlte sich rundum wohl. Eine Weile lauschte er dem Treiben, setzte sich auf die Stufen vor der Praxis, ehe er schließlich die Kraft fand, sich zu erheben und nach Hause zu gehen.

Obschon sich niemand um ihn kümmerte, war ihm wie auf einem Triumphzug zumute. Rechts wie links grüßte er Unbekannte, die ihn nie gesehen hatten und nie wieder sehen würden. Wolfgang war der Fisch im Wasser, der vom enttäuschten Angler zurück ins Meer geworfen worden war. Keinen Gedanken verschwendete er mehr an die Welt hinter der Welt, der er vor kurzem noch Realität zugebilligt hatte und deren Existenz er nun fast leugnen wollte.

Als er vor dem prachtvollen, doch gedrungen wirkenden Haus aus Eigentumseinheiten zum Stehen kam und gedankenlos seinen Finger-Induktionschip zum Öffnen der Türen verwendete, fühlte er sich so lebendig wie seit Jahren nicht.

***

Sie war nicht zu Hause.

Distanziert wie jemand, der nach Jahrzehnten der Reise oder Gefangenschaft zurückkehrte, inspizierte er die Wohnung. Alles war, wie er es in Erinnerung hatte. Der Geruch von Vickys Raumbefeuchter, der Lavendel und Vanille zu einem Potpourri kombinierte, das er nicht allzu gern mochte, sich aber aushalten ließ. Die schäbigen, wertlosen Bilder in ihren teuren Aluminiumrahmen, die Wert vorschützen wollten, wo nur billig ausgedrucktes Papier dahintersteckte. Die hellen Möbel im Birkenfurnier, die ihn daran erinnerten, dass es nie genug Geld gab und geben würde. Die ihn daran erinnerten, dass er bald wieder würde arbeiten müssen. Nein, wieso ‚musste‘? Im Grunde genommen freute er sich sogar ein wenig darauf. Auf eine Aufgabe.

Nach all den unruhigen Tagen seit dem Sonnenstich auf Rhodos wünschte er sich nichts sehnlicher als ein Stück Normalität. Banale, langweilige Normalität. Und verreisen würde er erst einmal für eine ganze Weile nicht.

Hatte die Krankenversicherung wirklich alles bezahlt? Wolfgang schluckte, als er eine horrende Rechnung der Charité-Nervenklinik imaginierte. Das Türschloss klickte.

»Wolfgang.«

»Ja.«

»Ich … Du … siehst gut aus.«

»Ja.«

»Wie geht es dir?«

»Der Doktor sagt, die neuen Implantate funktionieren besser als gedacht.«

Atemlos sah Vicky ihn an. Er konnte sehen, wie es sie zu ihm hinzog und ihr Zögern dagegen ankämpfte. »Du hast mir einen ziemlichen Schreck eingejagt«, sagte sie.

»Ich weiß …«, begann er, doch dann rannte sie auf ihn zu und schlang die Arme mit solcher Wucht um ihn, dass er kurz nach Luft schnappen musste, bevor er seine Lippen auf ihre presste.

Ihr Mund schmeckte süß, nach Melone und Sahnepudding, doch er erinnerte sich, dass das meistens so war. Ihre Wärme, der Geruch von geraspeltem Zimt und dem leichten Hauch Rosenblüten ließen ihn beinahe eine Träne verdrücken.

»Schön, dass du wieder da bist«, sagte Vicky.

»Danke«, sagte Wolfgang.

»Wofür?«, fragte sie zwischen zwei Küssen.

»Dass du noch da bist.«

»Das weißt du doch«, sagte sie. Wolfgang wusste nicht, ob es wirklich aufrichtig war und ob sie tatsächlich so viel Verständnis aufbrachte, nachdem er neulich so seltsame Dinge in einem so seltsamen Ton gesagt hatte.

»Trotzdem«, sagte er und begriff, dass die Wärme, die er spürte, das war, was immer gefehlt hatte. Dass jeder einzelne Moment echter wirkte als derjenige zuvor.

»Komm«, sagte sie. »Wir gehen aus.«

»Wohin?«

»Zu Alessandro.«

»Pizza«, sagte Wolfgang und sah, wie sie lachte. Laut und breit und zum Dahinschmelzen.

»Du willst immer nur Pizza«, sagte sie. »Dabei weißt du gar nicht, was du verpasst.«

Wolfgang nickte. »Denn wenn ich wüsste, was ich verpasse, würde ich es ja nicht verpassen«, imitierte er ihren belehrenden Habitus.

Vicky sagte nichts, sondern nahm seine Hand und zog ihn nach unten.

Berlin war schön um diese Jahreszeit. Eine leichte Brise machte die Hitze des Frühsommers erträglich, und der Himmel war so lange hell, dass man glauben konnte, die Sonne weigere sich einfach, unterzugehen. Sie saßen auf der Terrasse zum Spreeufer und zählten die Tauben auf der Brommybrücke, während sie auf ihr Essen warteten. Wolfgang knabberte eifrig ein Knoblauchbrot, das so scharf war, dass er das Gefühl hatte, es würde ihm die Zunge verbrannen, aber doch blieb immer ein ganz bestimmter Eindruck, dass es eben nur ein flüchtiges Gefühl war. Er hatte Pizza Quattro Stagioni bestellt, sie Agnello al forno.

Mit keinem Wort mehr hatte sie seine Abwechslungslosigkeit gescholten, glücklich blickte sie auf die east side gallery.

Die Pizza war gut, doch nicht überragend. Er erinnerte sich, wie es sein konnte, und zum ersten Mal schien ihm, als wäre nicht alles neuer, glänzender, besser, seit er die neuen Implantate hatte. Zwar konnte er endlich wieder beim Essen die Nachrichtenticker verfolgen, und allein die Möglichkeit machte ihn zufriedener, doch es erschien ihm seltsam unpassend, obschon es natürlich längst zum guten Ton gehörte. Er kam langsam besser mit den Benutzermenüs zurecht und hätte bereits ein paar der kleinen Minispiele drahtlos gegen Vicky spielen können, doch die Virtualität ermüdete ihn. Er hatte sich vorgenommen, die Augmentierung nur zu verwenden, wenn es wirklich einen tatsächlichen Nutzen hätte. Langsam anfangen. Nicht, dass wieder etwas schiefging.

Der Rotwein war grandios, doch er hatte am Ende Sorge, dass zu viel davon nicht gut sein würde. Dr. Miles hatte zwar nichts dergleichen erwähnt, doch das musste ja nichts heißen.

Eng umschlungen folgten sie dem Sonnenuntergang zurück nach Westen. Die Luft war kalt und süß und liebesschwer. Wolfgang war so glücklich wie schon lange nicht mehr. Er spürte die Spannung, die sich aufbaute. Wohliges Kribbeln, das er so lange nicht mehr wahrgenommen hatte. Alles war wie neu, ihr Geruch, ihre

Bewegungen, ihre Stimme, die in seinem Nacken kitzelte. Die Erregung war lange da, bevor er sie bemerkte.

Ja, er lebte wieder.

Ohne Worte zog er sie die Treppe hinauf und ins Schlafzimmer. Ohne Worte küsste er ihre Lippen, ihren Hals und alles andere. Er hatte keine Gedanken im Kopf, nicht an sich oder sie. Es gab nur die Handlung und die Lust. Ihre Kleider lösten sich wie von selbst von der makellosen, weichen Haut. Erlaubten ihm, das leichte Pfirsicharoma zu atmen, das sie um den Hals trug. Ihre Hände drückten ihn so fest, dass er sich gegen sie stemmen musste, um es bis ins Bett zu schaffen. Kraftvoll hob er sie auf sich, überlegte es sich anders und begrub ihren wallenden, vor Leidenschaft bebenden Körper unter sich und in den federleichten, viel zu leichten Kissen. Küsste ihre warmen Brüste und versank ganz in dem wohligen Gedanken an das, was folgte.

Sie stöhnte kurz auf, als er in sie eindrang. Lange vergessene Zeiten kamen in seinen Sinn. Frisches Begehren mischte sich mit Erinnerungen an das erste Kribbeln im Bauch. Er roch das Kakao-Aroma, das sie früher so gerne getragen hatte, spürte ihre Hitze auf der Haut und ließ sich lange Zeit, ehe er in Fahrt kam.

Dieser Moment war perfekt. Das Glück regnete in Strömen auf Wolfgang herab, doch dann beschloss es, dass es Zeit für einen Wetterumschwung war. Mit der Heimtücke der langsam durch die Wolken dringenden Regentropfen pflanzte sich ein winziger, kaum merkbarer Gedanke in Wolfgangs Verstand, während er ganz und gar darin aufging, es heißer und schneller und besser zu machen als jemals zuvor.

Doch das Loch in den Wolken schloss sich nicht mehr und trieb schließlich unerbittlich die Wahrheit an sein Bewusstsein:

Dass es nicht echt war.

Sein Blick verschwamm in merkwürdigen Schemen. Pixel schwirrten auf und suchten hastig ihren Platz. Es roch nach verbranntem Plastik und alles schmeckte nach altem Schweiß. Der Zauber der jähen Jugend verflog und gab den Blick frei auf das, was vor ihm lag. Eine Frau, in schwarze Folie gewickelt, ihr Becken auf und ab wippend ohne Kontakt. Wie ein erfahrener Reisender, der nach Jahren in der Wüste das allererste Mal auf eine Fata Morgana hereinfiel, tat sich Wolfgang der Abstand zwischen ihnen auf. Er war nicht in sie eingedrungen, sondern kniete zwei Handbreit davor und sah die verschobene Silhouette. Sah die Feedback-Schleifen, die die Augmentierung um sein erigiertes Glied gelegt hatte und die ihm vorspielten, was er mit Vicky anstellte. Sein Gedärm trat in den wirren Tanz ein und forderte seinen Anteil. Durch die Augen des Liebhabers konnte er sehen, wie ihre Lust hinter der Maske Überraschung und Unsicherheit wich. Sie hauchte eine Frage an sein Ohr, doch im explodierenden Halo aus kondensierender Realität erreichte sie ihn nicht mehr. Auf eine ihm selbst eklige, absurde Weise machte er weiter, spürte, dass es kein Zurück mehr gab. Brachte es zu Ende. Als die Anspannung wich und er sich auf die glatten Feedbackkontakte zwischen ihren Beinen ergoss, schoss ihm der Magen hoch, und mehr und mehr und ohne einen einzigen Atemzug befleckte die Kotze schließlich auch den ganzen Rest ihres Körpers.

Wolfgang wollte schreien, würgen, atmen, alles zugleich, doch er kam zu nichts davon. Allen Ekel der Welt auf sich vereint, kostete er das ätzende Aroma seiner Magensäure aus und betrachtete Vickys glücksseliges Gesicht hinter der Augmentationsmaske.

Wie eine offengelegte Geheimschrift lagen jetzt beide Welten vor ihm, klar unterscheidbar und doch viel ähnlicher als je zuvor. In einem vergeblichen Versuch strich er sich mit den Fingern über den Mund, um zu kosten, ob es wirklich passierte, doch blieben die Gewissheit und der Zweifel immer ein und dasselbe – wenn er es spürte, musste es echt sein, und trotzdem konnte es nicht echt sein. Halb flüsterte er eine Entschuldigung, von der er niemals erfahren würde, ob sie ankam, ignorierte seine Kleidung der Illusionswelt und trat ans Fenster.

Natürlich. Alles war wieder da. Die verfallenen Fassaden, die vergilbte Farbe der Leuchtreklamen, selbst die Betonkrümel, die die Straßen verschmutzten. Wolfgang hatte sich selbst zurück in die erbarmungslose Wüste ejakuliert, der er innerlich gehofft hatte, entkommen zu sein. Erneut musste er würgen, doch brachte er nur ein kleines Rinnsal zustande. Mit fasziniertem Ekel sah er, wie in der Augmentierung nur Luft seinem Mund entströmte. Er sah Vicky an. Nach wie vor blickte sie beglückt und zufrieden und schien die widerlich riechenden Flüssigkeiten auf ihrem Körper nicht zu bemerken. Sie war ganz und gar in der einen Welt verfangen – das zumindest analysierte Wolfgangs Zynismus und projizierte seinen Ekel auf sie.

Seine Nase explodierte vor ätzendem Schleim und er hustete, doch zugleich spürte er, wie sein Avatar – das Abbild, das Vicky sehen konnte, nein, musste – nur leicht nieste. Zu perfekt. Er wandte sich ab und würgte. Hielt sich die Hände vors Gesicht und hoffte irgendwie, dass er die andere Ebene vergessen könnte, wenn er nur lange genug die Augen verschloss. Und dann erkannte er die Wahrheit. Oliver Miles hatte durch die neuen Implantate und mit der Hilfe des seltsamen Psychiaters versucht, sie ihm wieder zu nehmen, doch er war gescheitert. Endgültig.

Wortlos und ohne einen letzten Blick ließ Wolfgang Vicky und sein altes, perfektes Leben zurück und betrat die schöne neue Welt, die sich ihm bot. Sie mochte elend und unwirtlich sein, doch sie war auch echt. Er hatte die Zweifel aus sich hinausgewürgt wie die Reste seiner exquisiten, widerlichen Pizza. Nichts anderes hatte mehr Bedeutung für ihn.

12

Er kümmerte sich nicht um Vicky, die Wohnung oder die Sachen, die er zurückließ. Vollkommen der Tatsache bewusst, dass er lediglich Augmentations-Implantate am Körper trug und die Kleidung, die er getragen hatte, nur virtuell gewesen sein konnte, wandelte er durch den späten Abend von Berlin. Wolfgang erinnerte sich, wie er unter ganz anderen Bedingungen, unruhig und verstört, vor kaum drei Tagen einen ähnlichen Weg genommen hatte, nur, dass er diesmal von ewiger Ruhe beseelt ganz bei sich war.

Die Straßen sahen so aus, wie er sie das erste Mal wahrgenommen hatte, nur dass ihnen ein dünner Schleier aus Virtualität anhaftete, der dafür sorgte, dass Wolfgang schmerzlich und heilsam zugleich den Kontrast der Welten, zwischen denen er sich befand, sehen konnte. Wie die virtuellen Pixel die Schäden und Alterserscheinungen verbargen, ob bei Straßen oder Häusern oder Menschen. Er sah die Gedanken, in denen das Gefühl, in Kreuzberg zu sein, begründet lag, und deren Gerippe sich tot und leblos vor ihm ausbreitete. Vereinzelte Menschen trugen ihre Avatare mitsamt den Feedbackanzügen durch die augmentierte Welt und begriffen nicht, dass um sie herum alles kaputt war.

Langsam verstand er, dass sie ihn wahrnahmen, so, als wäre er noch einer von ihnen. Wenn er dann kurz die Hände betrachtete, konnte er sehen, dass auch ihn der virtuelle Schleier umgab. Dass seine Gedanken es erlaubten, neue Kleider zu projizieren und ganz normal auszusehen. Diesmal würde es anders sein. Er konnte sich als einer von ihnen bewegen, wenn er wollte. Mit ihnen sprechen. Doch er konnte ihnen nicht zeigen, was er meinte, wenn er davon spräche, dass die Welt, in der sie lebten, nicht echt war. Niemand konnte glauben, was er wusste, ohne es zu erleben.

Wolfgang schluckte. Der nächste Gedanke lautete, dass man ihn für eine Gefahr halten musste. Den Grenzgänger, der wusste, wie es wirklich war. Wer auch immer dafür verantwortlich war, den Menschen die Wirklichkeit genommen zu haben, konnte nicht wollen, dass es auch andere wussten. Dann spürte er erneut die düstere Gewissheit, die ihm davor zuteil geworden war. Dass es keine Rolle spielte, was er wusste. Niemand würde und konnte ihm glauben. Er war der schrullige, seltsam sprechende Endzeitprophet, den man verlachte und klammheimlich ein bisschen bedauerte. War er verrückt? Nein, die Welt war es.

Entrückt sah Wolfgang sich um. Seine Schritte hatten ihn wieder an den Fluss getragen. Bunte Reflexionen der langsam erscheinenden Sterne verschmolzen auf der Wasseroberfläche in beiden Wahrnehmungssphären zu einem psychedelischen Lichtspiel, das Wolfgangs Gedanken und Gefühle perfekt zu spiegeln schien. Er breitete die Arme aus und fühlte sich, als könne er die Welt umfassen, so klein war sie ihm geworden.

Wolfgang schluckte. In Wahrheit war er ganz allein. Niemand verstand ihn, niemand fühlte mit ihm. Trostlos machte er Schritt um Schritt und folgte dem Lauf des Flusses und der Welt. Seltsam, dass es ihn immer wieder hierhin zurücktrug, dachte er. Weder mochte er den Fluss, noch konnte er besonders gut schwimmen. Es waren die Ruhe und Gewissheit, mit der die schmutzigen

Wassermassen sich durch den Moloch der Moderne zwängten, die keinen Zweifel daran ließen, dass es immer so sein würde. Dass die Natur am Ende siegreich war. Stumm blieb er vor dem Spreekanal stehen und blickte herausfordernd auf die funkelnden Sterne und die Museumsinsel darunter. Was gab es für ihn zu tun? Er war kein Held, der die Menschheit befreien musste oder ihnen immerhin die Augen aufzwang. Er hatte weder Lust noch Bestimmung dazu. Und selbst wenn. Niemand folgte ihm freiwillig in eine viel weniger lebenswerte Welt. Es gab einen Grund, warum auch er beinahe die Wahrheit wieder zu verdrängen imstande gewesen wäre. Er beugte sich über die alte schmiedeeiserne Preußenbrüstung, spuckte seinen Zorn ins Wasser und weinte.

Entließ die aufgestauten Emotionen hinaus in die öde, düstere Welt und erlaubte sich, seine Einsamkeit zu spüren.

»Bist du ein Polizist?«

Das Universum hatte sich angewöhnt, Wolfgang in den unmöglichsten Momenten von der Seite anzuquatschen.

Seine Synapsen beschleunigten, er zuckte innerlich kurz zusammen und versuchte im dunklen Licht der beginnenden Nacht zu erkennen, wer ihn angerufen hatte.

Ein kleiner Junge stand am anderen Ende der Uferbefestigung und versteckte sich hinter einem Baum. Er trug keine Augmentierungshardware und lächelte neugierig.

»Ich bin kein Polizist«, sagte Wolfgang verwirrt.

»Gut«, sagte der Junge, der kaum einen Meter groß war und nicht älter als acht oder neun sein konnte. »Meine Mama sagt, wir müssen uns vor Polizisten in Acht nehmen.«

Was für eine seltsame Anweisung, dachte Wolfgang. Der Junge hatte abgetragene Jeans und ein zusammengeflicktes Hemd an, doch er sah nicht aus wie ein Landstreicher. Auffällig häufig blickte er in Richtung Wolfgangs Hüfte.

»Warum hast du nichts an?«, fragte er schließlich.

»Ich …» Wolfgang stutzte. Er konnte also seinen Avatar nicht sehen? »Ich war schwimmen und hab vergessen, wo ich meine Sachen ausgezogen habe.«

Der Junge lachte. »Du schwindelst.«

»Was?«

»In dem Fluss kann man nicht schwimmen.«

Vermutlich hatte er recht. Die Direktheit des Jungen traf ihn, doch sorgte sie auch für ein unbekanntes, wohliges Gefühl in Wolfgangs Brust. Er kannte die Augmentierung nicht. Es gab Menschen wie ihn. Doch woher kam er?

»Kannst du mich zu deiner Mama bringen?«, fragte er.

Der Junge wirkte unentschlossen. »Ich weiß nicht.«

»Hast du dich verlaufen?«

»Nein.«

»Aber?« Wolfgang musste lachen, als er sah, wie der Junge herumdruckste. Es war niedlich zu sehen, wie er kaum verbergen konnte, dass er etwas ausgefressen hatte. Er erinnerte sich an seine Kindheit und das Gefühl, etwas zugeben zu müssen, dessen man sich eigentlich nicht zu schämen brauchte, die Erwachsenen es aber doch wollten.

»Ich darf ja eigentlich nicht rausgehen«, sagte er.

»Wohin raus?«

»Na, an die Oberfläche.«

Wolfgangs Verstand läutete vor Überraschung alle Glocken, die Wolfgangs sich vorstellen konnte. Der Junge war nicht nur frei von der Augmentierung, er hatte auch eine Mutter, und die fürchtete sich vor der Oberfläche. Er musste mehr von diesem Jungen erfahren.

»Kleiner, wie heißt du?«

»Pollux.«

Wolfgang blinzelte. »Das ist ein ungewöhnlicher Name.«

»Nein, ist er nicht«, sagte der Junge. »Ich hab ihn schon immer.«

Wolfgang lachte. »Hör zu, Pollux. Ich bin ein Bote, der von weit her kommt. Meine Reisen haben mich meinen Proviant und sogar die Kleider gekostet, die ich am Leib trug. Ich muss deiner Mutter etwas Wichtiges mitteilen.«

»Was denn?«

»Ich kann es dir auf dem Weg erzählen«, log Wolfgang.

»Gut«, sagte Pollux und verbeugte sich theatralisch. »Folge mir, edler Herr.«

***

Pollux war flink und furchtlos – zumindest musste Wolfgang dies anhand des Vergleichs mit sich selbst anerkennen, sobald sie den Spreekanal hinter sich gelassen hatten und er durch einen geradezu winzigen Lufteinlass gekrochen war, den Wolfgang nur mit großer Mühe durchqueren konnte.

Ob es sich bei dem alten, in nacktem Waschbeton gehaltenen Kellerlabyrinth um eine Art Bunker handelte, aus DDR oder Drittem Reich oder noch früheren Zeiten wäre zwar interessant gewesen, ebenso wie die Frage, wie es möglich war, dass sie praktisch unentdeckt unter dem Regierungsviertel herumkriechen konnten, doch der Junge ließ ihm kaum Zeit zum Atmen. Gerade hatte er ihn mühsam im Halbdunkel der flackernden Notbeleuchtung ausgemacht, huschte er wieder um eine andere Ecke. Wahrscheinlich machte es ihm Spaß, den Mann hinter sich mit seiner Kenntnis und Flinkheit zu beeindrucken. Hie und da wähnte Wolfgang verstaubte Hinweisschilder, die seine Neugier hätten befriedigen können, doch die Kondition des Kleinen kannte keine Gnade.

Als Pollux anhielt und nach etwas zu horchen schien, hätten sie längst unter dem Treptower Rathaus sein können, Wolfgang hatte vollkommen Orientierung und Durchhaltevermögen verloren.

»Wie weit ist es noch?«, prustete er hervor, doch Pollux nahm unwirsch den Zeigefinger vor den Mund.

»Wir sind fast da«, flüsterte er.

»Was ist los?«, sagte Wolfgang betont leise, doch er musste sich schmerzlich eingestehen, dass er keine Übung im Wispern hatte und viel zu laut sein musste. Sein Echo hallte am Ende des schmalen Korridors schauerlich wider.

»Ich muss mich hineinschleichen, ohne, dass meine Mama merkt, wo ich war«, sagte Pollux. »Dann kannst du von mir aus nachkommen.«

Wolfgang nickte verständig. »Wir haben uns nie gesehen«, flüsterte er, so verschwörerisch und leise es ging, und zwinkerte dem Jungen zu.

Pollux zögerte, ahmte die Geste nach und verschwand dann in der Dunkelheit. Wolfgang war nicht sicher, ob er ihre Bedeutung verstand, doch darauf kam es auch nicht an. Langsam tastete er sich vor. Sollte er rufen? Sich bemerkbar machen oder lieber still bleiben, bis er wusste, wohin es hier ging? Er zog es vor, zu schweigen. Immerhin könnte der Junge auch gelogen haben. Doch was änderte das schon? Wovor musste er sich fürchten?

Jetzt erst bemerkte er das grünblaue digitale Flimmern der Okularaugmentierung. Genervt versuchte er, sie zu deaktivieren, doch verhedderte er sich im Menü. Prüfte die virtuelle Landkarte.

»Position kann nicht festgestellt werden« wechselte sich ab mit »Für Ihren Standort liegen keine Daten vor. Prüfen Sie den Uplink.«

Er lächelte grimmig und sagte sich, dass er das Flackern halt ignorieren müsse. Eines stand fest: Was die virtuelle Welt anging, hatte er ihr sprichwörtliches Ende erreicht. Hier gab es keine Illusion. Nur Dunkelheit und …

Feuerschein. Seine organischen Augen gewöhnten sich nur sehr schlecht an den mageren Kontrast, doch das Flackern kam näher und er konnte auch verbranntes Holz riechen. Das Flackern kam noch näher. Erst jetzt begriff er, dass er selbst sich nicht bewegte. Instinktiv suchte er Deckung, doch da waren zu beiden Seiten nur die Betonwände des Kellerlabyrinths. Dann gab es nur die Flucht nach hinten, doch seine Füße zögerten …

»Bleib stehen, wer immer du bist«, hallte es in den Gang hinein. Wolfgang konnte vier nackte, schmutzige Füße sehen, die im Licht unter dem Feuerschein standen, und kontrastlose, braune Hosen, die schließlich in gleißenden Fackelschein übergingen.

Gegen seinen Willen zitterten ihm die Glieder, doch im Ganzen stand er wie angewurzelt auf der Stelle.

»Ich will euch nichts tun«, stammelte er und hob die Hände vors Gesicht, da das Licht immer näher rückte.

13

»Wir sind die Wächter von Troja«, sagte einer der Männer und leuchtete Wolfgang mit der Fackel ins Gesicht. Kurz sah es so aus, als würde der Mann sich seinen spitz zulaufenden Bart anstecken wollen, doch dann bemerkte er, dass seine Augen sich im kontrastlosen Dunkel nicht recht an Entfernungen gewöhnen wollten. Geblendet wandte er sich ab. Verwirrt zählte er die hellen Punkte auf seiner Netzhaut, die wild umher schwebten.

»Ich … ich bin Wolfgang von Berlin«, gab er zurück. Troja? War das nicht eine antike Stadt gewesen? Was ging hier nur vor?

»Du trägst keine Kleider am Leib und wirkst verwirrt«, sagte der Wächter. »Warum bist du in diesem Labyrinth?«

»Ich suche Antworten«, sagte Wolfgang und versuchte, den Männern furchtlos in die Augen zu blicken – doch noch immer war es ihm nicht möglich, die Helligkeit der Fackel zu ertragen.

»Gut«, sagte der Mann, der ihn angesprochen hatte. »Folge uns und wir werden sehen, was die Versammlung zu sagen haben wird.«

Er zitterte etwas weniger, doch fühlte er sich noch immer unwohl. Der warme Schein der Fackel belebte ihn, erlaubte ihm aber keine Entspannung. Diese Menschen waren seltsam, und er musste auf der Hut sein.

Die Männer führten ihn noch tiefer in die Keller und Tunnel hinein, und wenn Wolfgang vorher nicht gewusst hatte, wo er sich befand, so war es nun ein Rätsel von epischem Ausmaß. Waschbeton wechselte zu gemauerten Bögen und wieder zurück. Sie mochten eine Viertelstunde gegangen sein, da erreichten sie die ersten Fackeln. Langsam wurde es wärmer, und dann standen sie auf einmal in einem großen Raum, der hohe Wände und eine sphärische Deckenkonstruktion aufwies.

»Bleib, wo du bist«, sagten die Männer.

»Bewohner von Troja«, sagte der Fackelträger lauter, sodass es wie eine Art Ansprache klang. »Begrüßt den Neuankömmling.«

Wolfgang staunte nicht schlecht. Innerhalb von Sekunden fanden sich hier und da Ecken und Schächte in der Dunkelheit, aus denen Menschen hinausströmten. Drei, vier Dutzend mochten es sein, die ihn umringten, allesamt in schmutzige, dunkle Lumpen gewandet, die Gesichter voll und freundlich. Aufgeregtes Gemurmel hallte von der hohen Decke nieder und erfüllte den Raum mit einer seltsamen Atmosphäre. Wolfgangs Haare standen zu Berge, doch er fror nicht. Langsam begriff er, dass er gefunden hatte, was sein Herz gesucht hatte. Diese Menschen mussten sein wie er. Einsam und allein vereint im Besitz der Wahrheit. Getrennt von der allumfassenden augmentierten Realität. Er wähnte den kleinen Pollux an eine Frau gedrängt. Verschmitzt blickte er ihn an und zwinkerte Wolfgang zu. Es war zwar nicht gelaufen, wie er sich vorgestellt hatte, doch es würde schon alles gutgehen.

»Und nun, Wolfgang«, sagte der Fackelträger schließlich, »erzähle uns deine Geschichte.«

Er zögerte. Begriff auf einmal, dass er noch immer ohne Kleidung inmitten der Leute stand. Doch er schämte sich nicht dafür, wie er aussah. Er war ihnen gleich und sie spürten seine Einsamkeit. Also erzählte er. Von Rhodos und Berlin und seinem Irrweg durch die Stadt. Von Doktor Miles und seinem Kampf mit der Realität, den er beinahe verloren hätte.

»Ich verlief mich schließlich in den Gängen unter der Stadt. Ich … spürte, dass etwas … irgendetwas hier sein würde. Und ich habe es gefunden«, schloss er seine Erklärung und blickte sich um.

Betreten blickten die Männer und Frauen zu Boden. Er sah, dass sie verstanden, was er durchgemacht hatte.

»Am Abend wird es ein Fest geben«, sagte der Fackelträger. »Doch nun kehrt zu dem zurück, was ihr bis dahin zu schaffen habt.«

Das Gemurmel lebte auf und tauchte den Raum in das wohlige Rauschen der Gesellschaft. Nur der Mann mit der Fackel blieb mit Wolfgang zurück.

»Ich bin Apostolis«, sagte er und hielt ihm die Hand hin. »Willkommen in Troja.«

»Danke«, sagte Wolfgang. »Was ist dieser Ort?«

»Komm«, sagte Apostolis. »Ich zeige dir alles. Aber zuerst ...« Er zögerte und blickte belustigt auf Wolfgang. »Zuerst mal brauchst du was zum Anziehen.«

Wolfgang nickte und folgte der noch immer brennenden Fackel. Er konnte langsam besser sehen und starrte fasziniert in der Höhle umher. Es handelte sich nicht mehr, wie er am Anfang gedacht hatte, um einen Raum mit nur zwei Ausgängen. Er erkannte mindestens drei Zeltkonstruktionen, die auf den ersten Blick wie Berge von Unrat gewirkt hatten, sich jetzt jedoch als äußerst geschickte Sammlung von Decken und anderen Textilien herausstellten.

Apostolis führte Wolfgang in einen Seitengang und blieb dann abrupt stehen.

»Helga, bist du da?«, fragte er in die Dunkelheit eines mit schäbigen Girlanden aus Tierresten abgedeckten Mauervorsprungs.

»Hallo Tolis«, sagte eine quietschende Frauenstimme. »Ick bin tatsächlich da. Du willst 'nen Mantel für den Fremden haben, stimmt's nich?« Belustigt stellte Wolfgang fest, dass die Frau mit starkem Berliner Dialekt sprach. Etwas, das er schon lange Zeit nicht mehr gehört hatte.

»Du hast recht«, sagte Apostolis.

»Dann soll et jeschehen«, sagte die Frau und begann, in einer Art notdürftig zusammengenähtem Sack zu kramen. Dabei brabbelte sie fortwährend weiter in dichtem Berlinerisch.

»Ah, da isser ja«, rief sie schließlich und hielt Wolfgang triumphierend einen gänzlich aus Fetzen anderer Kleidungsstücke bestehenden Overall vor die Nase. »Et is vielleicht een bis;ken groß, aber wird schon jehen, meenste nich?«

»Danke«, sagte Wolfgang und stieg ohne Scham hinein. Der Stoff kratzte und war nicht besonders sauber, doch fürs erste hatte Helga recht: Es würde ›jenügen‹.

***

Sie ließen Helgas Verschlag hinter sich und betraten einen feuchten Korridor, der sie weiter von der Haupthalle wegführte.

»Was ist dieser Ort?«, fragte Wolfgang erneut und kratzte sich am Rücken. Der Stoff fühlte sich wie Schmirgelpapier an, doch er sagte nichts. Das konnte kaum das Schlimmste sein, was er in den letzten Tagen durchgemacht hatte.

»Eine Enklave der Wahrhaftigkeit«, entgegnete Apostolis. »Die Menschheit ist Sklave ihrer eigenen Vergnügungssucht geworden.«

»Die Augmentierung«, schloss Wolfgang. Apostolis nickte im Zwielicht der Notlampen. Sein Gesicht zeigte Trauer, doch keinen Zorn oder Missgunst.

»Ihr seid frei davon?«, fragte Wolfgang.

»So frei, wie die Vögel über der Landschaft sind, zu tun, was immer sie wollen.«

»Was für ein interessanter Vergleich«, sagte Wolfgang. »Und doch hockt ihr wie Ratten in den Kellern des Regierungsviertels.«

»Es ist nicht einfach, über die Runden zu kommen«, entgegnete Apostolis und schwenkte die Fackel. »Du wirst niemanden finden, der nicht davon träumt, echten frischen Wind in den Haaren zu spüren und da draußen ein neues, echtes Leben zu beginnen.«

»Was hält euch auf?«

»Siehst du es nicht?« Apostolis lachte hohl und entblößte nun doch Bitterkeit. »Die Welt liegt in Trümmern. Der blinde, verzweifelte Versuch, den Klimawandel aufzuhalten, resultierte im Versäuern der Atmosphäre. Nichts ist mehr, wie es war. Es gibt keine Vegetation mehr, kaum Tiere. Nicht einmal Ungeziefer.«

Wolfgang nickte betreten. Er hatte es sich gedacht, doch die Wucht der Wahrheit aus einem anderen Mund traf ihn schwer. »Und trotzdem hat die Menschheit es geschafft, zu überleben.«

»Doch wie?«, fragte Apostolis. »Sie ernähren sich von Proteinschleim und filtriertem Wasser, gewinnen ihre Energie aus dem Treibhauseffekt, der das Chaos erst ermöglicht hat. Dieser Planet besitzt keine Bodenschätze oder fossile Ressourcen mehr. Er ist bis auf die dahinvegetierende Menschheit vollkommen tot. Es ist nur zu ertragen, weil sie sich die augmentierte Welt geschaffen haben, von der sie denken, dass sie nur die normale erweitert. Dabei hat sie sie längst ersetzt.«

Wolfgang sagte nichts. Er spürte seine Eingeweide, die sich nicht zwischen Scham und unterdrücktem Hungergefühl entscheiden konnten. »Wie konnte das passieren?«, flüsterte er.

»Aus den Augen, aus dem Sinn, schätze ich«, sagte Apostolis lapidar. »Komm, wir sind fast da.«

»Wo?«

»An den Teichen.«

Sie bogen um eine Ecke und Wolfgangs Magen traf eine Entscheidung. Er drehte sich um und zwang ihn beinahe mit in die Knie.

Apostolis lachte.

»Ich hätte dich vorwarnen sollen«, sagte er. »Doch so war es lustiger.«

Wolfgang rappelte sich auf und blickte den Fackelträger düster an. »Was ist das hier?«

Apostolis deutete in die Dunkelheit. Es schien eine Art unterirdisch gefluteter Bahnstation zu sein. »Kannst du sie sehen?«

»Nein.«

Apostolis löschte die Fackel. »Jetzt?«

Im Dämmerlicht der schwachen Flackerlampen erkannte Wolfgang mehrere menschliche Umrisse, die in der widerlichen Brühe standen und sie … umrührten. Fragend blickte Wolfgang Apostolis' Schatten an.

»Was machen die da?«

Die Fackel glühte neu auf und gab Apostolis' Gesicht eine weichere Note. »Sie bereiten das Essen.«

»Das Essen?!«

Entgeistert starrte Wolfgang auf die blubbernde, ätzend riechende Brühe vor ihnen. Er musste sich am Geländer festhalten und zusammenreißen, um nicht erneut zu würgen.

»Wie schon gesagt, die Augmentierten bekommen aufbereitete Proteinschleime und halten ihn für Nektar und Ambrosia.«

»Und?«

»Hin und wieder ›erwerben‹ wir Teile davon und legen damit hier eine Kultur an.«

»Wie Joghurt?«, fragte Wolfgang.

»Fermentierter, ekliger, Joghurt«, sagte Apostolis.

»Und das esst ihr?«

»Es ist das einzige, was es gibt. Wir haben mehrmals versucht, Dinge an der Oberfläche anzubauen. Doch der Regen ist zu stark. Er verätzt einfach alles.«

»Wie … », Wolfgang zögerte, »… schmeckt es?«

»Wahrhaftig.«

»Ah ja.«

»Es tut mir leid, dass ich dir nicht mehr anbieten kann«, sagte Apostolis. »Im Gegenteil, ich muss dich bitten, wenn du hierbleiben willst, als Zeichen des guten Willens den Männern zu helfen.«

»Ich soll da rein?«, fragte Wolfgang.

Apostolis nickte. »So verlangt es unsere Tradition.«

»Ich verstehe«, sagte er langsam. »Auch die Trojaner litten Hunger, während die Stadt belagert wurde.«

Apostolis lächelte, doch er schüttelte den Kopf. »Wir leiden keinen Hunger. Der Schleim enthält alle Nährstoffe, die wir brauchen. Er schmeckt nur einfach nicht … gut.«

Wolfgang ging in die Knie und prüfte, wie der Gestank näher an der Oberfläche der Flüssigkeit war. Nicht besser. »Woher stammt dann der Name?«

»Es gibt kaum Ablenkung hier unten, und so durchstöberten wir die Überreste der vor-augmentierten Zeit in der Oberstadt«, sagte er. »Wir fanden kaum nicht-digitales Kulturgut, doch eine gut erhaltene Ausgabe der Ilias befand sich darunter.«

»Die epische Geschichte von der Belagerung Trojas. Daher die seltsamen Namen«, sagte Wolfgang.

»Was nennst du hier seltsam?«, feixte Apostolis.

Wolfgang lachte. »Nichts.«

»In Ordnung. Bist du bereit?«

Wolfgang atmete tief ein, fand eine perverse Befriedigung im Gefühl, dass der faulige Gestank echter war als jede Mahlzeit seines Lebens zuvor. »Ich schätze schon«, sagte er an Apostolis gewandt. »Was muss ich tun?«

»Nimm dir einen Stock und geh zu den Männern«, sagte Apostolis. »Sie werden dir alles erklären.«

»Gut.«

»Bis heute Abend.«

Damit wandte er die Fackel ab und trat zurück in den schmalen Korridor, durch den er gekommen war.

»Apostolis?«

Der Mann drehte sich um und blickte Wolfgang noch einmal an.

»Danke.«

Hals und Gaumen kribbelten, als er die ersten Schritte in die lauwarme Brühe hineinwagte. Er atmete ruckartig und flach, zwang sich zur Disziplin. Das konnte doch echt nicht wahr sein.

Als die Erntearbeiter ihn sehen konnten, winkte er ihnen. Der Empfang war herzlich.

Der Vorarbeiter hieß Vadim, die anderen Namen vergaß er sofort wieder. Noch mehr griechische Helden? Egal. Er bekam eine Art großen Kochlöffel und sollte den Abschnitt eines abgetrennten Bereiches verrühren. Vadim zeigte ihm, wie es ging.

»Wie lange bist du schon draußen?«, fragte er.

»Wie?«

Vadim lachte. »Na ohne Augmentierung.«

»Ach so. Einen Tag etwa?«

»Tatsächlich? Du machst einen relativ ruhigen Eindruck dafür.«

Wolfgang zögerte und zog eine tiefe Spur in den zähflüssigen Proteinbrei. »Es ist das zweite Mal«, sagte er.

»Du bist zurück? Wie ist das möglich?«

Er erzählte, wie Oliver Miles ihm neue Implantate gegeben hatte. Wolfgang erhaschte Entsetzen auf Vadims Gesicht, doch er wusste nicht, woher und wieso.

»Du hast diese augmentierten Implantate noch immer in dir?«

»Ja«, antwortete Wolfgang.

»Das ist nicht gut«, entgegnete Vadim. »Ich muss dich zu Apostolis bringen.«

»Was ist denn los?«

»Wenn du hierbleiben willst, müssen wir die Implantate deaktivieren.«

»Warum?«

»Du bist noch ans Netz angeschlossen.«

»Die Apps und Systemsteuerungen zeigen alle nur: ›Keine Verbindung‹.« Unruhig betrachtete Wolfgang Vadim. Er war ein kräftiger Mann für die hiesigen Verhältnisse, doch die neue Information schien ihn zittern zu lassen. Was war denn so schlimm daran, die Implantate noch zu haben? Er konnte es jetzt unterscheiden und würde nicht mehr darauf reinfallen. Ganz sicher.

Vadim nahm Wolfgang und machte sich auf den Weg. »Um diese Zeit putzen sie die westliche Kloake«, sagte er und marschierte ohne Fackel in die Dunkelheit der schmalen Gänge. Wolfgang hatte Mühe, Schritt zu halten, doch er spürte, dass es den Leuten von Troja wichtig war. Vielleicht war es das sogar wirklich, doch ihm erschloss es sich nicht.

***

Apostolis holte tief Luft und presste sie zwischen den Vorderzähnen hindurch. Er stand mit einer Mischung aus Besen und Wischmopp in Trojas improvisierter Latrine und wischte die viel zu kleinen Fäkalienschüsseln aus, die sie aus kaputten Dachziegeln und diversen anderen Abfällen der Oberfläche zusammengetragen hatten.

»Es war richtig zu kommen, Vadim. Danke.«

Der Vorarbeiter nickte angespannt. »Ich werde zurückgehen. Es gibt sonst nachher nichts zu essen.«

»Deine Tugend ehrt dich, mein Freund«, sagte Apostolis. »Und nun zu dir, Wolfgang.«

Sein Ton war ernst, doch nicht zornig.

»Wir … haben noch niemals einen Kandidaten gehabt, den die subdermale Augmentierung nicht in den Wahnsinn getrieben hätte.«

»Was?«

»Du sagst, du hättest dir schwarze Folie vom Leib gerissen? Die Okulare mit dem Gefühl vom Schädel gezogen, dass du dir die Augen ausstechen würdest?«

»So ist es«, sagte Wolfgang.

»Doch dann bist du zurückgekehrt und hast neue Augmentierungen bekommen?«

»Genau.«

Apostolis stieß einen tiefen Seufzer aus. »Ich will dir wirklich keine Angst machen, doch wir haben siebzehn solcher Menschen kurz nach ihrer Ankunft begraben müssen. Sie alle klagten über Halluzinationen, sagten, dass sie die Welten übereinander sehen könnten. Dass sie nicht wüssten, was echt war und was nicht.«

Wolfgang nickte. »So ging es auch mir.« Furcht kroch sein Rückgrat hinauf und setzte sich kalt und fest in seine Brust. »Ich … ich glaube schon, dass ich es unterscheiden kann.«

»Es ist deine Entscheidung«, sagte Apostolis.

»Was?«

»Wir können die Implantate überladen und ausbrennen. Aber es ist gefährlich.«

Mit leerem Blick sah er Apostolis an. Ihm ging es doch gut. Warum dann unnötiges Risiko eingehen?

»Du kannst darüber nachdenken. Doch bedenke, dass, wenn du bemerkst, dass der Entzug kommt, es vielleicht zu spät ist.«

»Wovon sprichst du?«

Apostolis musterte Wolfgang mitleidig. »Realitätsentzug. Dein Gehirn ist nicht darauf vorbereitet, so viel Authentizität … und

Leid zu sehen. Es wird sich wehren. Will zurück in die warme, weiche Augmentierung, die bequem ist.«

»Ich glaube, ich verstehe«, sagte Wolfgang. »Das habe ich schon einmal erlebt.«

»Es ist nur ein Angebot«, sagte Apostolis. »Und ich werde dich nicht drängen. Doch die Menschen von Troja werden dich erst dann als einen der unseren akzeptieren, wenn sie wissen, dass die Verbindung endgültig getrennt ist.«

»Wenn es kein Zurück mehr gibt«, murmelte Wolfgang.

»Wie bitte?«

»Es ist beruhigend zu wissen, dass die Augmentierung nur aus ist und nicht zerstört. In gewisser Weise dachte ich, dass es recht praktisch sein würde, um zurechtzukommen. Doch hier unten macht es keinen Unterschied.«

Apostolis nickte. »Denk darüber nach.«

»Das werde ich.«

»Gut. Du kannst zu den Erntetümpeln zurückkehren oder zum Forum gehen. Wie du willst.«

Wolfgang lachte. »Obgleich ich nicht will, werde ich mich nützlich machen und weiter Brühe rühren.«

»Das ist wundervoll. Danke.«

Wolfgang nickte und machte sich auf den Weg.

»Wolfgang?«

Er drehte sich um.

Apostolis hatte noch eine Frage. »Du sprachst gerade davon, dass die Augmentierung hier unten keinen Unterschied mache. Wie meinst du das?«

Wolfgang legte die Stirn in Falten. »Bis an die Tunnel heran, teilweise auch in den U-Bahnschächten, da lagen die Welten wie zwei Schichten eines Taschentuches übereinander, getrennt durch kaum wahrnehmbare, pixelige Unschärfe. Doch hier unten nehme ich die augmentierte Welt nicht wahr. Vielleicht ist sie nicht da, vielleicht liegt es daran, dass ich keinen ›Empfang‹ habe. Jedenfalls ist alles, was ich sehe, höre und fühle, echt.«

»Erstaunlich«, sagte Apostolis. »Die anderen subdermal Augmentierten berichteten, dass es hier noch verwirrender wäre als an der Oberfläche, weil die Diskrepanz zwischen Wahrheit und Erwartung und dem, was sie sahen, noch viel größer war.«

»Was bedeutet das?«, fragte Wolfgang.

»Ich weiß es nicht«, sagte Apostolis.

Als Wolfgang zu den Brühetümpeln zurückging, hatte Unruhe von ihm Besitz ergriffen. Dies war nicht das Paradies der Erweckten, für das er es gehalten hatte. Doch gleichzeitig war es auch nicht die Strafe der Realität dafür, dass man ihr die Stirn bot. Er würde sich schon an alles gewöhnen. Und dieses … Ausbrennen. Wenn es gefährlich war, würde er es nicht tun. Ihm ging es doch gut.

14

Wolfgang hatte nach stundenlangem Rühren tatsächlich keinen sehnlicheren Wunsch, als etwas zu essen, sodass ihm die Erscheinungsform komplett egal geworden war. Auf breiig-schleimige Proteinsuppe vorbereitet staunte er nicht schlecht, als er zum zentralen Platz zurückkehrte. Im matten Feuerschein von drei kleinen Feuerstellen hingen verschiedenste Formen von Nahrung über den Flammen.

»Es ist nicht Fünf-Sterne-Küche«, sagte Vadim, »doch immerhin besser als der rohe Grundstoff.«

»Wie stellt ihr das an?«, fragte Wolfgang verblüfft.

»Die Kunst der Trocknung ist nicht mein Metier«, entgegnete Vadim. »Du kannst Helena fragen.«

»Das werde ich.«

Während der Geruch des geschmorten Nahrungsbreis beinahe seine ganze Aufmerksamkeit beanspruchte, sah er nachdenklich in die Glut. Es war nicht zu vergleichen mit dem verführerischen Geruch von frisch gebackenem Brot, doch löste es das Gleiche in ihm aus. Zum ersten Mal seit Tagen hatte er echten Appetit – vielleicht wegen der harten Arbeit, doch das glaubte er nicht. Nein, sein sich sammelnder Speichel erzählte eine Geschichte von erwachender, authentischer Lust auf Sinneserfahrungen, die er so nicht gekannt hatte. Selbst wenn die Nahrung nach augmentierten Maßstäben widerlich und minderwertig war, so würde sich sein Gaumen über das Feuerwerk von Geschmack freuen.

Vadim schmatzte neben ihm so herzhaft sein erstes Stück von was-immer-es-war, dass Wolfgang buchstäblich aufsprang, um sich endlich etwas zu holen. Ursprünglich hatte er bescheiden warten wollen, bis alle anderen etwas hatten, doch sein Appetit übermannte ihn jetzt.

»He da, hallo!«

Wolfgang sah im Flammenschein nicht sofort, woher der Ruf kam, doch er wusste, wem er gehörte. Auf der anderen Seite winkte Pollux ihm und schwenkte eine Art marinierte Eiweißkeule. Lächelnd hob Wolfgang die Hand und trat näher an die Feuerstellen. Vadim war gewiss nicht so müde wie er selbst, doch er würde ihm sicher verzeihen, wenn er sich auch mit anderen unterhielt. Er nahm etwas aus einer Art Pfanne, das Pollux' Gericht ähnlichsah und machte sich auf den Weg zu ihm.

»Hallo, mein Kleiner«, sagte er.

»Du hast es geschafft«, krähte der Junge.

»Ha, so ist es.«

»Sag, Pox, woher kennst du den Mann?«, fragte eine sanfte Stimme hinter ihm.

»Oh … Äh, ich habe ihn heute Morgen gesehen. Stimmt's Wolfgang?«

»Ganz genau«, entgegnete er und drehte sich um. Ein weibliches Gesicht wie aus Elfenbein trat ihm entgegen und lächelte verschmitzt in Richtung des kleinen Pollux. Wolfgang hätte beinahe seine Augengesten benutzt, um die Menüs zu prüfen, ob hier nicht eine visuelle Illusion vorlag. Doch als die Frau ihn fragend anblickte und dabei zwinkerte, verwarf er den Gedanken.

»Stimmt was nicht?«, fragte sie.

»Ich bin noch immer fasziniert, wie gut dieses … na ja, *Fleisch* schmeckt.«

»Das hört man gern.«

Sie hatte anscheinend nicht gesehen, dass er es noch gar nicht probiert hatte. Und wenn doch, so war sie ebenso gut im beiläufigen Ignorieren von Dingen wie er.

»Du bist Wolfgang?«, fragte die Frau.

»Ja, genau.«

»Helena.«

»Ach?«

»Wie bitte?«

»Vadim der Rührer erzählte mir, dass du für die Speisen verantwortlich seist«, sagte er.

»Das wäre zu viel der Ehre«, sagte sie. »Wir füllen es in Formen und geben ihm etwas Aroma.«

»Phantastisch.«

Sie stemmte die Hände in die Hüften und pustete Luft durch den Mund. »Warte, bis du die Desserts probiert hast.«

»Es gibt Desserts?«

Helena lachte. »Hier gibt es alles, was man braucht. Nur nicht die Variante, die einen wunschlos macht.«

›Das muss sich erst noch zeigen‹, dachte Wolfgang und biss endlich in seine Eiweißkeule. Er hustete. Die Bitterkeit überlagerte sich mit einem dezenten Aroma von Pilzen und Kurkuma. Doch nach und nach verschwand die Erwartung in Wolfgangs Verstand und wurde ersetzt durch die Zufriedenheit des Kauens und

Schluckens und Schmeckens. Seine Zunge meldete Noten von Knoblauch und Paprika, doch vielleicht war es nur seine Vorstellung davon. Was auch immer es war, es fühlte sich weich an, zerplatzte nach ein, zwei Bissen wie Hähnchenfleisch und ließ ihn noch viel, viel Speichel produzieren.

»Alles ok?«, fragte Helena wieder, nachdem sie sich etwas anderes vom Feuer geholt hatte.

»Ja … ich … ich bin bloß überwältigt vom Geschmack.«

»Erstaunlich.«

»Wieso?«

»Nun …« Helena lachte. Eigentlich lachte sie immer. Ein Gedanke, der nicht aus Erfahrung, sondern blinder, seltsamer Vertrautheit resultierte. Wolfgang konnte nicht anders, als auch zu lächeln, auch wenn er noch nicht begreifen konnte, wie ein scheinbar so trostloser Ort Derartiges in ihm auszulösen vermochte.

»Ja?«

»Neuankömmlinge schütteln sich sonst immer, wenn sie die ersten Bissen nehmen.«

»Die Bitterkeit der Realität schreckt mich nicht«, sagte Wolfgang wie selbstverständlich. »Schon gar nicht mit solcher Gesellschaft.« Überrascht über seine eigenen Worte blickte er sie an. Spürte, wie er rot wurde. Begriff, dass es niemand im dämmrigen Licht der Feuer sehen konnte. Lächelte.

»Du bist ein seltsamer Neuankömmling«, sagte Helena.

»Nun, dies ist schließlich auch ein ganz und gar seltsamer Ort, nicht wahr?«, sagte er.

»Es ist unsere Heimat«, sagte sie.

»Ich meinte: aus meiner Perspektive. Ich wollte das nicht in Frage stellen.«

»Schon gut«, entgegnete Helena. »Es ist nur … ich habe gehört, dass du subdermale Augmentierungen hast.«

Wolfgang erinnerte sich an Apostolis' Worte. Er hatte beim Rühren der Eiweißbrühe überhaupt nicht mehr daran gedacht.

»Ich bin nicht verrückt«, sagte Wolfgang und fügte hinzu: »Zumindest glaube ich das.«

Helena gab ein spitzes Geräusch von sich und musste die Hand vor den Mund halten. Etwas verschämt attestierte sie: »Du bist lustig. Die Halluzinierenden haben sich anders verhalten.«

»Na dann besteht ja noch Hoffnung.«

»Wer weiß?«, fragte Helena. Wolfgang vermochte ihren Blick nicht zu entziffern. Was passierte hier nur mit ihm? Es konnte doch nicht …

Er schüttelte den Kopf.

»Was ist?«, fragte sie.

»Ich fühle mich so … lebendig«, sagte er und musste wieder grinsen. Er fand Gefallen an diesem Troja. So oder so.

»Das ist ja wohl das mindeste nach diesem Essen«, entgegnete sie. »Komm, ich möchte dir etwas zeigen.«

»Was?«

Helenas Augen schienen ihm den Weg zu weisen. Wolfgang verlor alle Zweifel. Er hatte nicht gelogen, nur untertrieben. Er fühlte sich so lebendig wie noch nie zuvor. Wenn er an Vicky dachte, dann kam es ihm vor, als erinnerte er sich an einen mechanischen, leblosen Roboter. Unglaublich, wie sehr ihn die Welt getäuscht hatte.

»Wohin geht ihr denn?«, fragte Pollux.

»Dahin, wo neugierige Brüder nicht folgen können«, sagte Helena und entzündete eine Fackel am Feuer.

»Oh Menno.«

Wolfgang wartete, bis sie außer Hörweite waren, ehe er Helena nach Pollux fragte.

»Ja, er ist mein Bruder. Was hast du denn gedacht?«

»Ich … hatte gar nichts gedacht bis eben.«

»Ah ja.«

Die Frage formulierte sich wie von selbst in der Dunkelheit, die vor ihm lag.

»Er ist zu jung, um der Augmentierung entkommen zu sein. Er hätte es niemals allein bis hierher geschafft.«

»Unterschätze niemals die Macht der Jugend«, sagte sie und wirkte plötzlich sehr ernst. »Doch du hast recht. Wir sind hier geboren.«

»In Troja?«

»Was ist daran so unglaubhaft?«

»Oh, nichts.« Wolfgang sammelte sich. »Ich … Moment mal. Welches Jahr haben wir?« Er blickte auf die nackten Wände des Tunnellabyrinths. Er wusste nicht nur nicht, wo er war, sondern auch, wann.

»Keine Ahnung. Wir haben aufgehört zu zählen, als uns klar wurde, dass es mit der Augmentierung nicht übereinstimmen kann.«

Wolfgang erstarrte. »Es ist nicht 2023.«

Helena lachte, doch es steckte keine Bitterkeit darin. »Für dich vielleicht schon. Für die meisten anderen eher nicht.«

»Die vollkommene Illusion.«

Sie nickte. »Es gibt diejenigen von uns, die behaupten, dass die Zeit in der Augmentierung stillsteht.«

»Warum?«

Sie zuckte mit den Schultern. »Spielt das eine Rolle?«

»Also für mich irgendwie schon. Ich will verstehen, wie das alles passieren konnte. Immerhin ist die Technologie für mein Verständnis erst wenige Jahre alt.«

»Meine Mutter war siebenundzwanzig, als sie erwachte. Bald wäre sie fünfzig geworden.«

»Sie ist tot?«

Helena nickte. »Sie starb bei der Geburt meines Bruders. Wir sind zwar vorsichtig, aber dies ist nicht die antiseptische, sterile Welt aus der du kommst.«

Wolfgang nickte. »Ich verstehe. Es tut mir leid.«

»So ist das Leben, oder?«

»Das Leben.« Wolfgang spuckte die Wörter aus wie altes Kaugummi. »Was für eine hohle Phrase. Was ist aus dieser Welt geworden, als wir nicht hingesehen haben?«

Helena lächelte sanft. »Der Schmerz kommt daher, dass du weißt, wie es war … wie es sein könnte. Auf eine gewisse Weise beneide ich euch Erwachte dafür, dass ihr wisst, wie die Welt einst war. Wie sie sein könnte.«

»Ist das so?« Wolfgang schnaufte. »Ich spüre nur Enttäuschung, keine Hoffnung.«

»Doch das wirst du«, sagte Helena in einem überraschenden Aufbäumen von Leidenschaft. »Troja ist ein Hort der Hoffnung. Auch für dich.«

»Was macht dich da so sicher?«

»Ich weiß es einfach.«

»Ach so. In Ordnung.« Er stockte. Hatte sie seinen Zynismus wirklich verdient? »Wohin gehen wir eigentlich?«

»Das wirst du schon sehen.« Sie nahm seine Hand, die aufglühte vor Hitze, und zog ihn weiter hinein in das Geflecht von düsteren Tunneln und Räumen, die die Sonne nicht kannten.

Als sie da waren, redete Wolfgang sich ein, dass er das Rauschen gehört hatte, bevor sie es sahen, doch das stimmte wahrscheinlich nicht. Mit einem Mal brach Licht durch die Finsternis. Kaum so viel, als dass es Sonnenlicht sein konnte. Vielleicht die Sterne, vielleicht die traurige Sichel des Mondes, die allein seinen Schmerz kannte. Sie standen am Rand einer Art Schacht, durch den Wasser in scheinbar bodenlose Tiefe stürzte.

»Was ist das?«

»Ein Entwässerungsknoten«, sagte Helena. »Sie sind überall unter dem Regierungsviertel und stellen sicher, dass die Fundamente der Gebäude intakt bleiben.«

»Wie seltsam«, sagte Wolfgang und fragte sich, wie das Wasser unterhalb des Flussspiegels wieder abgepumpt wurde. Doch sofort konzentrierte er sich wieder auf Helena, als er sich des Drucks ihrer Hand erneut gewahr wurde.

»Wie wunderschön«, sagte sie.

»Das schon«, sagte er und spürte mehr und mehr die Wärme, die von ihr ausging. Die ihn zu ihr hinzog.

»Ich …«

Sie ließ nicht zu, dass er den Moment vorübergehen ließ. Legte ihm sanft den Finger über die Lippen. Dann küsste sie ihn.

Die Welt um sie verschwamm zu einem bedeutungslosen Klumpen schlechter Laune. Wolfgang war ganz bei ihr und spürte absolut nichts. Ihre Lippen waren geschmacklos, genau wie ihre Zunge, die ebenso spielerisch wie zärtlich seinen Mund erkundete. Er roch und hörte und sah nichts, obschon er die Augen offengelassen hatte.

So fühlte sich also echte Liebe an.

Als der Moment verstrichen war, drückte er sie sanft ein Stück von sich weg und schnappte nach Luft.

Sie sagte nichts, sondern musterte ihn nur etwas nachdenklich und schnaufte.

»Ich … ich bin überwältigt«, sagte Wolfgang und hoffte, dass er nichts weiter erklären müsste. Er hätte es auch nicht machen können, denn sein Kopf, sein Herz, seine ganze Welt waren leer und doch vollkommen überfüllt.

»Ist schon gut«, sagte Helena und lächelte schief. »Ich weiß auch nicht, was ich mir dabei gedacht habe.«

Wolfgang wollte schreien, sich entschuldigen, sie nochmals küssen, einfach sicherstellen, dass sie begriff, was der Moment auch ihm bedeutete, doch ratlos sah er sich selbst dabei zu, wie er nichts tat. Und dann war wieder ein Augenblick verstrichen und nichts geschehen.

Sanft nahm Helena seine Hand und drückte sie.

»Gehen wir nach Hause.«

Er nickte stumm. Die Welt um ihn herum schob sich wieder aus der merkwürdigen Suspension heraus und gewann Struktur und Form. Das Braun-Grau der fackelerleuchteten Wände gewann an Stärke, wirkte grob überzeichnet, als kehrte es aus der Gefangenschaft eines Comiczeichners zurück und bemühte sich, so authentisch auszusehen wie möglich, was gründlich misslang. Wolfgang blinzelte und konnte jetzt Helenas Lippen schmecken, die längst gar nicht mehr an seinen hingen. Er wähnte bitteren Eiweißbrei zusammen mit Erdbeeren und Honig auf seiner Zunge und schnüffelte unwillkürlich die frische, wasserfallschwangere Luft des zurückgelassenen Fallschachtes. Er roch Moos und Kloake und Fackelrauch, doch erkannte keinen Teil von Helena darin.

Helena.

Fast musste er mit dem absurden Gedanken kämpfen, hier wieder einer Illusion aufzusitzen, so seltsam, authentisch brennglasperfekt schien sie. Vielleicht, dachte er, war sie aber auch einfach nur eine Frau, die den Fremden auf die traditionelle Art der Trojaner begrüßte. Und vielleicht projizierte er einfach nur all die Gegenteile der Unbill der Welt auf sie und hielt sich selbst zum Narren.

In einer einzigen, unwillkürlich erratischen Bewegung fing er ihren freien Arm ein, rollte sie um sich und küsste sie erneut. Betrachtete, wie die Welt stillstand und er mit ihr. Beobachtete den

Zauber der Authentizität und das Rätsel der Testbarkeit. Gedanken rasten wie Satelliten um seinen Verstand, bis er sie mit dem Fischernetz einfing und enttäuscht wieder in den Ozean der Ideen verwarf.

Bis auf einen.

»Helena«, sagte er. »Ich muss es wissen.«

»Was?« Ihr Blick zeigte Neugier und Furcht, Bewunderung und Befremdlichkeit.

»Ich will die Implantate ausbrennen«, sagte Wolfgang und schluckte ob der plötzlichen Macht der Überzeugung. »Ich will wissen, ob du echt bist.«

»Das … das ist das Schönste, was mir jemals jemand gesagt hat«, hauchte sie. »Wir müssen zu Tolis.«

***

»Hast du es dir gut überlegt?«

Nachdenklich rieb der Fackelträger und Beschützer von Troja seinen Kinnbart.

»Ich bin entschlossen«, bestätigte Wolfgang.

»Es ist eine Gabe«, sagte Apostolis. »Du könntest der Grenzgänger zwischen den Welten sein. Mit der Macht, zugleich zu sehen, was ist und was sein soll, kann man diese Welt wirklich verändern.«

»Du sagst, man wird verrückt«, erinnerte Wolfgang ihn an seine früheren Worte.

Apostolis schüttelte den Kopf. »Wir wissen nicht, wie oder warum. Die, die vor dir kamen, waren nicht bereit dafür. Sie wurden entzwei gerissen an der Grenze der Realitäten. Ihr Verstand zerriss in zwei Teile, die nicht gleichzeitig sein konnten.«

»Aber die Gefahr ist real«, sagte Wolfgang und blickte Helena an. Sie stand neben ihm, doch sie sagte nichts. Sie hatte seine Hand losgelassen, als sie in Sichtweite von Apostolis' Lager gekommen waren. Er war sich nicht sicher, ob sie sich seiner oder ihrer schämte oder ob noch mehr dahintersteckte. Schon früher hatte er die Zurückhaltung der Trojaner ihm gegenüber gespürt. Er hoffte, dass das Ausbrennen der Implantate sie überzeugen würde. Doch wenn nicht … Dann gab es keinen Weg zurück. Aber das spielte keine Rolle. Wenn er seine Gedanken an Ort und Zeit dieses ersten Kusses bewegte, so schwebte darüber neben dem Aufgehen aller Sonnen des Universums zugleich auch die goldene Erkenntnis, dass er nie wieder zurückgehen könnte, weil er die bittersüße Medizin der Realität gekostet hatte.

Dass er sie kaum ein paar Stunden kannte? Einerlei. Er hatte Vicky sein halbes Leben lang gekannt, doch was hatte er wirklich davon? Ein zuckender Körper in schwarzer Feedbackfolie, dem Vergnügen und Zufriedenheit alles bedeuteten. Niemals wieder konnte er ihr in die Augen blicken, ohne die finstere Bitterkeit der jämmerlichen Existenz im Zustand der Augmentierung zu sehen. Er hatte den dunklen Spiegel durchschritten und würde sich den Konsequenzen stellen. Troja war gewiss nicht das Paradies auf Erden, doch ebenso wenig war es so sehr die Hölle, wie es das Leben war, das er ein für alle Mal hinter sich lassen würde.

»Apostolis, ich werde es tun«, wiederholte Wolfgang.

Helena nahm seine Hand und drückte sie. Jetzt also doch. Es tat gut, ihr Vertrauen zu spüren.

Der Fackelträger blickte ihn einen Moment lang prüfend an, dann Helena, schließlich veränderte sich kaum merklich seine Haltung. Wolfgang rechnete beinahe damit, dass er abschätzig ihre neue, viel zu schnelle Verbindung bewertete, doch nichts dergleichen geschah. Apostolis blickte ihn einfach nur an, als könne er seine Überzeugung auf diese Art prüfen. Anerkennung huschte endlich über sein schattiertes Gesicht, dann nahm er einen frischen Lappen und präparierte eine neue Fackel.

»Folgt mir.«

***

Es war kein langer Weg, doch Wolfgang hätte ihn ohne Hilfe trotzdem niemals gefunden.

Das Brummen wurde immer stärker, schien aus keiner bestimmten Richtung zu kommen. Apostolis legte eine runde Öffnung frei und kletterte nach oben durch. Sie erreichten einen finsteren, kreisrunden Tunnel. Das Brummen war jetzt allumfassend und bestand aus vielen verschiedenen Tonlagen.

»Dies ist die Hauptstromleitung der Stadt«, sagte Apostolis verschwörerisch. Sie konnten aufrecht stehen, doch viel höher oder breiter war das unterirdische Rohr nicht, in dessen Inneren der ganze wertvolle Lebenssaft der Stadt floss. Wolfgang schien es, als wäre die Energieleitung eine Art stadt-anatomische Anomalie, die schnurgerade das Labyrinth aus Tunneln und Kellern und Gängen durchschnitt und doch unsichtbar in der Erde lag, als würde sich alles darum herum winden wie Wein um den Rebstock. Ohne sie, dachte Wolfgang fatalistisch, wäre dieses Berlin unbewohnbar, undenkbar vielleicht.

»Was tun wir hier?«, fragte Wolfgang.

»Ich werde einen elektromagnetischen Puls erzeugen«, sagte Apostolis.

»Und dann?«

»Dann brennen deine Implantate aus.«

»Das ist alles?«

»Nun ja …» Apostolis lächelte wissend. »Könnte wehtun.«

Wolfgang atmete tief durch und drückte Helenas Hand. »Also gut.«

»Helena, komm bitte zu mir herüber«, sagte Apostolis und hantierte mit einem stabförmigen Ding, das beunruhigende Ähnlichkeit mit einer Art Blitzableiter hatte, wie Wolfgang fand. Sorgsam steckte Apostolis seine Fackel in eine Wandhalterung der mächtigen, oberschenkeldicken Stromleitungen und justierte das Gerät.

»Es ist eine Art Kurzschluss«, erklärte er. »Es könnte etwas kribbeln, aber das ist nur die Luft, die sich kurzzeitig auflädt«, sagte er an Helena gewandt.

»Bereit?«

»Woher weißt du, dass es funktioniert?«, fragte Wolfgang Apostolis.

Dessen Gesicht veränderte sich minimal. Wolfgang erkannte winzige Äderchen wachsen, doch blieb seine restliche Gestalt entspannt. »Bei den anderen hat es funktioniert.«

»Ich dachte, sie sind verrückt geworden.«

»Das waren sie schon«, rechtfertigte sich Apostolis. »Hör zu … ich kann garantieren, dass es die Implantate überlädt. Doch was danach kommt … liegt an dir.«

Wolfgang schluckte. »Also gut.« Er stellte sich aufrecht hin, den Rücken gerade durchgedrückt, wie er sich alles ertragende Helden vorstellte. Schloss die Augen.

»Jetzt!«, rief Apostolis und dann invertierte sich Wolfgangs Universum.

Er spürte, dass seine Nerven versagten und die Muskeln ihn wie in Trance zu Boden sinken ließen. Er hörte und sah nichts außer leise explodierenden Sternen, die alle für sich ein kleines »Plopp» in den Himmel schreien wollten – seine Zunge aus Eis und die Finger aus glühenden Kohlen, schmeckten sie nach Donnerstagnachmittagen an der Spree.

Wolfgang war ganz allein und betrachtete halb neugierig, halb angewidert das Feuerwerk seines Verstands. Am Rande des Bewusstseins gab es Pixelfontänen, die rechteckige Formen ausspuckten, die miteinander kollidierten und sich wieder auflösten. Im Hintergrund lief irgendein Soundtrack in halber spektraler Auflösung wie in einem kaputten Computerspiel. Der Horizont – oder der Himmel, was machte das für einen Unterschied, wenn man keinen Boden unter den Füßen hatte? – wechselte seine Farbe von glutrot bis helltürkis, dann riss eine Art

Nebel auf und gab den Blick frei auf eine Sonne, die statt Photonen einzelne, helle Pixel verströmte, die auch nicht wärmten, sondern auf der Haut mit einem digitalen Kribbeln absorbiert wurden.

Wolfgang breitete seine gedanklichen Hände aus und stellte sich vor, dass er nach der wahrhaftigen Struktur der Realität griff. Fühlte sich so Leben ohne Sinneseindrücke an? Er spürte, dass er mehrmals an dieser Grenze gewesen war, doch sie nicht hatte übertreten können. Im virtuell-digitalen Nirvana spazierte er herum und verstand, warum niemand der Illusion entkommen konnte – wie sollte man ohne die Wärme und Zuneigung der eigenen Wahrnehmung existieren? So wie Luft zum Atmen brauchte er seine Sinne, die ihm Position und Halt gaben in einer Welt, die eine einzige Unwägbarkeit war.

Und während er noch darüber nachdachte, ob die zuckenden, blitzenden Lichtpunkte um ihn herum wie Quantenpaare umherirrten, die ihren fundamentalen Tanz aufführten, glühte die Pixelsonne zur Nova auf und explodierte in einem Halo aus Bewegungsunschärfe.

Die Welt stürzte auf ihn zu. Helenas Lippen stürzten auf ihn zu.

Er schmeckte das Salz ihrer Tränen und begriff, dass sie über ihm kniete und weinte.

Hoffnung erleuchtete das im Halbdunkel liegende Gesicht, doch ihre trockene Kehle brachte keinen Laut heraus. Er befürchtete beinahe, dass sie an seiner Bewusstlosigkeit zu ersticken drohte, doch dann fiel endlich Luft in sie hinein und rettete ihre angstgeweiteten Augen.

»Geht es dir gut?«

Er fühlte keinen Schmerz. Etwas benommen zwar, setzte er sich auf und hielt sich den Schädel – nicht, weil er schmerzte, sondern weil es einer dieser seltsamen Momente war, in denen es nötig war, große Gesten zu produzieren, ohne sie zu verstehen.

»Mir … mir ging es nie besser.« Er fühlte sich wie an jenem Tage, da Miles ihm die Implantate eingesetzt hatte. Er schmeckte das künstliche, wunderbar synthetisch-süße Eis, das er mit Inbrunst verschlungen hatte, und wusste, dass es für immer verloren war. Helenas Hände waren warm und weich und wundervoll und halfen ihm auf. Er zitterte nicht mehr. Sein Herz wusste: Er würde niemals mehr zittern.

»Ich glaube, es hat geklappt«, sagte er vorsichtig.

Gedankenversunken rieb er sich die Handgelenke und versuchte irgendwie, in eines der Diagnosemenüs der Implantate zu kommen. Nicht einmal eine Fehlermeldung. Kein digitales Feedbackkribbeln in den Händen.

»Ich bin frei«, sagte Wolfgang. Nicht einmal das Brummen der Strom führenden Kabel war mehr als ein abseitiger Hintergrundaspekt. Wo zuvor Grollen und Pfeifen und Scheppern in seinen Ohren gewesen war, lag jetzt gespenstische, entspannte Ruhe vor, doch es hatte sich nur die Haltung des Verstandes dazu verändert, nicht die Wahrnehmung selbst.

Helena lächelte und drückte seine Hand. »Hab keine Angst.«

»Wovor?« Er konnte sich nicht vorstellen, was er fürchten müsste. »Gibt es Nachwirkungen?«

»Manchmal. Die Realität ist eine vielzüngige Schlange«, sagte Apostolis. »Wir sollten nach Troja zurückkehren und du solltest dir Ruhe gönnen.«

»Ich fühle mich großartig«, wiederholte Wolfgang.

»Trotzdem.«

Helena nickte subtil und schob Wolfgang sanft in Richtung der Einstiegsluke zu dem Stromkanal. Er ließ es geschehen. Was sollte er jetzt hier herumstreiten? Wenn er wirklich frei war, dann konnte er auch einfach gehen, wenn er genug geruht hatte, oder etwa nicht?

»Auf nach Troja«, sagte er und quetschte sich durch die schmale Röhre zurück in die verschlungene Unterwelt.

15

Für Wolfgang hatte die Welt sich verändert, doch sein Herz wusste es besser. Die hohen, schmalen Gänge wirkten wärmer, weniger beklemmend, und Helenas Hand in seiner war keine Fessel, sondern die wohlige Gewissheit, dass da jemand sicherstellen würde, dass er nicht wieder beginnen würde, zu fallen. Überhaupt dachte Wolfgang darüber nach, die Arme auszubreiten, um fliegen zu lernen. Er bremste sich, doch sein Verstand schlug Purzelbäume innerhalb der viel zu engen Wände des Labyrinths das jetzt sein Zuhause sein würde und das zugleich doch so viel mehr Freiheit bot als es die weite Welt in ihrem Elend jemals noch könnte. Hier und da, wenn er sicher war, nicht zu stolpern, schloss er die Augen und ließ seine übrigen Sinne ihn treiben durch vor Authentizität dick verrührte Realität, die, auch wenn sie kalt und feucht und zugig war, sich anfühlte wie warmer Honig, der ihn ganz und gar umgab. Dann, in einem Aufbäumen letzter Zweifel, schielte er hinüber zu Helena und versuchte zu ermessen, ob sie noch immer da und real war, aber dann erinnerte er sich, dass ja ihre Hand in seiner lag und sein Herz noch immer so fest pochte, als wäre es gerade erst erwacht.

Und gerade, als er es sich selbst glauben konnte, dass es überstanden war, erreichten sie die ersten Zelte Trojas und alles veränderte sich wieder.

Er wusste nicht, ob es die Schreie waren, die zuerst an sein organisch-unaugmentiertes Ohr drangen, der Geruch des versengten Fleisches oder die verschmierten Spuren des frischen, hellen Blutes, das sie auf dem Steinboden der großen Halle fanden.

Apostolis zitterte. Ging um die noch glühenden Feuerstellen herum.

»Was ist hier passiert?« fragte Helena. Ein weiterer Schrei kam aus einem der Abzweige. »War das Pollux?« Wolfgang schloss sie in die Arme. »Ich bin sicher, ihm geht es gut.«

Das glaubte er wirklich. Der Junge war flink und kannte sich bestens in den Tunneln aus, sodass er wahrscheinlich jedem Verfolger entkommen konnte. Vor ihnen lag ein von allen Kämpfern freies Schlachtfeld. Troja war überfallen worden, doch wie, wann und warum, lag im Dunkel der spärlich glühenden Feuerstellen.

»Wir müssen den Schreien nach«, entschied Apostolis und rannte zu einem der dunklen Wohnvorsprünge an der großen Abzweigung, wo drei Gänge in verschiedene Richtungen von der Hauptkammer abzweigten. Triumphierend und ernst hielt er in die Höhe, was er gefunden hatte. Es war eine Art langer Dolch, vielleicht ein Schlachtmesser.

Was es auch gewesen war, jetzt wurde es zu einer Waffe. Apostolis nahm äußerlich ruhig eine neue Fackel, gab sie Wolfgang und deutete dann auf einen der Gänge.

»Gehen wir.«

Helena schluchzte. Wolfgang legte den Arm um sie, doch er begriff, dass nicht die Zeit dafür war. Er nahm ihre Hand und leuchtete Apostolis, der wenige Meter voraus lief.

»Wo willst du hin?«, fragte er.

»Ich folge den Spuren«, antwortete Apostolis.

»Welchen Spuren?«

Stumm deutete er auf einige Stofffetzen, die am Rand des schmalen Ganges lagen. »Sie wurden gewaltsam verschleppt.«

»Warum?«, fragte Helena flehentlich.

Apostolis schüttelte den Kopf, doch er blieb nicht stehen. »Ich weiß es nicht.«

Wolfgang hatte keine Ahnung, wo sie waren, doch die Aufregung ließ nicht zu, dass er sich selbst hinterfragte. Irgendetwas stimmte nicht mit ihm, doch er wusste nicht, was es war. Vielleicht, fürchtete er, war es, wie sie gesagt hatten – die Realität verlangte ihren einbehaltenen Anteil. Er kniff die Augen zusammen. Alles war scharf und authentisch. Er schmeckte den Geruch von Blut in der Luft. Setzte all seine Anspannung in ein einzelnes Seufzen, das die Struktur der Welt erzittern hätte lassen, wenn sie nicht so echt gewesen wäre, dass es sie nicht kümmerte, was Wolfgang über sie dachte.

»Stehenbleiben.«

Alle drei erstarrten. Der Besitzer der Stimme musste direkt vor ihnen stehen. Wolfgang hielt die Luft an und horchte angestrengt in die Dunkelheit hinein. Jede einzelne Faser seines Körpers war so sehr gespannt, dass er sich schon sorgte, er müsse Helenas Hand bereits zerquetscht haben. Kurz meinte er ein leichtes Rauschen, vielleicht ein Räuspern, vernehmen zu können, doch war er sich nicht sicher, woher es kam.

Was nun? Der Fremde, dessen Stimme sie gehört hatten, konnte vermutlich auch nichts sehen. Oder gab es noch so etwas wie

Nachtsichtgeräte für die Leute, die ahnungslose Realitäts-Aussteiger überfielen?

»Wer sind Sie?«, rief Apostolis und schwenkte behutsam die Fackel in die Höhe.

»Legen Sie Dolch und Fackel auf den Boden. Dann nehmen Sie die Hände in die Höhe.« Diese Stimme war tief und selbstbewusst. Sie ließ keinerlei Zweifel daran, wer das Heft des Handelns in der Hand trug. Wolfgang sah, wie Apostolis zitterte, als er der Aufforderung Folge leistete.

»Sie auch«, sagte die Stimme. Wolfgang und Helena brauchten einen Moment, ehe sie begriffen, was gemeint war, doch trennten sie sich nur widerwillig. Ein letztes, ebenso zögerlich wie sanft ausgeführtes Umeinanderschlängeln der Finger, dann standen sie bewegungslos mit ausgestreckten Armen nebeneinander und waren doch wie durch Welten getrennt.

Wolfgang stach der jähe Verlust. Verrückt, wenn er bedachte, dass sie sich kaum ein paar Stunden kannten. Doch die Fülle und Echtheit, die er mit ihr spürte, entschädigte schon jetzt für all den Zorn und das Gefühl des Betrugs, das ihn während der ganzen langen Jahre in der Augmentierung verfolgt hatte – oder redete er sich all dies nur ein, weil es eben so seltsam war, wenn er kurz zuvor eine endgültige Entscheidung gegen die virtuelle Welt getroffen hatte, nur um jetzt daran erinnert zu werden, dass es passieren konnte, dass es auch in der echten Welt keinen Ausweg mehr gab?

Belustigt schüttelte er den Kopf. Ignorierte Helenas fragende Blicke, starrte gerade nach vorn und sagte nichts, sondern traute sich gerade einmal flach zu atmen. Hatte er überhaupt Angst? Ein absurdes Gefühl der Übersättigung breitete sich in ihm aus. Die Situation erschien überzeichnet wie mit einem zu großen Eimer Realitätsfarbe übergossen. Er musste husten. Noch immer verharrten sie bewegungslos. Was passierte jetzt?

Etwas knackte, und seine Synapsen brauchten einen Moment, den Schmerz damit zu korrelieren. Abwesend, irgendwie gleichgültig spürte er, wie seine Hände von starken Armen hinuntergezogen und hinter dem Rücken verschränkt wurden. Klebeband oder so etwas knirschte und dann leuchtete ihm jemand mit einer viel zu hellen Lampe ins Gesicht.

Er hörte einige gemurmelte Worte, doch er konnte sie nicht entziffern. Dann schob man ihn zusammen mit den anderen in die Dunkelheit hinein. Zurück blieben nur Fackel und Dolch als Zeugen einer kampflos verlorenen Schlacht.

***

Als das viel zu helle Sonnenlicht sie traf, kniffen sie die Augen zusammen – zu lange waren sie unter der Oberfläche gewesen. Ganz allmählich wurde klar, wer sie da in Gewahrsam genommen hatte – es waren Personen, in schwarze Folie gesteckt, die wie Lackierung eng an der Haut lag und gelegentliche Erhöhungen aufwies, die wie Geschwüre in rechten Winkeln und voll scharfer Kanten waren. Unschwer als humanoid zu erkennen, lagen ihre Gesichter hinter einer Art zweiteiliger Maske verborgen, die Augen und Ohren einerseits und Mund und Nase andererseits vollständig bedeckten. Wolfgang erkannte sie sofort wieder. Wie auch ihre Bezeichnung sein mochte, sie waren die Ordnungsmacht der augmentierten Welt in der Realität und hatten Troja überfallen. Wolfgang hatte Mühe, herauszufinden, wo genau sie sich befanden, denn noch immer war seine Sicht von hoffnungsloser Überzeichnung getrübt, die nur ganz langsam zurückging. Doch wenn dies die Oberfläche war, dann mussten sie in Berlin sein. Das seltsame Kribbeln in seinen Gliedern hatte sich zu einem unruhigen Jucken gewandelt, das ihn so sehr ablenkte, dass er nicht mitbekam, dass man sie in eine Art Hinterhof brachte, der angefüllt war mit einer Art hysterischem Wimmern und dicker, zähflüssiger Angst. Dicht gedrängt standen die Trojaner in einem abgetrennten Teil. Die Gestalten in den schwarzen Anzügen machten keinerlei Anstalten, zu kommunizieren. Sie standen einfach nur da und verhinderten, dass die Menschen auseinanderstoben wie ein aufgescheuchter Schwarm Bienen. Doch längst hatte Resignation eingesetzt, nur übertroffen von fieberhaftem Warten und der Angst, dass doch irgendwann etwas passieren würde.

Man zwang sie schließlich, sich hinzusetzen. Wer redete, bekam einen dezenten Schlag mit dem Arm übergezogen. Wolfgang konnte nicht erkennen, ob sie Waffen trugen, doch den Blutspuren in Troja nach zu urteilen, wussten sie auf jeden Fall mit Gewalt umzugehen. Es mussten Stunden gewesen sein, dass er in Helenas angstgeweitete, traurige Augen gestarrt hatte. Pollux hatte sich an sie gekuschelt. Letztlich, flüsterte Apostolis ihm zu, waren alle da, ausnahmslos.

Die Rebellion, wenn es denn eine war, war ausgehoben worden. Nach einer Weile stank es nach menschlicher Notdurft, doch Wolfgang erwartete keine Menschlichkeit von den Gestalten hinter den Masken. Sie sahen womöglich ganz andere Dinge in der Augmentierung, als hier wirklich vorgingen. Alles eine Frage der Perspektive. Unruhe erfasste mittlerweile auch Wolfgang. Er musste nicht, doch konnte er sich auch mit gefesselten Händen schlecht bewegen. Seine Augen waren noch immer seltsam, doch wusste er nicht, ob es auf das Blenden der Sonne oder das Ausbrennen der Implantate zurückzuführen war. Für ihn fühlte es sich an wie eine Art verdrehtes Gelenk, nur, dass es aus seinem Kopf zu kommen schien. Immer wieder schloss er die Augen und prüfte seine Empfindungen. Alles war »normal«, zumindest war dies seine Bewertung. Und was hieß das schon? Es wurde immer heißer und unerträglicher, doch noch konnten sich die Menschen von Troja zusammenreißen.

»Sie haben viel größere Disziplin als andere«, sagte eine Stimme anerkennend hinter ihnen. Kurz darauf spürte Wolfgang Schatten auf seinem Gesicht und blickte nach oben.

Oliver Miles beugte sich über ihn und musterte seine Erscheinung.

»Macht ihn los«, sagte er. Seine Stimme schien eine Art digitalen Nachhall zu haben, die irgendwo in Wolfgangs Schädel eine Art Erinnerung an das Konzept eines Echos erzeugte, doch es gelang ihm nicht, zuzuordnen, um was es sich handelte. Abrupt kamen zwei der Gestalten näher und rissen arglos die Fesseln an seinen Händen hinunter. Die Gelenke schmerzten, doch begriffen sie schon die zweifelhafte Entspannung, die ihnen jetzt zuteilwurde.

»Stehen Sie auf.«

»Was?« Wolfgang blickte ihn ungläubig an.

»Na, stehen Sie auf.« Oliver Miles wirkte nicht genervt, als er seine Aufforderung wiederholen musste, beinahe belustigt. Er trug keinen Arztkittel, sondern einen Maßanzug. Ganz offenbar verfügte er über Autorität bei den stummen Wächtern in Plastikfolie. Was er wollte? Wolfgang konnte es sich kaum vorstellen. Fest stand nur, dass er nicht allein sein konnte, was er vorgab. Er wusste über die Dinge Bescheid, das war nun deutlich geworden.

Wolfgang zögerte mit einer Reaktion. Auf keinen Fall wollte er Helena zurücklassen. Was würden die Trojaner denken? Dass er sie verraten hatte? Vielleicht war es ja so. Miles' Blick bekam etwas Bestimmendes, Berechnendes. Wolfgang stand widerwillig auf und hielt die ungefesselten Hände vor dem Bauch aneinander, wie um anzudeuten, dass er sich noch immer als gefangen betrachtete.

»Was jetzt?«, fragte er.

»Kommen Sie, wir gehen spazieren.«

Wieder zögerte er. Ein letzter, entschuldigender Blick zu Helena. Er konnte sehen, dass sie genau so viel Angst um ihn hatte wie umgekehrt. Wolfgang seufzte, dann trat er zu Oliver Miles. Der hob eine Hand und deutete auf den schmalen Ausgang des ausladenden Innenhofes.

»Wer sind Sie?«, fragte Wolfgang, bevor Miles etwas sagen konnte.

»Ich bin der Wächter«, antwortete er, als Wolfgang erkannte, dass die Ruinen der Häuser, unter deren Torbögen sie hindurchgingen, zu den Hackeschen Höfen gehört haben mussten.

»Pffft.« Wolfgang legte so viel Luft in sein spöttisches Pfeifen, dass er hastig einatmen musste. »Was bewachen Sie?«

»Die Welt.«

Wolfgang blieb stehen und musterte den Mann, der vorgeblich Neuropsychologe war und ihm nun eröffnete, gewissermaßen der Gönner und Wohltäter der Menschheit sein zu wollen.

»Welche Welt?«, fragte Wolfgang.

»Die ganze Welt.«

»Ha. Sie bewachen die Menschen nicht, Sie kerkern sie ein in ihren eigenen Gedanken.«

»Sie haben also endlich verstanden, wie es sich mit Realität und virtueller Augmentierung verhält.«

»Wie könnte ich nicht? Das ist eine sehr schmerzhafte Erkenntnis.«

Miles nickte anerkennend. »Zweifellos. Ich bin Ihnen zu großem Dank verpflichtet.«

»Was?« Wolfgang starrte den Mann, der sich als so wendig wie eine Schlange herausstellte, durchdringend an.

Miles nickte. »Aber ja. Sie werden vermutlich zuerst wütend sein, doch ich bin sicher, dass Sie es verstehen werden.«

Wolfgang sagte nichts. Was meinte der Mann?

»Ohne Ihre Hilfe«, fuhr Oliver Miles fort, »hätte ich die Trojaner niemals finden können.« Durchdringend sah er Wolfgang an. »Es war nötig für das große Ganze, dass Sie zum Grenzgänger wurden.

Ich selbst hätte es niemals bewerkstelligen können. Doch die hilflose, rastlose Neugier des verlorenen Menschen vermochte es.«

»Wovon reden Sie nur?«, fragte Wolfgang, der langsam verstand, was er sagte, doch nicht wissen wollte, wie es sich begab.

»Von Gleichgewicht«, sagte Miles belustigt. »Das müssen Sie doch sehen.«

»Helfen Sie mir«, meinte er süffisant. Er spürte wilde, ziellose Wut, doch er stellte erstaunt fest, dass, egal wie sehr er es versuchte, sie sich nicht auf den rätselhaften Mann bündeln ließ, der neben ihm stand und eine groteske Belehrung durchführte.

»Dies, Herr Schmidt, ist nicht das Jahr 2023. Das haben Sie sicher mittlerweile herausgefunden.«

Wolfgang nickte. Missmutig. »Und?«

»Was denken Sie, ist passiert?«

»Die Unterhaltungsindustrie ist aus dem Ruder gelaufen. Die Menschen haben sich in die Virtualität geflüchtet, weil es so viel besser als die echte Welt ist.«

Miles schüttelte den Kopf. »Die Industrie gab uns nur die Blaupausen für das, was möglich war. Es gab die vollkommene virtuelle Illusion, lange bevor es nötig war, sie großflächig einzusetzen.«

»Was dann? Ist das die Matrix und Sie sind das Programm, das die Menschen steuert?«

Miles zuckte mit den Schultern. »Das würde keinen Unterschied machen, abgesehen davon, dass es diesem infantilen Vergleich an Substanz fehlt. Was Sie nicht zu begreifen scheinen, ist die Tatsache, dass die Menschheit die Welt zugrunde gerichtet hat. Sie und ich …« Er machte eine theatralische Pause, ehe er Luft holte und voller Abscheu fortfuhr. »… und diese lästigen Terroristen aus dem sogenannten Troja sind die einzigen, die Bescheid wissen. Warum? Weil wir nicht in der Lage sind, es zu ertragen.«

»Was?«

»Alles. Mit unserer wahnwitzigen Sucht nach fossilen Brennstoffen und immerwährender Energie haben wir die Welt zu dem gemacht, was Sie sehen können: eine staubige Kugel voller ätzender, hochgefährlicher Säurewolken, die kaum Wasser und Nahrung mehr hervorbringen kann, um uns zu ernähren.«

»Sind Sie ein Öko? Oder ein autokratischer Diktator?«, fragte Wolfgang. Bis jetzt hatte er gedacht, es ginge um die Überwachung. Doch womöglich ging es ihm wirklich um die Menschen …

»Ich bin Humanist«, sagte Oliver Miles. »Verstehen Sie nicht? Der Planet ist ausgezehrt und krank, doch er wird sich erholen, wenn wir ihm die Zeit dazu geben.«

»Und das gibt Ihnen das Recht, Milliarden von Menschen zu versklaven?«

»Sie sind nicht versklavt, sondern zu ihrer eigenen Sicherheit augmentiert. Abgesehen davon sind es kaum mehr als 250 Millionen.«

Wolfgang blickte ihn durchdringend an. »Ich glaube Ihnen nicht. Niemand könnte so zynisch sein.«

»Außer dem Leben selbst, nicht wahr? Glauben Sie mir, niemand bedauert den aktuellen Zustand mehr als ich.«

»Natürlich.«

»Aber es ist wahr. Was denken Sie denn, was die Alternative wäre? Glückliche freie Menschen?«

Wolfgang schüttelte den Kopf. »Ich weiß es nicht. Aber ich weiß: Es gibt niemals eine Alternative zur Freiheit.«

»Das glaubte ich auch einst. Aber wissen Sie was? Die Menschen waren nicht darauf vorbereitet, was auf sie zukam. Der Klimawandel hat im Handstreich alle sozialen Normen und sogenannten ethischen Errungenschaften hinweggefegt, als er erst mal loslegte. Kriege, Seuchen, Massaker. Die Menschheit kämpfte jeder gegen jeden um das, was noch da war. Bis wir fast ausgestorben waren.«

»Und dann kamen Sie als Ritter in güldener Rüstung und haben Augmentationsanzüge verteilt?« Wolfgang spuckte die Wörter aus, wie es sein Abscheu erlaubte. Er wollte Oliver Miles hassen, doch er spürte, dass zu viel Wahrheit in seiner Geschichte lag.

»Zuerst«, sagte er und seufzte, »gaben wir ihnen eine Möglichkeit, der Wirklichkeit zu entfliehen. Dann erst begriffen wir, dass unsere Systeme so gut waren, dass sie gar nicht mehr zurück wollten. Dass schließlich das Bewusstsein, in einer virtuellen Welt zu sein, verflog.«

»Nicht für alle«, schnaufte Wolfgang. Schmerzhaft erinnerte er sich an den Moment, da er sich Maske und Helm vom Gesicht gerissen hatte.

»Kein System ist perfekt, genauso wie es der Mensch und sein Humanismus nicht ist. Wir alle scheitern auf die eine oder andere Weise an der Wirklichkeit.«

»Was haben Sie mit den Menschen von Troja vor?«

Miles blickte Wolfgang an. Aufrichtige Trauer stand in seinen Augen. »Es gibt keine Alternative.«

Wolfgang erschrak. Er konnte unmöglich meinen … »Keine Alternative wozu?«, fragte er.

Oliver Miles schüttelte den Kopf. »Sie können nicht mehr zurück. Es ist zu lange her.«

»Was?«

»Sie sind eine Gefahr!» Der Mann im feinen Anzug schrie Wolfgang plötzlich so laut an, dass er kurz zusammenzuckte. Seine Selbstbeherrschung fiel von ihm ab wie ein viel zu dünner Schleier, der ihn in Position gehalten hatte.

»Wieso haben Sie Angst vor ihnen?«, fragte Wolfgang.

»Sie bringen Chaos in die Welt. Sind unberechenbar.«

»Die menschliche Natur«, sagte Wolfgang genüsslich. Er verstand Miles. Vielleicht hatte er aus seiner Perspektive sogar recht – doch er musste, konnte und würde sie nicht teilen. Nicht nach allem, was er erlebt hatte. Nicht, seitdem er Helena kannte …

»Sie haben es erfasst, mein Freund«, sagte Oliver Miles. Er war wieder ruhiger, doch Wolfgang konnte die Schweißperlen auf seiner Stirn sehen. Mochten sie der Hitze der unnachgiebigen Sonne geschuldet sein, sie gehörten auch seiner Scham. Wolfgang überraschte die vertraute Formulierung. Wie kam er dazu?

»Was erlauben Sie sich?«, fragte er unwirsch. »Ich bin nicht Ihr Freund. Wie könnte es dazu kommen? Sie versklaven die Welt. Ich verachte Sie.«

Miles nickte. »Es schmerzt mich, das zu hören. Ich hatte …» Er zögerte. Blickte ihn eindringlich an. »Ich hatte gehofft, dass Sie verstehen würden, welch bedeutenden Beitrag Sie geleistet haben.«

Wolfgang erschrak.

Schluckte.

»Ich habe Sie zu ihnen geführt.«

Mit einem Mal wurde ihm die ganze perverse Kausalität bewusst. Er hatte die Trojaner tatsächlich verraten, und dazu war es nicht einmal nötig gewesen, zu wissen, was er tat. Nein, vielleicht war es nötig gewesen, nicht sehenden Auges ins eigene Unglück zu rennen.

»Ja, so ist es. Ich danke Ihnen.«

Wolfgang spuckte seinen letzten Speichel auf den staubigen Boden vor Oliver Miles. »Soll Ihre Dankbarkeit Sie verrotten lassen.«

Betreten blickte Oliver Miles zu Boden. »Ich kann Sie gut verstehen, glauben Sie mir.«

»Das spielt keine Rolle«, würgte Wolfgang hervor. Ihm war speiübel. Er fühlte die Schuld der ganzen Welt auf sich. Wollte nur zurück zu den Trojanern. Zu Helena. Ihr Trost konnte ihn erlösen. Wenn sie ihn nicht hassen würde … »Sind wir hier fertig?«, fragte er Miles.

»In der Tat.«

Wolfgang machte auf dem Absatz kehrt.

»Herr Schmidt.«

»Was?« Er spuckte das Wort aus wie rohe Tierinnereien.

»Gehen Sie nicht zurück.«

Eindringlich sah er Wolfgang an. Sein Blick sagte mehr als tausend Worte, und voller Horror erkannte Wolfgang, was er ihm damit sagen wollte.

»Ich kann tun, was immer ich will«, antwortete er dann doch trotzig.

»Sie wissen, was Sie dort erwartet. Kommen Sie mit mir, und Sie werden ein gutes Leben haben. Sie können zurück in die alte Welt, wenn Sie wollen. Es ist nicht zu spät.«

Wolfgang schüttelte den Kopf. »Doch, ist es. Dafür ist es schon lange zu spät.«

Oliver Miles wiegte den Kopf hin und her und blickte bedrückt zur Seite. »Überlegen Sie es sich.«

»Nicht nötig«, murmelte Wolfgang und entfernte sich ohne weiteren Kommentar. Er wusste, was er zu tun hatte. Bedächtig schlurfte er über den Boden und hinterließ kleine, aufgewirbelte Staubwölkchen. Nachdenklich blickte er auf die gleißende Sonne, die ihre ganze Erbarmungslosigkeit ohne die ätzenden Wolken geradezu zu genießen schien.

Dann ein Gedanke.

Helena.

Was vergeudete er eigentlich seine Zeit? Er beschleunigte seine Schritte, als wäre er ein archaischer Verbrennungskraftwagen. Rannte plötzlich, als ob es um sein Leben ginge, begriff wie in Zeitlupe, dass es in Wahrheit um *ihr* Leben ging.

»Sie wissen, was Sie dort erwartet.«

Miles' Worte klangen in seinen Ohren wie immerwährendes, metallisch-klirrendes Echo nach. Die staubige Luft zersetzte seine

Lungen, doch er konnte jetzt nicht aufgeben. War es zu spät? Vielleicht. Spielte keine Rolle. Er ignorierte, nein, bemerkte die ihm entgegenkommenden schwarzen Gestalten in der sonst menschenleeren Stadt überhaupt nicht. Er schien sie auch nicht zu kümmern, doch es wäre ihm egal gewesen. Mit allen zusammen hätte er es in jenem Moment ohnehin nicht aufnehmen können, als er fieberhaft und tief keuchend den Hofeingang wiederfand.

Ein seltsamer Geruch lag über dem unübersichtlichen Hofkonstrukt. Der Geruch des Todes. Wolfgang konnte das Blut und den Schweiß in seiner Nase riechen, als bohre jemand ihm selbst ein Messer ins Jochbein. Nur noch ein paar Schritte. Er würde Krämpfe bekommen, dachte er noch, doch als er den Hinterhof endlich gefunden hatte, sank er nur noch zu Boden und war gewiss, dass er nie wieder würde aufstehen können.

In einer Ecke, achtlos wie Unrat zusammengeschoben, lagen ihre Leichen. Wolfgangs Brust wurde eng und der Magen drehte sich um, bevor er vor Zittern und Beben seiner Arme endgültig zu Boden fiel. Er spürte die salzige Gewissheit der Tränen, die diesmal seine eigenen waren.

Eine Ewigkeit lag er so da, den Kopf auf zitternde Hände in den Sand gebohrt, und ließ lauter kleine braune Flecken im Dreck entstehen, die seinen Tränen kaum gerecht werden konnten. Er würgte, doch erbrach sich nicht, er schnappte nach Luft, doch erstickte nicht. Er lebte, obschon er es nicht wollte, und wenn ihm jemand ein Schwert gereicht hätte, so hätte er sich nur allzu gerne hineingestürzt.

»Helena«, rief er in den wolkenlosen, toten Himmel, doch der antwortete nicht.

„Helena!«

Nein.

Nein.

Er brauchte Gewissheit. Spuckte das letzte bisschen Galle aus, das es in seinen Mund hinaufgeschafft hatte, erhob sich aus der Asche und betrachtete seinen Verrat. Die ganze Sünde der Welt ging auf ihn über, als er die unschuldigen Männer und Frauen und Kinder von Troja anblickte. ›Oh, Pollux‹, dachte er. Er hatte die Augmentierung nicht einmal gekannt und musste dennoch ihretwegen sterben. Wolfgang verfluchte das Schicksal, nein, Oliver Miles, nein, die menschliche Natur, nein, sich selbst allein, und begann die stinkenden, blutgetränkten Überreste zu durchsuchen.

Er musste es wissen.

Schweißüberströmt und vom Würgereflex ausgezehrt brachte er schließlich ihren leblosen Körper hervor. Strich ihr über die hellweißen, noch immer makellosen Wangen und heulte so sehr, dass die Spree Hochwasser hätte bekommen müssen, wenn nicht der arme, durstige Boden all seine Tränen verschluckt hätte.

Er hauchte ihr einen flüchtigen Kuss auf die Wange. Sollte er sie bestatten? Damit würde er den anderen Trojanern Unrecht tun. Doch unmöglich konnte er derer vierundfünfzig Menschen begraben.

Wolfgang erhob sich aus dem Haufen der Toten, trat vor und verbeugte sich. Dann stand er still da und hielt die Totenwache bis seine Tränen endlich verronnen waren.

Jetzt gab es keine Zukunft und keine Vergangenheit mehr. Für ihn oder jemand anderen. Mit der Dämmerung verließ er die Hackeschen Höfe und wusste, dass es vorbei war. Oliver Miles hatte recht gehabt, er hätte nicht zurückkehren sollen. Doch immerhin gab es nun keine Zweifel, keine Unsicherheit in ihm. Alles war leer und tot und abgeschlossen.

Antriebslos blickte er in den Sonnenuntergang. Dunkelheit umfing ihn, als er ans Ufer der Spree zurückkehrte und sich ins ausgeblichene, faserige Gras legte.

Der Morgen würde sicher leicht kommen, doch ob es dann auch Tag würde, konnte er sich nicht vorstellen. Niemals mehr.

16

Wolfgang erwachte in der Wüste der Wirklichkeit. Er erblickte nichts als staubigen Boden, der vor Trockenheit aufgerissen unter ihm lag. Es gab keinen Horizont, nur gelb-braunen Hintergrund in jede Richtung. Das unbestimmte Gefühl, sich selbst zu beobachten übermannte ihn. Ließ ihn auf schmerzhafte, subversive Weise begreifen, dass er ganz allein war. Es gab keine anderen Menschen mehr. Es gab vielleicht nicht einmal den Ort, den sie Erde nannten, ganz zu schweigen vom winzigen Berlin irgendwo zwischen den menschenleeren Steppen Brandenburgs.

Versuchsweise setzte er die Füße voreinander. Die Textur war selbstähnlich und scheinbar periodisch – wäre die Unschärfe der Ferne nicht gewesen, so hätte er die schlecht bemalte Tapete, die zwischen Himmel und Erde nicht unterschied, bis in die Unendlichkeit fortgeführt gesehen.

Er hustete, doch es war ein trockener, imaginierter Husten. Wolfgang schloss die Augen und hörte, roch und fühlte seine Umgebung. ›Wie sehr man doch von der Sicht geblendet wird‹, dachte er und seufzte. Als er die Augen wieder auftat, war die Wüste verschwunden und es lag weiß poliertes Nichts um ihn herum. Der blanke Boden quietschte unter den nackten Füßen, doch es war nur ein imaginiertes Quietschen. Wolfgang begriff, dass er an einem Ort war, der seinen Gedanken gehorchte, oder umgekehrt, nur zeigte, was er sich dachte. Wieder schloss er die Augen.

Die finstere, fackelerhellte Düsternis Trojas fand sich um ihn herum. Mühelos erkannte er die große Halle, die eine Art Vorratsraum für irgendetwas gewesen war, vielleicht im Krieg oder davor oder danach – das alles spielte keine Rolle für ihn. Er roch und sah das Blut auf dem Boden, und augenblicklich hallten die Schreie an den glatten Steinwänden wider. Wolfgang wusste, dass nicht echt war, was er erlebte, nicht echt sein konnte. Doch aufwachen – nein, aufwachen kam nicht in Frage. Das war kein Entschluss, mehr ein vages, abseitiges Gefühl des Geschehen-Lassens der Überzeugung, dass es woanders nur noch schlimmer sein würde.

In Bewegungsunschärfe gefangen, sah er sich selbst nach dem kleinen, fallengelassenen Dolch des Apostolis tasten. Scham ergriff Besitz von ihm, als er sich daran erinnerte, dass er auch von ihm nicht hatte Abschied nehmen können. Dass sein toter Kadaver in dem Hinterhof nur einer von vielen gewesen war, obschon er einer der wenigen echten lebenden Menschen gewesen war, die ihm etwas hätten bedeuten sollen. Doch im nächsten Moment fühlte er schon wieder nichts mehr davon. Nachdenklich sah er den Dolch in seinen Händen an und begann, gelangweilt an den Wänden zu kratzen.

Mit einem leisen, melancholischen Krachen riss der raue Putz von den Backsteinen der Untergrundhalle und gab den Blick frei auf etwas, das nichts anders als eine weitere Reihe Steine sein konnte. Nachdenklich blickte Wolfgang sich um. Obschon die ganze Unwirklichkeit der Situation seinen Körper beben ließ, bemerkte er, wie eine Intuition sich Bahn brach. Wie verrückt begann er am

Fuße der Wand zu graben. Wusste nicht, was er suchte, nur, dass es etwas zu finden gab. Nach wenigen Zentimetern schon erfuhr er die seltsame Wahrheit über den Fußboden: Es war festgetretener Staub, vermischt mit Wasser und Lehm und Zeit. Nur mit dem Dolch darin herumbohrend, zerfiel um ihn herum wie auf ein unhörbares Kommando das ganze Labyrinth zu Staub und gab den Blick frei auf das, was dahinterlag. Unwirsch dahingeworfen, blickten ihn ein paar dutzend Skelette vorwurfsvoll an. Bald hätte er damit gerechnet, dass sie ihn ansprechen und ihr Leid klagen würden, doch sie saßen nur im Staub hinter den zerfallenen Wänden und erzählten die Geschichte der sieben Hügel von Troja, sodass Wolfgang begriff, vielleicht im Wahn, vielleicht im Traum, welche Rolle er gespielt hatte. Das Fleisch kehrte zurück an ihre Knochen, formte Sehnen, Muskeln und Organe und zeigte sie dabei, wie sie in der Dunkelheit und dem Fackelschein ausharrten und auf eine bessere Welt hofften. Dann, ebenso unvermittelt, verschwanden sie nach und nach und machten Platz für neue Skelette, die ebenfalls rückwärts lebten und wieder verschwanden.

»Das ist der Lauf der Dinge«, sagte eine Stimme neben ihm.

Wolfgang erblickte die imaginierte Erscheinung Oliver Miles' neben sich. Ungerührt verfolgte er, wie wieder und wieder Skelette unter den Überresten der anderen hervorkamen, rückwärts lebten und verschwanden.

»Nichts ist perfekt«, sagte Miles, der jetzt wieder seinen weißen Medizinerkittel trug, und seufzte. »Wenn eine kritische Masse erreicht ist, werden sie entfernt. Es ist ökonomisch. Und nötig.«

Wolfgang schüttelte den Kopf. Es war barbarisch und widerwärtig. Er erhob gerade die Stimme, da war Oliver Miles' geisterhaftes Abbild auch schon wieder aus seinen Gedanken verschwunden. Wolfgang blickte sich um, sah weitere Skelette aus den unteren Schichten der Katakomben auftauchen, und dann das ganze Tunnelsystem kollabieren. Mit einem gewaltigen Grollen kündigte sich das endgültige Urteil über die Höhlen von Troja an, sodass Wolfgang sofort begriff, was passierte; unfähig, sich zu bewegen oder irgendeine andere Handlung abzuleiten. Panisch duckte er sich vor den hinunterstürzenden Steinbögen, doch bemerkte er rechtzeitig und auf absurde Weise wieder einmal, dass es nicht echt sein konnte, dass er träumte oder halluzinierte, doch er hatte es auch sogleich wieder vergessen, als die Umgebung komplett verschwunden war und zu allen Seiten blauer Himmel blieb, kein Fußboden, kein Berlin, keine klagenden Toten. Nicht einmal, bemerkte er wundernd, eine Sonne, die Licht gespendet hätte. Es war einfach hell, ohne offensichtliche Quelle. Gab es hier Luft, die er atmete, aber atmete er überhaupt? Er roch, schmeckte und hörte nichts.

Dann flackerte die Darstellung auf eine bedrückend surreale Art und Weise. Es wurde dunkel und Wolfgang war allein. Es gab nichts außer seinem Verstand, schlafend in der Wüste der Wirklichkeit.

***

Er war nicht sicher, ob das Kreischen vom Himmel wirklich Vögel sein mochten, oder was die Welt aus ihnen gemacht hatte. Nicht ohne Ironie wünschte er sich die Taubenmassen der Vergangenheit herbei statt der dürren, zerfledderten Was-auch-immer-Gleiter, die da glucksend und würgend über der Spree kreisten.

Wolfgang kam langsam wieder zu sich. Er erinnerte sich nicht, wie er hier gelandet war, doch das braune Gras kratzte seinen Rücken, sodass er sich aufsetzte und sammelte. Langsam kehrte das Bewusstsein dafür zurück, dass Oliver Miles die Vernichtung Trojas befohlen hatte, zumindest hatte es den Anschein gemacht, und dass die schwarzen Folienträger zurückgekehrt waren und dass Helena tot war. Und all die anderen. Wolfgang seufzte und blickte auf das braune, viel zu trübe, viel zu niedrig stehende Wasser. Missmutig stand er auf und suchte, einer seltsamen Ahnung folgend, die Sonne, als könnte sie am helllichten Tag nicht da sein. Natürlich fand er die hellbraune Scheibe hinter den dunkelbraunen Wolken. Was für ein seltsamer Gedanke, dass sie nicht hätte da sein können. Er wusste nicht, wie er darauf gekommen war. Sein Blick schweifte in die Ferne. Neben schwelender, heißer Luft gab es kleine rot-blaue Pixel, die umhertanzten, und die schlechterdings hätten zugeordnet werden können. Wolfgang war vollkommen ziellos, doch irgendetwas in ihm zeigte ihm die Richtung. Es trieb ihn nicht an, denn er verharrte an dem Platz, wo er geschlafen haben musste, doch die Pixel erregten immerhin seine Aufmerksamkeit. Das war es doch, nicht wahr? Neugier. Noch immer verstand er nicht, was hier mit ihm, mit der Welt, mit den Menschen passierte. Vielleicht war alles, was er dachte und tat, sinnlos, doch zumindest wollte er aufklären, was vor sich ging. Die Luft war schwer, als hätte jedes einzelne Molekül die Größe und Konsistenz von Backsteinen, die er atmen musste, um nicht zu ersticken. Es war nicht der Staub, sondern vielmehr die plötzliche Manifestation der Realität, die den noch immer schläfrigen Mann umfing.

Er ging schließlich los, nach Nordwesten, wie er meinte. Weil es nichts anderes zu tun gab. Weil er wollte und konnte. Spürte weder Hunger noch Durst, keine Trauer und keinen Zorn, nicht einmal den knirschenden, groben Sand unter den Füßen. Wie ein Pilger in der Wüste hatte er sich eine Richtung gesetzt und würde sie einhalten, was auch passierte. Die Stadt? Ach, die Stadt. Es waren kaum Menschen hier, und die gelegentlich auftauchenden Foliengestalten fochten ihn nicht an. Das Gefühl der Gewissheit, sie nicht aus ihren Illusionen reißen zu dürfen, hatte sich verfestigt wie Sekundenkleber und ließ keine Zweifel mehr daran zu. Sie würden verrückt werden wie er, und am Ende war niemand mehr übrig außer Oliver Miles, dem Herrn über die Geisterstädte, Geisterzivilisationen und Geisterstaaten aller Art. Tatsächlich wusste er nicht, wie weit dessen Macht reichte, doch es spielte auch keine Rolle. Er würde ihm nicht die Stirn bieten, nicht, weil er nicht konnte – das wusste er nicht und konnte es auch nicht ermessen – sondern weil er keinen Antrieb dazu fand. Vielleicht wäre es seine Aufgabe gewesen, die Menschen zu befreien und ihnen zu zeigen, wie die Wirklichkeit aussah, doch war es eben auf eine gewisse Art und Weise nur *seine* Wirklichkeit. Ja, das war die zentrale Erkenntnis, die er jetzt gewonnen hatte, auch wenn er noch nicht wusste, was es bedeutete. Mühsam folgte er dem Ufer des Flusses. Hie und da waren Gebäude so zerfallen, dass er um sie herumgehen musste, weil das Geröll sich meterhoch stapelte. Doch so sehr er sich auch darauf konzentrierte, Trauer für seine Stadt zu entwickeln, es rührte sich nichts. Gleichgültig umrundete er die Trümmer, bis er wieder den armseligen, beinahe trockenen Fluss im Blick hatte. Wolfgang prüfte seine Richtung. Die tanzenden Pixel waren nicht größer geworden, wirkten doch aber näher als zuvor. Wieder und wieder kniff er die Augen zusammen, ob vor Staub oder Ungläubigkeit. Es konnten keine optischen Artefakte sein, seine Augen waren organisch und unaugmentiert. Oder?

Es kam ihm auf einmal in den Sinn, sich umzudrehen. Genau wusste er, welchen Weg er genommen hatte, doch plötzlich begriff er das Ausmaß seiner Existenz. Hinter ihm lag eine Schneise der Verwüstung. Obschon zuvor in Trümmern, glich der Weg nun einer Art desintegrierter Lawine, deren Beginn und Zentrum er selbst sein musste. Blinkende, flackernde Dreiecke zeigten die Formen der Dinge, ohne jedoch ihre Oberfläche zu berühren. Wolfgang erinnerte sich an frühe Computerspiele, die bei Fehlern ähnlich obskure Darstellungen gehabt hatten. Langsam atmete er ein und aus. Blinkende Flocken kondensiert-substanzloser Luft flogen aus seinem Mund und zerfaserten in wilde, zu Boden fallende Dreiecke.

Er schluckte und wusste nicht mehr, was er noch alles zu erleiden hatte. Probeweise setzte er einen Fuß auf den abbröckelnden Boden hinter ihm, der in die Unendlichkeit hinunterzufallen schien. Langsam zweifelte er endgültig an sich selbst. Gar nicht so sehr, weil er nicht glauben konnte, was er wahrnahm, auch nicht, weil es keinen Sinn ergab, sondern einfach nur, weil es nichts gab, das ihn unter Millionen anderer, in Folien verschweißter, maximal-augmentierter Individuen auszeichnen sollte. Wolfgang seufzte und schien damit eine Woge der Zerstörung auf die Welt loszulassen, sodass rechts und links des Weges Gerippe von vertrockneten Bäumen zu traurigen Häufchen aus zusammengefallenen Pixeln verblassten und die ohnehin verfallenen Betonruinen krachend und knirschend noch weiter in sich sackten.

Die plötzliche Vorstellung, dass sein unbeirrbarer Weg zu den noch immer in der Ferne tanzenden Pixeln führen musste, ließ goldene Stufen unter seinen geschundenen Füßen erscheinen, die sich warm und weich und behaglich anfühlten. Zu behaglich. Eilig trat er zur Seite, ehe es ihn schwindeln machte, weil er begriff, dass der Boden jetzt auch unter ihm bröckelte und in die bodenlose Finsternis fiel, die die Welt zu verschlingen schien und zugleich verschlungen wurde. Einem Gemälde der Surrealisten gleich liefen wieder und wieder Wogen aus weich aufgerüttelten, pixeligen Verdichtungen wie flüssige Luft über die verbleidende Landschaft, sodass ihn schließlich eine Art wilde Ungeduld beschlich. Wer konnte in dieser verrückten Welt noch garantieren, dass irgendetwas an seinem Platz blieb? Was war überhaupt der Platz der Dinge?

Eilig hastete er die Stufen entlang. Während nach kurzer Zeit nichts mehr um ihn herum außer Stufen und sternenlosem Weltall-

Nichts zu existieren schien, kündigte eine Art massives Tor das Ende der flachen, glänzenden Treppe an.

War dies das sprichwörtliche Licht am Ende des Tunnels? War er gestorben, ohne es mitzubekommen?

Die mächtigen Steinarkaden flimmerten und verschwanden so schnell, wie sie erschienen war. Der Weg endete in einem inselhaften, runden Stück Gras mitten im absoluten Nichts. Wolfgang hörte Vögel zwitschern, obschon sie weder zu sehen waren noch es Bäume gab, in denen sie sich hätten verstecken können.

Als er die Kante des Rasenstückes, das kaum zehn Meter Durchmesser haben konnte, erreicht hatte, trat er versuchsweise darauf. Die Dicke der Rasenschicht betrug vielleicht einen halben Meter – mit nichts als Finsternis darunter – doch schien sie sein Gewicht mühelos halten zu können. Mehr noch, der Rasen kitzelte seine Füße und fühlte sich vollkommen normal, überwältigend realistisch an. Irritiert über die starke Empfindung drehte Wolfgang sich um, um den Weg zu begutachten, da verlor er beinahe das Gleichgewicht. Mit den Armen rudernd stand er am Abgrund des Universums, hinter ihm die blanke, entsetzliche Leere. Und dann, gerade als jenes verräterisch-vertraute Gefühl des Fallenlassens einsetzte, stürzte er gegen massiven Beton, der direkt vor ihm erschien. Starr vor Angst klammerte er sich mit beiden Armen an die viel zu glatte Wand …

Aber … diese Wand kannte er. Wieder drehte er sich um die eigene Achse. Das Vogelgezwitscher musste jetzt so laut sein wie ein mittelgroßes Rockkonzert direkt an der Bühne. Während die

Ohren klangen und die Beine zitterten, erschien aus dem Nichts hinter dem Rasenstück die fehlende Landschaft. Wolfgang stand, noch immer an die Wand gelehnt, mitten im Hof der neuropsychologischen Klinik der Charité und schnappte hastig nach Luft, die nicht mehr backsteindick, sondern süß und kühl und kräftigend war.

Wie war er hierhergekommen?

Er erinnerte sich an Stufen, an zerfallende Welten, doch er konnte sich nicht mehr erinnern. Nicht an den Weg von dem Ort, wo er herkam, noch dem, wo er sich jetzt befand. Verlor er nun auch noch das Gefühl für Zeit?

»Ich grüße Sie.«

Wolfgangs Überraschung hielt sich in Grenzen. Halb hatte er damit gerechnet, dass genau dies passieren würde. Routiniert drehte er sich leicht zur Seite und sah gerade noch, wie der Glatzköpfige aus einem Gerüst aus Dreiecken, gefüllt mit feinen Linien, fertig texturiert wurde. »Sie.«

»Was haben Sie denn gedacht? Einen weißen Hasen, der Ihnen den Sinn des Lebens auf einem Silbertablett präsentiert?«

Wolfgang wog den Kopf hin und her. Das wäre schon nicht schlecht gewesen – doch nein, der Alte hatte recht. Was er erwartet hatte, war irgendwie, auf eine seltsame Weise, genau dies. Und genau jetzt.

»Nein«, sagte er und fand eigenartige Zufriedenheit in der sich anschließenden Stille.

»Nein, natürlich nicht«, sagte der Alte und lachte.

»Wo ist Ihr Freund?«, fragte Wolfgang.

Der Alte blickte ihn überrascht an. »Wer?«

»Der andere Mann … mit dem, äh, Toupet.«

»Ah. Nun, weder war er mein Freund, noch kümmert es mich, wo er ist. Wieso fragen Sie?«

»Weil ich … nun ja …« Wolfgang musterte den Alten. Natürlich. Wieso kümmerte es ihn? »Ist nicht so wichtig«, murmelte er.

»Ganz genau«, sagte der Alte sichtlich zufrieden. »Es spielt keine Rolle.«

»Was?«

»Was was?«

Wolfgang seufzte. Wollte der Mann ihn zum Narren halten? Was war das hier? Obschon es keinen Hinweis mehr darauf gab, dass um sie herum dunkles Nichts war, hatte Wolfgang noch immer das Gefühl, jederzeit durch den Fußboden gesogen in die Unendlichkeit fallen zu können.

»Was ist dieser Ort?«, brachte er dem Alten entgegen.

»Wofür halten Sie ihn?«

»Er sieht aus wie der Garten der neuropsychologischen Klinik der Charité«, sagte Wolfgang.

»Nun, dann ist er das auch«, sagte der Alte.

»Hmm.« Wolfgang musterte den alten Mann, der langsam im Wind hin und her zu wiegen schien und den eine Art jenseitige Aura umfasste, die das Mysterium der Existenz selbst zu sein schien. »Was ist es für Sie?«, fragte er.

»Für mich?« Der Alte gluckste, und kurz schien es Wolfgang, als hätte er falsche Zähne verlieren wollen, doch dann zitterte sein

Mund nicht mehr, und er wurde ganz still. »Für mich ist dies die spiegelbildliche Manifestation meines Innersten.«

»Aha«, sagte Wolfgang.

»Du verstehst das nicht, Junge«, sagte der Alte unwirsch und wechselte plötzlich die Anrede. Er wirkte aufgewühlt und verletzt, geradezu erschreckt.

»Nein …«, antwortete Wolfgang. »Ich verstehe das ganz und gar nicht. Ich weiß nicht einmal, wie ich hierhergekommen bin.«

Der Alte musterte ihn. Dann sagte er: »Kann es sein, dass du vielleicht ein bisschen verrückt bist?«

Wolfgang lachte vor Überraschung laut auf. Natürlich. »Ich glaube, wenn ich Ihnen alles, was ich erlebt habe, erzählen würde, dann muss Ihr Urteil ganz gewiss sein, dass ich nicht nur ein bisschen verrückt bin.«

»Was ich glaube, ist vollkommen egal«, sagte der Alte. »Was glaubst du?«

Langsam blickte Wolfgang sich um. Beobachtete die Bäume und das Gras und den kleinen Teich am Ende der Rasenfläche. Er konnte die Vögel jetzt sehen und roch die Natur in ihrer ganzen Pracht. Die Authentizität der Szenerie war atemberaubend, doch gelang es ihm nicht, sich davon frei zu machen, dass es nur mehr ein Ausschnitt aus einer viel, viel bedrückenderen Welt sein konnte. Wenn überhaupt. Wolfgang erinnerte sich an die Frage des Alten und das tiefe Gefühl, dass er ihm, wenn schon, nur ob seiner Kauzigkeit eine Antwort schuldete.

Er seufzte und sagte: »Ich weiß es nicht. Ich habe nicht die geringste Ahnung, was ich glauben soll. Diese Mauer hier … ich bin durch sie hindurch in diesen Garten gekommen, als hätte sie keinerlei Substanz, aber wenn ich sie jetzt berühre …» Er klopfte gegen den soliden Betonkörper. »… dann ist es eine Mauer und es gibt keine Möglichkeit, sie zu durchschreiten.«

Der glatzköpfige Alte blickte nun mit einer Milde, die Wolfgang nur von Müttern kannte, die ihren Neugeborenen die schmutzigen Hintern abwischen mussten.

»Konzentrier dich und versuch einfach, dir die Wahrheit vorzustellen«, sagte der Alte.

»Welche Wahrheit?«

»Die Realität gibt es nicht.«

»Die Realität gibt es nicht?«

»Nein. Es gibt nicht einmal dich. Oder mich.«

»Was …?«

Wolfgang stockte, denn der Alte und mit ihm der Garten zerfaserten in Dreiecke und schwirrten in einzelnen, wackelnden Pixeln davon. Innerlich stellte er sich auf das Gefühl des schwerelosen Fallens ein, doch stattdessen hatte er beide Beine auf festem Untergrund und brauchte einen Moment, um zu begreifen, wo er sich befand.

Dies war der gläserne Flur zu Oliver Miles' Büro. Er erblickte unter sich den staubtrockenen Kadaver Berlins mit all seinen Ruinen und zerfallenen Wahrzeichen. Die Tür war offen. Wolfgang wusste nicht, was all das zu bedeuten hatte, doch er wusste, dass er hinein gehen musste. Jetzt. Vielleicht hatte er nicht alle Antworten, doch es war vollkommen unmöglich, dass er gar keine hatte.

17

»Sie haben mich gefunden«, sagte Miles, als er Wolfgangs Anwesenheit bemerkte.

Wolfgang erkannte das große, dunkle Büro, doch schien es ganz und gar aus der Welt gefallen. Das winzige Fenster schräg hinter Oliver Miles zeigte keinen Horizont, sondern einfarbige blaue Tapete am Ende der Welt, ebenso wie die diversen Exponate eindimensional und kantig wirkten. Wolfgangs Blick flackerte hin und wieder wie das Bild eines Satellitenempfängers im Sturm. Wieder der feste, sichere Gedanke, als gäbe es kein Universum um diesen Raum herum, sondern nur dies. Es war und würde sein, singulär in Zeit und Raum. Oliver Miles lächelte freundlich, doch vermochte er Wolfgang nicht zu durchdringen.

»Ich habe Sie nicht gefunden«, sagte er. »Denn dafür hätte ich Sie ja suchen müssen.«

»Und doch ist Ihre Anwesenheit mir Beweis genug.«

»Ist das die wissenschaftliche Methode?«, fragte Wolfgang. Er wusste nicht viel darüber, doch schien es ihm unlogisch, Beobachtungen bereits für Beweise zu halten. Es passte zu Miles und seiner Art die Realität – wenn es denn diesen Namen verdiente –, zu interpretieren.

»Es ist meine Methode«, entgegnete Miles ohne Emotion. »Warum also, Wolfgang Schmidt, sind Sie hier?«

»Ich weiß es nicht«, sagte er und wusste, dass es stimmte. Er war dem einzig möglichen Pfad gefolgt, im Garten der Klinik und schließlich in diesem Gefängnis aus nachgemachter Kunstgeschichte gelandet.

»Sie wissen es nicht?«, fragte Miles. »Denken Sie mal nach.« Seine Stirn wirkte höher, als Wolfgang sich erinnerte, und sein weißer Professorenkittel schien aus sich selbst heraus zu leuchten. Er schüttelte den Kopf. Wusste, dass jedes Nachdenken nur die Leere und Ratlosigkeit seines Innersten bezeugen würde.

»Sie sind hier, weil Sie zurück möchten«, sagte Miles.

»Nein«, sagte Wolfgang. Wie ein einziger, silbern-flüssiger Gedanke hing dieses Wort zwischen ihnen beiden und tropfte langsam zu Boden. Dies war seine Gewissheit.

Oliver Miles lächelte, doch nicht ohne Hintergedanken, wie Wolfgang argwöhnte. »Oh doch, mein Freund. Genau deswegen sind Sie hier. Sie haben die Abgründe der Welt gesehen, und Ihr jämmerlicher Intellekt wünscht sich nichts mehr als Ruhe und Geborgenheit in der gemütlichen, bequemen Welt, die Sie kannten.«

»Wie könnte ich die Wahrheit je vergessen?«, fragte Wolfgang. »Ich bin gefangen in dieser grotesken Karikatur der Realität, der ich ebenso wenig noch glauben kann, wie ich es einer offenkundigen elektronischen Illusion noch könnte.«

Oliver Miles nickte wissend. »Die Immersion ist ein tückischer Verbündeter. Ohne sie fühlt man sich leer und unverbunden. Man lebt neben den anderen her und fragt sich, warum alles so öde ist. Doch lässt man sich auf sie ein, nimmt sie einem die Gewissheit der Existenz. Man ist lebendig, ohne es zu begreifen. Man hört auf zu atmen, weil man nicht weiß, wie es geht.«

»Was?«

»Das ist, was mit Ihnen passiert ist, Wolfgang.«

Er zögerte. Was meinte der Arzt mit »Immersion»? Er konnte sich keinen Reim darauf machen, was das bedeuten sollte, allein wusste er, dass er recht mit dem letzten Teil hatte. Aufzuhören zu atmen, weil man es vergessen hatte. Das schien gut auf seine Situation zu passen. »Was ist diese Immersion?«, fragte Wolfgang.

»Immersion, Suspension of Disbelief, die Identifikation mit dem Selbst, es gibt viele verschiedene Konzepte, die sich doch so sehr gleichen. Die Frage ist jeweils, ob wir das Gefühl haben, dass das, was wir wahrnehmen, die Realität darstellt, in der wir uns bewegen. So wie man Ende des letzten Jahrtausends die Begriffe auf die virtuellen Welten bezog, wissen wir heute, dass sie gut und gerne das gleiche bezeichnen, wenn Menschen an ihrer tatsächlichen Existenz zweifeln. Paranoia, Schizophrenie und halluzinatorische Wahnvorstellungen mögen unterschiedliche Ursachen und Folgen haben, doch lassen sie sich immer darauf zurückführen, dass das Subjekt sich von seinem Selbst entfremdet und die Kontrolle über seine Wahrnehmung verliert.«

»Was wollen Sie damit sagen?«, fragte Wolfgang. Er zitterte und hatte das ungute Gefühl, dass Oliver Miles ihm irgendetwas Bestimmtes einreden wollte.

»Ich möchte damit nur sagen, dass ich verstehe, wie Sie sich fühlen. Allein, hilflos, hoffnungslos. Doch es ist nichts verloren. Ich bin sicher, dass wir das wieder hinbekommen werden.«

»Ha«, sagte Wolfgang. »Jedes verdammte Mal, wenn Sie mir gönnerhaft Therapie zuteilwerden ließen, wurde es immer nur schlimmer.«

»Das ist nicht wahr, Herr Schmidt«, dröhnte Miles. Er fühlte sich offenbar beleidigt und vergaß für einen Moment seine Maske des unnahbaren, unfehlbaren Wissenschaftlers.

»Und was, wenn es doch wahr ist? Ich mich Ihnen wieder ausliefere und Sie mich endgültig in die wahrhaftige Hölle der sich zersetzenden Sinneswahrnehmung stoßen? Ich habe gesehen, wie es ist, wenn man nicht sehen, hören und fühlen kann.« Wolfgang roch in einem seltsamen Aufbäumen vor dem eigenen Ekel seinen stinkenden Schweiß und wurde sich kurz der greifbaren Angst gewahr, die ihn in den unbequemen Stuhl vor dem Schreibtisch des Neurologen drückte. Was wollte er eigentlich hier? Konnte er nicht einfach verschwinden?

»Denken Sie mal einen Moment nach«, sagte Oliver Miles. »Sie sagen zwar, dass Sie sich nicht erklären können, wie Sie hierhergekommen sind, aber dennoch können wir uns kurz darauf konzentrieren, dass sie nichtsdestoweniger eben hier sind. Wäre es nicht möglich …« Er machte eine Pause und holte genüsslich Luft. Wolfgang konnte sehen, welche perverse Freude er dabei hatte, diesen Gedanken auszubreiten, ehe er fortfuhr. »… wäre es nicht möglich, dass irgendein Teil von Ihnen, nennen wir ihn Unterbewusstsein, sie hierhergeführt hat in der Hoffnung, endlich von diesem Alptraum befreit zu werden, der Sie gefangen hält?«

»Schon möglich«, murmelte Wolfgang. »Doch wäre es nicht zu gleichen Teilen möglich, dass Sie meine augmentierten Sinne gegen mich verwendet haben, um sicherzustellen, dass dies der einzig mögliche Weg für mich ist?«

»Und warum, Herr Schmidt, warum sollte ich das tun?«, fragte Doktor Miles. »Denken Sie nach, Herr Schmidt. Könnte es sein, dass Sie sich das nur einreden, weil Sie sich nicht eingestehen können, was ich Ihnen sagte?«

»Na schön«, sagte Wolfgang. »Angenommen, ich glaube Ihnen. Dann ist es wohl nicht unvernünftig, genau eine Frage zu stellen.«

Miles nickte.

»Halten Sie mich für verrückt?«

»Halten Sie selbst sich für verrückt?«

»Weichen Sie mir nicht aus!«, rief Wolfgang in einem abrupten Anflug von Zorn. Dieser Arzt spielte nur mit ihm.

»Ich weiche Ihnen nicht aus«, sagte Miles ruhig und anscheinend nicht im Geringsten beunruhigt. »Sie weichen sich selbst aus.«

»Nein.« Wolfgang schüttelte den Kopf. »Das kann nicht sein.« Er krallte sich in die biegsamen Aluminiumlehnen des Stuhles. »Seit Tagen bin ich nur bei mir selbst gewesen. Ich habe der Welt beim Auseinanderfallen zugesehen, bin durch scheinbar massive Wände gegangen, habe den Fall der wenigen gesehen, die waren wie ich, und die heimtückisch ermordet wurden, weil Sie Angst vor denen haben, die klar sehen.«

»Nichts davon ist wahr«, sagte Oliver Miles. »Verstehen Sie das nicht? All diese Eindrücke entspringen Ihrem Gehirn, weil es wie im Wahn gezwungen ist, sich Dinge auszudenken, damit es nicht implodiert. Wir sind nicht dazu geschaffen, nicht zu denken. Wir werden verrückt, wenn es keinen Input gibt, daher müssen wir uns dadurch schützen, dass wir halluzinieren.«

»Zwei Sichtweisen, die beide gleichermaßen wahr sein können, wenn man sie nebeneinander stellt«, sagte Wolfgang. »Doch das Problem: Nur eine kann wahr sein.«

»Beides kann stimmen, es kommt nur auf die Perspektive an. Und wenn Sie darüber nachdenken, stellen Sie fest, dass es nicht Ihre Version ist, die plausibler scheint.«

»Sie haben mich benutzt, um vierundfünfzig Menschen zu töten. Sagten, Sie hätten sie ohne mich niemals gefunden. Haben sie kaltblütig abgemeuchelt, nachdem Sie mich weggelockt hatten. Und Sie sprechen über Plausibilität. Was ist das überhaupt? Der Tod ist plausibel«, sagte Wolfgang. Vor seinem inneren Auge erblickte er das makellos weiche Gesicht Helenas, die starr und ausdruckslos nach oben blickte. Sie war tot. Daran gab es nichts zu zweifeln.

»Ich habe niemanden getötet«, sagte Oliver Miles sanft. »Und was immer dieses Troja ist, ich weiß nicht, was Sie damit sagen wollen.«

»Leugnen Sie es nicht!«, rief Wolfgang.

»Ich kann nicht leugnen, was ich nicht weiß.«

»Und ich kann nicht glauben, was ich nicht fühle«, sagte Wolfgang. »Was Sie mir anbieten, ist unvereinbar.« Wolfgang erschrak. »Sie sind ein Mörder«, lag auf seiner Zunge, entkam ihr jedoch nicht. Er stoppte sich selbst und starrte den Mann hinter dem Schreibtisch an. Warum …

Menschen von Troja getötet, doch ihn nicht? Ihn am Leben gelassen. War es das perverse Experiment zu sehen, wie er damit umging, wenn man ihm wieder alles nahm? Wollte Miles dabei zusehen, wie er am Unrecht der Welt zerbrach? So einfach würde er es nicht haben. Er musste ihn testen. Nur wie?

Wolfgang erhob sich von der klapprigen Kunststoffschale unter seinem Hintern.

»Sie können nicht gehen«, sagte Oliver Miles.

»Ach nein?«

»Nein.«

»Wieso nicht?«

»Wo wollen Sie denn hin?«, fragte Doktor Miles. Stumm deutete der Arzt zur Tür. Wolfgang drehte sich langsam um. Sie war verschwunden.

»Sie können mich nicht unter Druck setzen«, sagte Wolfgang und erkannte: »Ich habe rein gar nichts mehr zu verlieren.« Er wartete und genoss den Klang der Stille. Beinahe belustigt fügte er hinzu: »Nicht einmal den Verstand.«

»Doch das Leben«, sagte Oliver Miles. Dann flüsternd: »Ich will es retten.«

»Was nützt schon das Leben, wenn es voller Täuschungen und Halluzinationen ist?«

»Das muss nicht so bleiben. Ich verstehe, dass Sie Angst haben.«

»Ich habe keine Angst mehr«, sagte Wolfgang. »Ich habe nur auch keine Lust mehr.«

Miles nickte. »Sagen Sie mir, was ich tun soll, und ich werde versuchen, Sie zu überzeugen. Doch es muss bei Ihnen beginnen. Sie müssen die Zweifel beseitigen.«

»Also schön.« Wolfgang begriff, wie der Arzt es meinte, doch zugleich fiel ihm zu, wie er ihn versuchen konnte. Ohne Anzeichen dafür rannte er zur linken Wand des Zimmers und riss van Goghs Sternennacht aus dem Rahmen. Zerriss das brüchige Pergament und suchte gierig nach Miles' Blicken. Der wollte sich nichts anmerken lassen, doch zeigte sich der Horror in seinen Augenwinkeln.

Dann, äußerlich ruhig, ging er zurück zu dem Stuhl vor dem Schreibtisch. Wie beiläufig rempelte er den Holzglobus auf dem Weg an und riss mühelos den scheinbar tonnenschweren David Michelangelos um. Als das dumpfe Donnern des Aufpralls verhallt war, setzte er sich wieder hin.

»Es wird Sie freuen zu hören, dass ich mich besser fühle.«

»Wissen Sie, was Sie da getan haben?« Oliver Miles war ruhig, doch seine Stimme bebte.

»Was?« Wolfgang wartete ab. Der Verdacht hatte sich schon bei seinem letzten Besuch in Miles' Büro manifestiert, doch jetzt erst konnte er dem nachgehen.

»Sehen Sie nur«, sagte Miles, »der van Gogh ist vollkommen zerstört.«

»Es ist nur eine Kopie«, sagte Wolfgang lakonisch. »Sie sind doch bestimmt versichert.«

»Eine Kopie?« Argwöhnisch blickte Miles ihn an. »Ah, natürlich. Eine Kopie. Sicher.«

»Sagen Sie«, sagte Wolfgang, »wissen Sie, wo sich das Original befindet?«

»Ich …« Miles blickte zu Boden. »Ich weiß es nicht. New York, vielleicht. Glaube ich. Nein, es ging 22 zurück nach Amsterdam … Hmm.«

»Es war eine gute Nachbildung«, sagte Wolfgang. »Mit außergewöhnlicher Hingabe. Man könnte meinen, es sei um dieselbe Zeit herum entstanden. Nicht einer dieser billigen Nachdrucke.«

Oliver Miles zitterte, doch er behielt noch immer die Fassung. »Mit bloßem Auge nicht zu unterscheiden.«

»Was macht das überhaupt? Wenn es nicht vom Original zu unterscheiden ist, ist es dann nicht ein und dasselbe? Wenn ich nur vom Hörensagen weiß, dass es nicht echt ist, kann ich es genauso behandeln, als wäre es das Original.«

»Ich sehe, worauf Sie hinauswollen«, sagte der Arzt. »Bitte glauben Sie mir. Dies ist nicht das Original.«

»Oh doch. Es war dies Werk hier, nicht wahr?«, sagte Wolfgang triumphierend und mit erhobener Stimme. »Ich habe es zerstört. Ich habe der Menschheit die Sternennacht genommen, wie Sie ihr die Freiheit nahmen.«

»Nein!«, krähte Oliver Miles und sprang auf.

»Nein, vielleicht haben Sie recht«, sagte Wolfgang und stand ebenfalls auf. Er sah die pulsierenden Adern auf Miles' Stirn und war selbst doch so vollkommen in sich gekehrt, dass er bald meinte, nicht zu der Welt zu gehören, die ihm jetzt wieder lebendiger schien als noch zuvor. Miles' Emotion erhellte den grauen Schleier, der über Wolfgangs Sinnesempfindungen lag, doch er durchdrang ihn nicht. Immer klarer wurde das Bild, das er von der Realität hatte. »Was ist mit dem David?«, fragte er Miles und blickte auf die marmorne Statue, die den rechten Arm verloren hatte. »Sogar der Arm ist nur angeklebt gewesen. Wie … authentisch.«

»Aufhören!«, schrie Miles. »Ich werde Sie sedieren.«

»Ach ja?« Unbewusst trat Wolfgang einen Schritt zurück. Er sah in seinen Augen, dass die Drohung ernst gemeint war. »Was hätten Sie denn davon?«

»Ich könnte Sie untersuchen und behandeln«, sagte Oliver Miles. Er klang unschlüssig. Er bluffte nur.

Wolfgang tippte sich an die Stirn. »Meine Gewissheit können Sie nicht entfernen, egal, wie viel sie abschneiden oder entfernen.«

»Ich habe Wichtigeres zu tun, als mich mit Ihnen herumzustreiten.«

»Oh, tatsächlich?« Wolfgang spuckte die Worte aus, die ihm übel geworden waren. »Müssen Sie mehr Leute aus der Augmentierung holen und auf diese perverse Weise des sogenannten Erwachens foltern? Sind Sie einsam?«

»Genug!»

»Sonst was?«

»Ich habe es doch schon gesagt. Ich werde Sie sedieren.«

»Sie fassen mich nicht noch einmal an.«

»Das werden wir ja sehen.« Mit dem sicheren Griff eines Mannes, der genau wusste, wo lag, was er suchte, öffnete er eine der schweren Schubladen seines Schreibtisches und nahm eine lange, archaisch wirkende Spritze heraus.

»Und bist du nicht willig, so brauch ich Gewalt«, murmelte der Arzt und trat auf ihn zu.

Wolfgang schauderte. Miles meinte es ernst. Obschon er keine Angst mehr vor dem Verlust seiner Sinne hatte, so spürte er doch, dass der Tod in der Luft lag. Wenn er recht hatte, war Miles sein Palavern leid. Was auch immer er ihm tun wollte, es war nichts Gutes. Er hatte ihn enttarnt. Er durfte ihm nicht vertrauen. Niemals hätte er es dürfen. Wie zwei Boxer vor dem Kampf beäugten die Männer sich und drehten um den Schreibtisch panische Kreise. Bald stand Wolfgang dahinter und Miles mit der Spritze in der Hand davor.

»Sie können nicht entkommen«, sagte Miles. »Das wissen Sie auch.«

»Nein«, sagte Wolfgang, doch er stimmte ihm zu. Die Tür war verschwunden. Wie auch immer er es angestellt hatte … es sei denn …

Er machte einen leichten Schritt zur Seite, Miles folgte ihm. Wolfgang taxierte den Mediziner genau. Schätze den Weg zu der Stelle, wo zuvor die Tür gewesen war. Der Glatzköpfige hatte recht. Die Realität gab es nicht. Und auch wenn es die Tür nicht gab, so gab es doch auch die Wand gleichermaßen nicht. Er atmete tief ein, wartete auf ein zögerndes Zucken des Neuropsychologen, dann sprang er vor, rammte ihn zu Boden und jagte gleich über ihn hinweg. Der Weg durch das ausladende Zimmer war weit, drei, vier, fünf große Schritte. Wolfgang nahm all seinen Mut zusammen. Seine Überzeugung.

Da war keine Wand.

Der Schmerz war unbeschreiblich. Glücklicherweise mit den Armen voran war er gegen soliden Backstein geknallt und benommen zu Boden gegangen. Sein Schädel brummte, doch er war nicht kampfunfähig. Während er sich aufrappelte, erfüllte das gackernde Lachen des Mediziners dessen Arbeitszimmer.

»Sie verstehen gar nichts«, sagte er.

»Ich verstehe genug«, sagte Wolfgang.

»Es ist vorbei«, sagte Miles und trat auf Wolfgang zu.

»Nein«, rief er, während er seinen Verstand durch den Raum rasen sah. Das Fenster. Vielleicht war es echt, vielleicht auch nicht, vielleicht lagen darunter 23 Stockwerke freier Fall.

»Wolfgang, geben Sie auf«, wiederholte Miles und hatte ihn beinahe erreicht.

»Ich gehe nicht zurück«, sagte Wolfgang. Noch ein Meter trennte sie. Miles streckte die Hand ohne Spritze aus. »Vertrauen Sie mir. Alles wird gut.«

Tränen verschmierten Wolfgangs Blick und heißes, nervöses Kribbeln lief durch seine Adern. Der Entschluss wuchs. Er dachte an Helena, vielleicht auch an Vicky, an den kleinen Pollux, den er nicht hatte retten können. Dachte an die Welt, die er verließ, und die Welt, die ihn verlassen hatte. Dann rannte er los, wich in einem letzten Zeugnis menschlicher Bewegungsästhetik dem zuspringenden Arzt aus und zielte auf das Fenster.

»Wenn es sein muss«, rief er, »dann durch mich selbst.«

Pixeliges Geflackere verzerrte seinen Blick, und während er rannte und vor Aufregung seine Lungen ausbrannten, er elektrisches Feuer in der Nase roch, kroch der süße Geschmack des Sieges in seinen Gaumen. Er blickte kurz zurück auf den schnaufenden Mann, der ihm alles genommen hatte. Doch diesmal war er schneller. Augenblicklich stand er auf dem Fensterbrett und hatte den Bügel zur Seite gezogen.

»Nein«, prustete Oliver Miles.

Er konnte den Boden nicht sehen. Ob es an der großen Höhe lag oder daran, dass es keinen gab, spielte keine Rolle. Wolfgang Schmidt atmete ein letztes Mal widerlich unecht schmeckende Luft und stieß sich ab. Während er fiel, sah er wie in Zeitlupe Oliver Miles' Kopf am Fensterbrett erscheinen, die Augen schreckgeweitet und den Mund aufgerissen vor Überraschung.

Zufrieden sah Wolfgang ihn kleiner und kleiner werden. Er hatte gewonnen. Was er gewann, spielte keine Rolle. Vielleicht war es von Anfang an so gewesen, doch nun war er gewiss: Nichts spielte noch eine Rolle.

Epilog

Und wenn Du wieder müde bist

Wie eng Dir doch Dein Leben ist

Breitest Deine Arme aus

Schreist alles völlig frei heraus

Dass man zu leicht

Zu schnell

Vergisst

Dass man frei wie ein Vogel ist

Und zwar, vielleicht, von Anfang an

Hauptsache

man glaubt daran

Dass man in Wahrheit fliegen kann.

HILFE BEI SUIZIDGEDANKEN

Falls Sie verzweifelt sind und in einer bedrückenden Lebenssituation keinen Ausweg für sich sehen: Suchen Sie sich bitte Hilfe bei anderen Menschen. Das kann ein Gespräch mit Familienangehörigen oder Freunden sein. Außerdem gibt es professionelle Beratungsangebote. Hier können Sie auch anonym bleiben. Die Telefonseelsorge ist zu jeder Tages- und Nachtzeit erreichbar, unter der Rufnummer 0800-1110111 und 0800-1110222. Über weitere Beratungsangebote für Betroffene und Angehörige informiert die Deutsche Gesellschaft für Suizidprävention auf ihrer Homepage unter

www.suizidprophylaxe.de/hilfsangebote/adressen/

KOSTENLOSER DOWNLOAD

Hast Du schon von Misa Vebilettis Abenteuern gehört?

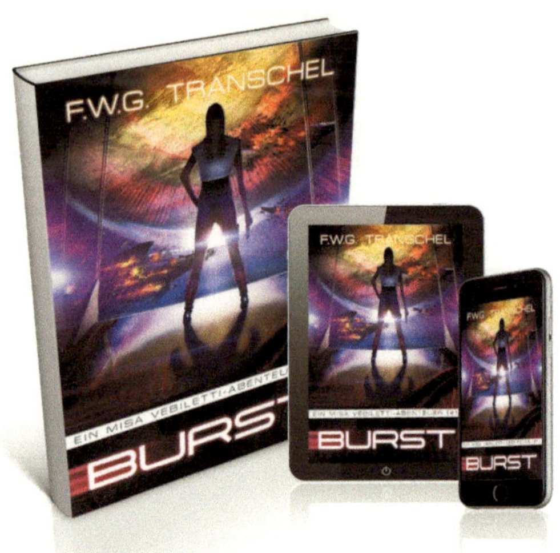

Finde heraus, wie alles begann…

Alle verwendete Firmen-, Markennamen und Warenzeichen sind Eigentum der jeweiligen Inhaber und dienen lediglich zur Identifikation und Beschreibung der Produkte und Dienstleistungen. Eine Haftung für Richtigkeit, Vollständigkeit und Aktualität wird nicht übernommen.

Trage Dich für die exklusive E-Mail-Liste des Autors ein und erhalte Dein Gratis-Exemplar von Misa Vebilettis erstem Abenteuer: BURST (Teil I)

Hier geht's zur Anmeldung: www.fwgt.de

BURST, Teil I+II

Misa Vebiletti hat ein Problem - hilflos muss die Operatorin der Marsianischen Weltraumorganisation mit ansehen, wie auf dem kleinen Außenposten des Jupitermondes Ganymed ein interplanetarer Sender nach dem anderen ausfällt. Sie beschließt, eine alte Sonde zu beauftragen, Nachforschungen anzustellen, doch macht damit nur alles noch schlimmer. Bald sieht sie sich dem Vorwurf ausgesetzt, selbst hinter der Funkstille zu stecken, doch schon bald wird klar: Ganymed wurde von einem unvorstellbar starken Strahlungsausbruch unbekannten Ursprungs getroffen – über zweitausend Pioniere und Arbeiter sitzen auf einem Eisklumpen Millionen Kilometer von der Zivilisation entfernt fest - und zu allem Überfluss zögert die Marsregierung auch noch, eine Rettungsmission loszuschicken. Fassungslos muss Misa Vebiletti mit ansehen, wie lediglich ein einzelnes Erkundungsschiff auf die Reise geschickt wird - und zwar ohne sie. Als sie sich fast damit abgefunden hat, dass sie das Rätsel aus der Ferne nicht wird lösen können wird, taucht ein mysteriöser Journalist auf, der geheime Informationen hat, und macht ihr ein Angebot, das sie nicht ablehnen kann. Misa zögert. Als die Meldungen und Hilferufe von Ganymed immer verzweifelter werden, trifft sie eine Entscheidung, die ihr Leben für immer verändert …

Der Newsletter

Ich weiß, ich kann unmöglich so schnell schreiben, wie Du liest, aber ich versuche es trotzdem. Auf meinem Blog findest du ein Kontaktformular, mit dem Du ganz schnell ganz persönlich Vorschläge, Anmerkungen und Kritik anbringen kannst.

Ich beantworte jede einzelne Mail meiner Leser. Versprochen!

Außerdem kannst Du Dich unter

www.fwgt.de/newsletter

für den Newsletter anmelden. Du bekommst dann eine Mail, wenn ich etwas auf dem Blog schreibe oder auf Vergünstigungen / Gewinnspiele u. ä. hinweisen möchte. Nichts davon passiert üblicherweise öfter als einmal im Monat – schließlich bin ich meistens damit beschäftigt, zu schreiben!

Ebenfalls von F.W.G. Transchel erschienen

Misa Vebiletti

#1 BURST (Teil I): Das Rätsel um Ganymed
#2 BURST (Teil II): Katastrophe am Jupiter
#3 Das Yang-Kopfgeld
#4 Das Vebiletti-Vermächtnis (in Vorbereitung)

Verfall-Zyklus

#1 Verfall
#2 Vergessen

Procyon-Universum

- Die Procyon-Konspiration
- Protokoll 4190 – Eine Kurzgeschichte vom Procyon

Lyrik

#1 Robotergedichte

*Übrigens: Unter www.fwgt.de/ebooks/ findest Du jederzeit eine
aktuelle Liste meiner Veröffentlichungen.*